Avant l'Eden

J'AI LU

ARTHUR C. CLARKE

La cité des astres		
Les enfants d'Icare	*J'ai lu*	799/3
2001, l'Odyssée de l'espace	*J'ai lu*	349/2
S.O.S. Lune		
Naufragés de la Lune		
Îles de l'espace		
L'exploration de l'espace		
L'île des dauphins		
Rendez-vous avec Rama	*J'ai lu*	1047/3
Terre, planète impériale	*J'ai lu*	904/4
Avant l'Eden	*J'ai lu*	830/4
Demain, moisson d'étoiles		
Les sables de Mars		
Prélude à l'espace		
Les prairies bleues		
Lumière cendrée		
L'étoile	*J'ai lu*	966/3
Les fontaines du paradis	*J'ai lu*	1304/4
2010 : Odyssée deux	*J'ai lu*	1721/4
Chants de la Terre lointaine	*J'ai lu*	2262/4
Rama II	*J'ai lu*	3204/7
Base Vénus-1 : Point de rupture	*J'ai lu*	2668/4
Base Vénus-2 : Maelström	*J'ai lu*	2679/4
Base Vénus-3 : Cache-cache	*J'ai lu*	3006/4
Base Vénus-4 : Méduse	*J'ai lu*	3224/4
Base Vénus-5 : La Lune de diamant	*J'ai lu*	3350/4 (*déc. 92*)
2061 : Odyssée trois	*J'ai lu*	3075/3

ARTHUR C. CLARKE

Avant l'Eden

TRADUIT DE L'AMÉRICAIN
PAR IAWA TATE

ÉDITIONS J'AI LU

Collection créée et dirigée
par Jacques Sadoul

Titre original :

THE NINE BILLION NAMES OF GOD

INTRODUCTION

Au cours de ces trente dernières années, j'ai écrit une centaine de nouvelles environ. Elles ont vu le jour dans des endroits aussi divers que les camps de la RAF en temps de guerre, des îles de la Grande Barrière de Corail, des hôtels de New York, des chambres de Miami, les faubourgs de Londres, des paquebots transatlantiques et les jardins de Cinnamon, à Colombo. Elles ont paru dans différentes revues, depuis *Astounding Stories* jusqu'à *Vogue,* en passant par *Galaxy* et *Playboy.* Depuis 1953, elles ont été publiées dans les cinq recueils suivants : *Expedition to Earth, Reach for Tomorrow, Tales from the « White Heart », The Other Side of the Sky,* et *Tales of Ten Worlds.* En outre, ces nouvelles sont apparues, en ordre dispersé, avec six romans dans les anthologies *Across the Sea of Stars, From the Ocean, From the Stars,* et *Prelude to Mars.* Tout cela ne laisse pas d'être satisfaisant, mais depuis quelque temps, j'éprouvais le besoin de voir rassembler en un seul volume mes nouvelles préférées.

Tout auteur doit avoir ses récits favoris, bien qu'il lui soit souvent difficile de donner les raisons de ses préférences. Parfois, celles-ci peuvent être parfaitement illogiques – ou tout au moins injustifiables du point de vue littéraire. Rétrospectivement, on peut faire plus de cas d'un récit écrit à une époque et dans un lieu auxquels s'associent d'agréables souvenirs que d'une histoire infiniment meilleure inspirée par le chagrin ou l'indulgence – ces deux muses les plus actives.

Ce choix a-t-il ou non été dicté par de tels partis pris, je l'ignore. Quelles qu'en peuvent être les raisons, ces nouvelles sont, entre toutes, celles que je préfère.

LES NEUF MILLIARDS DE NOMS DE DIEU

La nouvelle qui ouvre ce recueil a été écrite, faute d'avoir mieux à faire, pendant un week-end pluvieux à l'hôtel Roosevelt. Plus tard, son arithmétique de base fut contestée par J. B. S. Haldane, mais je trouvai le moyen de sauver la situation par quelques dérobades alphanumériques dont la nature exacte m'échappe aujourd'hui. « J. B. S. » fit aussi remarquer au sujet de cette nouvelle et de The Star *(1) : « Vous comptez au nombre des rares personnes vivantes qui aient écrit sur Dieu quelque chose d'original. En fait, vous avez proposé plusieurs choses incompatibles. Si vous vous en étiez tenu à une seule hypothèse théologique, vous auriez pu devenir un véritable danger public. » Je suis heureux de mes propres contradictions, préférant me contenter du rôle de prophète avec un petit p.*

Néanmoins, il semblerait que j'aie créé un mythe tenace : il n'y a pas si longtemps, une causerie à la BBC se référait à la situation qui sert de point de départ à cette nouvelle comme à un fait réel. Et maintenant que les calculatrices IBM ont pénétré dans le domaine des sciences bibliques, peut-être ce thème n'est-il plus aussi éloigné de la réalité.

(1) Parue dans *Univers 02* sous le titre *L'étoile* (N. d. T.)

– C'est une requête un peu inhabituelle, fit observer le Dr Wagner avec ce qu'il espérait être une louable retenue. Autant que je le sache, c'est la première fois qu'un monastère tibétain demande qu'on lui fournisse une calculatrice électronique. Loin de moi le désir de me montrer indiscret, mais jamais je n'aurais imaginé que votre – euh – établissement pût avoir l'usage d'une telle machine. Puis-je vous demander ce que vous comptez en faire ?

– Volontiers, dit le lama. (Il rectifia les plis de sa robe de soie et rangea soigneusement la règle à calculer avec laquelle il avait effectué des opérations de conversions de monnaie.) Votre calculatrice Mark V peut résoudre n'importe quelle opération de mathématique courante jusqu'à dix décimales. Pour notre travail, toutefois, ce sont les lettres, et non les chiffres, qui nous intéressent. Mais puisque nous vous avons demandé de modifier les circuits de réponse, la machine imprimera des mots, au lieu de colonnes de chiffres.

– Je ne suis pas sûr de comprendre...

– Il s'agit d'un projet sur lequel nous travaillons depuis trois siècles – en fait, depuis la fondation de notre lamaserie. L'entreprise est quelque peu étrangère à votre mode de pensée, aussi vous prierais-je de bien vouloir m'écouter en faisant preuve d'une large ouverture d'esprit.

– Cela va de soi.

– Au fond, c'est assez simple. Nous avons établi une liste qui devra contenir tous les noms possibles de Dieu.

– Je vous demande pardon ?

– Nous avons toutes les raisons de croire, poursuivit le lama, imperturbable, que tous ces noms peuvent être écrits sans utiliser plus de neuf lettres d'un alphabet que nous avons conçu.

– Et ce travail vous a occupé pendant trois siècles?

– Oui. Nous estimions qu'il nous faudrait environ quinze mille ans pour en venir à bout.

– Oh, dit le Dr Wagner, légèrement déconcerté. Je comprends à présent pourquoi vous souhaitiez louer une de nos machines. Mais puis-je savoir quel est le but ultime de ce projet?

L'espace d'une fraction de seconde, le lama hésita, et Wagner craignit de l'avoir froissé. Si cela était, aucune trace de contrariété ne fut perceptible dans sa réponse.

– Appelez cela un rituel, si vous voulez, mais c'est une partie fondamentale de notre foi. Les innombrables noms de l'Être Suprême – Dieu, Jéhovah, Allah, etc. – ne sont que des désignations inventées par l'homme. Nous nous trouvons confrontés ici à un problème philosophique assez complexe dont je propose que nous ne discutions pas, mais quelque part, égarés au milieu de toutes les combinaisons possibles de lettres, il y a ce qu'on pourrait appeler les véritables noms de Dieu. Par la permutation systématique des lettres, nous nous efforçons d'en établir la liste exhaustive.

Je comprends. Vous avez commencé par A... et vous voulez aller jusqu'à Z...

– Exactement. A ceci près que nous utilisons un alphabet spécial que nous avons imaginé. Modifier le clavier de machines à écrire électriques ne nous serait pas d'un grand secours. Par contre, imaginer des circuits capables d'éliminer les combinaisons ridicules, voilà qui est beaucoup plus intéressant. Ainsi, aucune lettre ne devra figurer plus de trois fois de suite dans le même mot.

– Trois? Vous voulez sans doute dire deux.

– Non, trois. Ce serait, je le crains, trop long à expliquer, même si vous compreniez notre langue.

– J'en suis certain, se hâta de reconnaître Wagner. Poursuivez.

– Heureusement, il vous sera facile de modifier votre calculatrice conformément à l'usage que nous comptons en faire; une fois correctement programmée, en effet, elle opérera la permutation de chaque lettre successivement et imprimera le résultat. Ce projet, dont la réalisation nous aurait demandé quinze mille années de travail, pourra aboutir en une centaine de jours.

C'était tout juste si le Dr Wagner avait conscience du vague bruissement qui s'élevait depuis les rues de Manhattan, de nombreux étages en contrebas. Il se trouvait dans un autre monde, un monde où les montagnes, naturelles, ne devaient rien à la main de l'homme. Dans le recueillement de leur refuge haut perché, des moines avaient œuvré patiemment, génération après génération, dressant leurs listes de mots dénués de sens. N'existait-il aucune limite à la folie des hommes? Pourtant, il se devait de ne rien laisser paraître de ses pensées intimes. Le client a toujours raison...

– Sans doute n'aurons-nous aucune difficulté à modifier la Mark V pour lui permettre d'imprimer ce type de liste, répondit-il. Ce qui me préoccupe davantage, ce sont les problèmes d'installation et d'entretien. Faire parvenir la machine au Tibet, de nos jours, cela ne va pas être facile.

– Nous pouvons résoudre cette difficulté. Les différents composants sont assez petits pour être transportés par avion – c'est une des raisons pour laquelle nous avons choisi votre calculatrice. Si vous pouvez les acheminer en Inde, nous nous chargerons de les amener à leur destination finale.

– Et vous souhaitez vous assurer les services de deux de nos techniciens?

– Oui, pour une durée de trois mois, nécessaire à l'accomplissement du projet.

– Le Service du Personnel sera sans doute en

mesure d'arranger cela. (Le Dr Wagner griffonna quelques mots sur un bloc-notes.) Il ne reste que deux points...

Avant même qu'il pût terminer sa phrase, le lama lui tendit un mince rectangle de papier.

– Voici le relevé de mon compte créditeur à la Banque asiatique.

– Merci. Hum – aucun problème. Le second point est tellement insignifiant que j'hésite à en faire mention. Mais il est surprenant de constater combien, la plupart du temps, on néglige l'élémentaire. De quelle source d'énergie disposez-vous?

– Nous avons un générateur Diesel d'une puissance de cinquante kilowatts en cent dix volts. Voici cinq ans qu'il a été installé, et jamais il ne nous a causé le moindre ennui. Grâce à lui, la vie à la lamaserie est devenu incomparablement plus confortable, mais à l'origine, nous l'avions fait installer dans le seul but de faire tourner les moulins à prières.

– Naturellement, renchérit le Dr Wagner. J'aurais dû m'en douter.

Du parapet, la vue était vertigineuse, mais avec le temps, on s'habitue à tout. Trois mois s'étaient écoulés. George Hanley ne frémissait plus en apercevant, quelque six cents mètres plus bas, les champs minuscules qui quadrillaient la vallée. Accoté contre la muraille de pierre aux arêtes érodées par le vent, il laissait son regard morose errer sur les montagnes lointaines dont il n'avait pas même pris la peine de découvrir le nom.

De toute son existence, il ne lui était jamais rien arrivé d'aussi insensé. Le « Projet Shangri-La », ainsi que l'avait baptisé un technicien des labos qui se croyait plus malin que les autres. Depuis des semaines, la calculatrice avait dégorgé des kilomètres de papier couvert d'un invraisemblable galimatias. Patiemment, inexorablement, la machine avait disposé les lettres dans toutes les combinaisons possibles, épuisant chaque possibilité avant de passer à la suivante. Au fur et à mesure que les imprimantes avaient recraché les rouleaux de papier, ceux-ci avaient été soigneusement découpés par les moines, puis collés dans d'énormes registres. Encore une semaine et, grâce au ciel, tout serait terminé. A la suite de quels obscurs calculs les moines en étaient-ils arrivés à la conclusion qu'il était inutile de pousser leurs recherches jusqu'à des mots de dix, vingt ou cent lettres, George n'en avait pas la moindre idée. Dans un de ses cauchemars périodiques, le programme était soudainement bouleversé et le grand lama (qu'ils avaient comme il se doit baptisé Sam, bien qu'il ne présentât pas avec lui l'ombre d'une ressemblance) décrétait que le projet serait prolongé jusqu'à l'an 2060. C'est qu'ils en étaient capables !

Le vent fit claquer la lourde porte de bois et Chuck s'approcha pour venir s'accouder à côté de lui au parapet. Comme toujours, il fumait un de ces cigares qui l'avaient rendu si populaire auprès des moines – lesquels donnaient l'impression de ne vouloir négliger aucune des joies, petites ou grandes, que procurait l'existence. Une chose plaidait en leur faveur : peut-être étaient-ils fous, mais ce n'était pas des puritains. Ainsi, ces fréquentes visites qu'ils rendaient au village...

– Écoute, George, commença Chuck d'une voix pressante, je viens d'apprendre quelque chose qui ne présage rien de bon.

– Qu'est-ce qui ne va pas ? Est-ce que la machine ferait des siennes ?

C'était l'éventualité la plus horrible à laquelle il pût penser. Cela aurait risqué de retarder son retour, et rien n'eût été pire. Au point où il en était, la seule vue d'un spot publicitaire à la télé lui eût semblé une manne tombée du ciel. Du moins cela eût-il apaisé son mal du pays.

– Non, rien de tel. (Chuck s'installa sur le parapet, ce qui était inhabituel, car d'ordinaire, il était sujet au vertige.) Je viens seulement de découvrir quel est le but de l'opération.

– Comment ça? Je croyais que nous le savions déjà.

– D'accord, nous savions ce que les moines essayaient de faire, mais nous ignorions *pourquoi* ils le faisaient. C'est la chose la plus dingue.

– Change de disque, tu veux! marmonna George.

– Écoute, le vieux Sam vient de se mettre à table. Tu sais que tous les après-midi, il fait un saut jusqu'à la calculatrice pour voir se dérouler les rubans de papier. Eh bien, cette fois, il avait l'air plutôt excité – je veux dire, aussi excité qu'il pourra jamais l'être. Quand je lui ai dit que nous entrions dans la phase finale, il m'a demandé avec son accent délicieux si je m'étais jamais interrogé sur le but de leurs recherches. « Bien sûr que si », ai-je répondu – et il m'a tout raconté.

– Je suis suspendu à tes lèvres.

– Ils s'imaginent que lorsqu'ils auront inscrit tous ces noms – d'après leurs calculs, ils sont au nombre de neuf millions environ – l'objectif de Dieu sera atteint. L'espèce humaine aura mené à bien ce pourquoi elle avait été créée, et son existence sera désormais sans objet. Penser le contraire, évidemment, équivaut presque à un blasphème.

– Et qu'attendent-ils de nous? Que nous nous suicidions?

– Ce ne sera pas nécessaire. Lorsque la liste sera complétée, Dieu interviendra et liquidera tout... rideau!

– Oh, je comprends. Une fois le boulot terminé, ce sera la fin du monde.

Chuck eut un petit rire nerveux.

– C'est exactement ce que j'ai dit à Sam. Et sais-tu ce qui s'est passé? Il m'a regardé d'un air bizarre, comme si je méritais le bonnet d'âne, et il a dit : « C'est un peu plus compliqué que ça. »

George rumina cette réponse pendant un moment.

– C'est ce que j'appelle avoir les idées larges, observa-t-il enfin. A ton avis, que devrions-nous faire? Pour nous, cela ne fait pas la moindre différence. Nous savions déjà qu'ils ne tournaient pas rond.

– D'accord – mais ne vois-tu pas ce qui risque d'arriver? Quand la liste sera achevée et que la Trompette du Jugement Dernier – ou tout autre signe qu'ils attendent – ne se manifestera pas, il se peut qu'ils nous en rendent responsables. Après tout, c'est notre machine qu'ils ont utilisée. Cette situation ne me dit rien qui vaille.

– Je vois, dit George, l'air sombre. Peut-être as-tu raison. Mais ce ne serait pas la première fois que se produirait ce genre de choses. Quand j'étais gosse, en Louisiane, un prédicateur cinglé avait annoncé la fin du monde pour le dimanche suivant. Des centaines de gens l'avaient pris au mot – ils étaient même allés jusqu'à vendre leurs maisons. Pourtant, lorsqu'ils virent que rien ne se passait, ils ne se fâchèrent pas pour autant. Ils en conclurent simplement que le prédicateur s'était trompé dans ses calculs et continuèrent à avoir foi en lui. Je parie que certains d'entre eux n'ont pas changé.

– C'est possible, mais au cas où tu ne l'aurais pas remarqué, nous ne sommes pas en Louisiane. Nous sommes seuls au milieu de centaines de moines. Je les aime bien et je serai désolé pour le vieux Sam lorsqu'il verra que l'œuvre de sa vie est un fiasco, mais néanmoins, je préférerais me trouver ailleurs lorsque cela se produira.

– Voilà des semaines que je formule le même vœu. Mais nous ne pouvons rien faire avant l'expiration du contrat et l'arrivée de l'avion qui nous emmènera loin d'ici.

– Évidemment, murmura pensivement Chuck, nous pouvons toujours avoir recours à un petit sabotage.

– Tu n'y penses pas ! Cela ne ferait qu'aggraver la situation.

– Pas de la façon dont je l'envisage. Suis-moi bien. Sur la base actuelle de vingt heures de fonctionnement sur vingt-quatre, la calculatrice aura terminé le travail dans quatre jours. L'avion sera là dans une semaine. Dans ces conditions, tout ce que nous avons à faire, c'est de dénicher une pièce qui a besoin d'être réparée. Quelque chose qui paralysera la machine pendant deux jours. Il va de soi que nous remettrons tout en ordre, sans trop de hâte. Si nous minutons bien notre affaire, nous pourrons être en bas à l'aérodrome lorsque le dernier nom s'inscrira sur le ruban de papier. A ce moment-là, ils ne pourront plus nous rattraper.

– Je n'aime pas ça, dit George. Ce serait la première fois que je saboterais mon boulot. Sans compter que ça les rendrait méfiants. Non, je préfère encore attendre et voir venir.

Sept jours plus tard.

– Je n'aime *toujours* pas ça, dit George, tandis qu'ils descendaient la route en lacets, juchés sur de vaillants petits poneys de montagne. Et ne t'imagine pas que c'est la peur qui me fait fuir. J'ai le cœur serré en pensant à ces pauvres diables qui restent là-haut, et je n'ai pas envie de me trouver dans les parages lorsqu'ils découvriront quels crétins ils ont été. Je me demande comment Sam prendra la chose ?

– C'est drôle, répondit Chuck, mais quand je lui ai fait mes adieux, j'ai eu l'impression qu'il comprenait que nous lui faussions compagnie... mais qu'il s'en fichait car il savait que la machine fonctionnait parfaitement et qu'elle aurait bientôt terminé sa tâche.

Après quoi – mais pour lui, naturellement, il n'y aura aucun après quoi...

George se retourna sur sa selle et leva les yeux sur le sentier de montagne. C'était le dernier endroit d'où l'on pouvait avoir une vue d'ensemble de la lamaserie. Sa silhouette massive au relief anguleux se découpait contre les reflets tardifs du soleil couchant. Ici et là, scintillaient des lumières, tels des hublots trouant le flanc d'un paquebot. Des lumières électriques, bien sûr, branchées sur le même circuit que la Mark V. Pour combien de temps encore? se demanda George. Emportés par la colère et la déception, les moines saccageraient-ils la machine? Ou se contenteraient-ils de s'asseoir tranquillement et de reprendre tout de zéro?

Il savait exactement ce qui se passait au sommet de la montagne à ce moment précis. Assis dans leurs robes de soie, le grand lama et ses assistants examinaient les feuilles de papier que des novices avaient détachées de la machine et collées dans les grands registres. Nul ne parlait. Seul bruit audible, le chuchotement incessant, le crépitement inexorable des touches sur le papier, car la Mark V elle-même demeurait absolument silencieuse tout en opérant ses milliers de combinaisons de lettres par seconde. Trois mois de ce régime, pensait George, c'était suffisant pour donner à quiconque l'envie de grimper aux rideaux.

– Le voilà! s'écria Chuck, l'index pointé sur la vallée. Tu as déjà vu quelque chose de plus beau?

« Jamais », songea George.

Semblable à une minuscule croix d'argent, le vieux DC 3 tout délabré se tenait en bout de piste. Dans deux heures il les emporterait vers la liberté et le bon sens. C'était une pensée qui valait la peine d'être savourée, comme une liqueur de qualité. George la tourna et la retourna dans son esprit tandis que, clopin-clopant, le poney descendait la pente.

La nuit, qui sur les pentes de l'Himalaya n'est précédée d'aucun crépuscule, avait presque fondu sur eux. Heureusement, comme c'était presque toujours le cas dans ces contrées, le chemin était en parfait état et tous deux portaient des torches. Il n'y avait pas le moindre danger, seulement un léger malaise dû à la morsure du froid. Au-dessus d'eux, le ciel était parfaitement dégagé et parsemé d'étoiles, familières, amicales. Au moins, pensa George, tout risque était-il écarté de ne pas pouvoir décoller en raison du mauvais temps. Jusqu'au dernier moment, cette crainte l'avait obsédé.

Il se mit à chanter, puis cessa presque aussitôt. Les gigantesques murailles qui le cernaient de toutes parts, fantômes encapuchonnés de blanc, n'encourageaient guère semblable entrain. Il jeta un coup d'œil sur sa montre.

– Nous devrions y être dans une heure, lança-t-il par-dessus son épaule. (Après un temps, il ajouta) : Je me demande si la calculatrice a terminé. Ce devrait être le moment.

Comme Chuck ne répondait pas, George se retourna sur sa selle. Il discernait le visage de son compagnon, pâle ovale tourné vers le ciel.

– Regarde, murmura Chuck, et George leva les yeux à son tour.

Là-haut, sans aucun bruit, s'éteignaient les étoiles.

New York
Mai 1952

JE ME SOUVIENS DE BABYLONE

Voici le conseil le plus sensé jamais donné aux écrivains par le non moins sensé Samuel Goldwin : « Si vous voulez transmettre un message, utilisez la Western Union. » Toutefois, je le confesse, cette nouvelle contient bel et bien un message. Elle fut écrite à une époque où Telstar n'existait pas encore, avec l'intention délibérée d'inciter le lecteur américain à prendre au sérieux le problème des satellites de communication.

Est-il besoin de le préciser, depuis, les États-Unis ont fait bien plus que cela. Quelques années seulement après la publication dans Playboy *de ce récit prémonitoire, je suivais sur un circuit fermé de télévision au Q. G. de Comsat le lancement de* Early Bird. *Que les spectateurs qui en ont par-dessus la tête des programmes assommants de Madison Avenue se rassurent; car le président de Comsat m'a affirmé qu'il demanderait à ses assistants de lire cette nouvelle.*

Mon nom est Arthur C. Clarke, et je souhaiterais ne jamais avoir été mêlé à cette sordide affaire. Mais puisque l'intégrité morale – je dis bien, morale – des États-Unis est en jeu, je dois de prime abord présenter les faits. De cette manière seulement vous comprendrez comment, avec l'aide du regretté Dr Alfred Kinsey, j'ai pu, sans le vouloir, déclencher une avalanche qui balaiera peut-être l'essentiel de la civilisation occidentale.

En 1945 – j'étais alors officier radar dans la *Royal Air Force* – j'eus la seule idée vraiment originale de toute mon existence. Douze ans avant que le premier Spoutnik commencât à émettre ses bip-bip, il me vint à l'esprit qu'un satellite artificiel serait l'endroit idéal pour abriter un émetteur de télévision. Une station située à plusieurs milliers de kilomètres d'altitude, en effet, pourrait couvrir la moitié du globe. Au cours de la semaine qui suivit Hiroshima, je mis cette idée noir sur blanc, proposant un réseau de satellites artificiels placés en orbite à une hauteur de trente-cinq mille kilomètres au-dessus de l'Équateur. A cette altitude, il leur faudrait exactement une journée pour accomplir une révolution complète, et ainsi resteraient-ils en permanence au-dessus du même point.

Cet essai parut dans le numéro d'octobre 1945 de *Wireless World*. Persuadé que les engins spatiaux ne seraient pas commercialisés de mon vivant, je ne pris pas la peine de faire breveter mon idée, et sans doute n'aurais-je pas pu le faire, de toute façon. (Si je me trompe, je préfère l'ignorer.) Mais je continuai à l'introduire dans mes bouquins. De nos jours, la notion de satellite de communication est tellement banale que personne n'en connaît l'origine.

Je fis bien une faible tentative pour en revendiquer la paternité lorsque j'entrai en rapport avec la Commission pour l'Exploration Astronautique et Spatiale de la Chambre des Représentants; vous trouverez mon témoignage à la page 32 de son rapport, *les dix prochaines années dans l'Espace*. Ma conclusion, vous saurez bientôt pourquoi, ne manquait pas d'un certain humour dont la portée m'échappa sur le moment :

« Lorsqu'on vit comme moi en Extrême-Orient, la lutte d'influence que se livrent l'Occident et l'Union Soviétique auprès de millions d'Asiatiques non engagés est une réalité de tous les instants... Lorsque les retransmissions télévisées seront rendues possibles grâce à des satellites en orbite au-dessus de nous, leur utilisation comme arme de propagande pourra être décisive... »

Aujourd'hui encore, je m'en tiens à ces mots, mais ils contenaient certaines implications auxquelles je n'avais pas songé. D'autres, malheureusement, l'ont fait à ma place.

Tout a commencé à l'occasion de l'une de ces réceptions officielles qui sont un trait caractéristique de la vie sociale dans les capitales orientales. Non qu'il en soit autrement à l'Ouest, bien au contraire, mais à Colombo, les distractions sont rares. Une fois par semaine, au moins, pour peu que vous soyez quelqu'un, vous êtes convié à un cocktail – à une ambassade, une chancellerie, au *British Council,* à la Mission Américaine, à l'Alliance Française ou à l'une de ces innombrables agences qui ont vu le jour sous les auspices des Nations unies.

Au début, nous trouvant plus à notre aise sous l'océan Indien que dans les cercles diplomatiques, mon associé et moi étions ignorés de tous et laissés à l'écart. Mais après que Mike eut participé à la tournée de Dave Brubeck à Ceylan, on commença à prendre conscience de notre existence et cet intérêt s'accrut lorsque Mike épousa une des beautés les plus réputées de l'île. Si bien qu'aujourd'hui, seule notre répugnance à abandonner nos confortables sarongs pour ces absurdités que sont pantalons, smokings et cravates, met un frein à notre consommation de cocktails et canapés.

C'était la première fois que nous étions invités à l'Ambassade Soviétique où une réception était organisée en l'honneur d'océanographes soviétiques qui venaient juste d'arriver. Sous les inévitables portraits de Marx et de Lénine se pressaient quelque deux cents personnes de toutes couleurs, religions et langues. Certains bavardaient, d'autres se consacraient exclusivement à faire disparaître le caviar et la vodka. La foule m'avait séparé de Mike et d'Élizabeth que j'apercevais à l'autre extrémité de la salle. Mike effectuait son numéro « Je me trouvais à cinquante brasses de profondeur » pour le plus grand plaisir d'un auditoire fasciné, sous l'œil narquois d'Élizabeth, elle-même point de mire d'innombrables regards.

Depuis que j'ai perdu un tympan en pêchant la perle sur la Grande Barrière de Corail, ce genre de situation me met au supplice. Le bruit de fond est de douze décibels trop élevé pour moi, et ce n'est pas un mince handicap lorsqu'on est présenté à des gens répondant au nom de Dharmasiriwardene, Tissaveerasinghe, Goonetilleke, et Jayawickrema. Par conséquent, lorsque je ne suis pas occupé à faire une razzia sur le buffet, je m'arrange pour trouver une zone de relative tranquillité où j'aie une chance de saisir plus de cinquante pour cent de toute conversation à laquelle je pourrais être mêlé. Je me tenais donc dans l'ombre acoustique d'un grand pilier ornemental, arborant mon air détaché à la Somerset Maugham, lorsque je remarquai un homme qui me dévisageait avec l'air de penser : « Est-ce que nous ne nous sommes pas déjà rencontrés ? »

Je le décrirai minutieusement, car il se peut qu'un grand nombre de lecteurs soient en mesure de l'identifier. Il avait la trentaine bien sonnée et je devinai qu'il était américain. Il avait cet aspect net et efficace, cette dégaine très *Rockefeller Center* qui était presque une marque de fabrique avant que les jeunes diplomates et conseillers techniques soviétiques ne parviennent si parfaitement à l'imiter. Il mesurait près d'un mètre quatre-vingts; ses yeux au regard pénétrant étaient bruns et ses cheveux noirs commençaient à grisonner sur les tempes. Bien que je fusse presque certain de ne l'avoir jamais rencontré, son visage me rappelait quelqu'un. Il me fallut deux jours pour retrouver de qui il s'agissait. John Garfield, vous vous souvenez? C'était le même homme, à s'y méprendre.

Si, au cours d'une soirée, il advient qu'un inconnu accroche mon regard, mes mécanismes de sélection entrent automatiquement en action. Si l'individu a l'air sympathique mais que je me sente peu porté à la mondanité, je lui fais le coup de l'indifférence, en laissant mon regard le balayer sans manifester le moindre signe de reconnaissance, mais sans hostilité. S'il est franchement repoussant, je le gratifie du *coup d'œil* (1), qui consiste en un long regard incrédule puis, sans trop de hâte, je lui tourne carrément le dos. Dans les cas extrêmes, on peut s'essayer à laisser transparaître, l'espace d'un millième de seconde, une expression de dégoût. On obtient généralement de bons résultats.

Mais le personnage ne semblait pas dépourvu d'intérêt et je commençais à m'ennuyer. Aussi répondis-je à son regard par une inclination courtoise de la tête.

L'instant d'après, il se frayait un passage vers moi à travers la cohue et je tournai dans sa direction mon oreille valide.

– Hello, dit-il (pas de doute, il était bien américain), mon nom est Gene Hartford. Je suis certain de vous avoir déjà rencontré.

– C'est bien possible, répondis-je. J'ai passé pas mal de temps aux États-Unis. Mon nom est Arthur Clarke.

Neuf fois sur dix, je n'obtiens qu'un regard dénué d'expression. Il arrive pourtant que cela provoque une réaction. C'était tout juste si je ne voyais pas

(1) En français dans le texte.

défiler les cartes IBM derrière ces yeux au regard acéré. J'avoue avoir été flatté par la rapidité avec laquelle il répondit.

– L'écrivain scientifique ?

– Exact.

– Mais c'est incroyable ! (Il semblait sincèrement stupéfait.) A présent, je sais où je vous ai vu. Je me trouvais dans le studio lorsque vous avez participé au show de Dave Garroway.

(Cette piste peut valoir la peine d'être suivie, mais j'en doute. Ce nom de « Gene Hartford » me paraît trop providentiellement synthétique pour être honnête.)

– Alors, vous travaillez pour la télévision ? questionnai-je. Et que faites-vous ici – le plein d'images ou bien êtes-vous seulement en vacances ?

Il me gratifia du large sourire amical de celui qui a tout, ou presque, à cacher.

– Oh, je me contente d'ouvrir l'œil. Mais cette rencontre est ahurissante. Figurez-vous que j'ai lu votre *Exploration of Space* lorsqu'il est paru en, euh...

– 1952. Depuis, *Le Livre du Mois* n'a plus jamais été le même.

Ce bref échange m'avait permis de le jauger ; bien que quelque chose en lui me déplût, je n'arrivais pas à mettre le doigt dessus. Mais j'étais disposé à faire preuve d'une grande indulgence envers quelqu'un qui avait lu mon œuvre et par surcroît travaillait pour la télévision. Mike et moi sommes toujours à l'affût de clients pour nos films sous-marins. Mais le moins que l'on puisse dire, c'est que ce n'était pas du tout du domaine de Hartford.

– Écoutez, fit-il d'une voix pressante, je suis sur un coup fumant qui devrait vous intéresser. En fait, c'est en partie vous qui m'en avez donné l'idée.

Cela semblait prometteur, et mon coefficient de cupidité fit un bond.

– Vous m'en voyez ravi. De quoi s'agit-il?

– Je ne peux rien dire ici, mais pourriez-vous passer à mon hôtel – disons vers 3 heures; demain?

Il n'y a que deux hôtels à Colombo qui peuvent se flatter d'avoir une clientèle régulière d'Américains, et ma première supposition avait été la bonne. Il était descendu au *Mount Lavinia.* Peut-être l'ignorez-vous, mais l'endroit où nous eûmes notre petite conversation ne vous est pas inconnu. Vers le milieu du *Pont de la Rivière Kwaï,* il y a une courte scène dans un hôpital militaire. Jack Hawkins croise une infirmière et lui demande où il peut trouver Bill Holden. Nous avons un faible pour ce passage, car Mike est au nombre des officiers de marine en convalescence que l'on aperçoit à l'arrière-plan. Si vous regardez attentivement, vous le verrez à l'extrême droite de l'écran, barbu et de profil.

Ce fut sur cette corniche exiguë, perchée bien audessus des kilomètres de plage bordée de palmiers, que Gene Hartford me fit ses confidences – et mes naïfs espoirs financiers commencèrent à s'évaporer. Quels furent ses véritables motifs, au cas où lui-même serait parvenu à les démêler, je me le demande encore. La surprise qu'il ressentit en me voyant, et un sentiment confus de gratitude (dont je me serais volontiers passé) y furent sans doute pour quelque chose, car en dépit de ses manières pleines d'assurance, ce devait être un homme amer et solitaire, souffrant d'un profond besoin d'être compris et approuvé.

Avec moi, il fit chou blanc. J'ai toujours ressenti pour Benedict Arnold une sympathie secrète, et sans doute en est-il de même pour tous ceux qui ont eu connaissance de tous les faits concernant cette affaire. Mais Arnold se contentait de trahir son pays; avant Hartford, nul n'avait jamais tenté de le séduire.

Mes rêves de dollars s'évanouirent lorsque j'appris que les liens de Hartford avec la télévision américaine avaient été rompus, quelque peu violemment, au début des années 50. Il était évident que ses liens avec le Parti avaient été à l'origine de son éviction de Madison Avenue, et dans ce cas précis, aucune injustice ne semblait avoir été commise. Bien qu'il parlât avec une certaine fureur contrôlée de la lutte qu'il avait menée contre une censure imbécile et versât quelques pleurs sur une brillante série d'émissions culturelles dont j'ignore toujours le nom – à laquelle il travaillait au moment d'être balancé – je commençais à flairer anguille sous roche et mes réponses étaient d'une remarquable circonspection. Pourtant, au fur et à mesure que diminuait mon intérêt financier, ma curiosité prenait le dessus. Qui se cachait derrière Gene Hartford ? Sûrement pas la BBC...

Pour en avoir le cœur net, je dus attendre qu'il eût cessé de s'apitoyer sur lui-même.

– Je vais vous apprendre quelque chose qui vous fera bondir, annonça-t-il d'un air suffisant. Les réseaux américains vont bientôt devoir affronter une concurrence serrée. Et tout se passera exactement comme vous l'aviez prédit : ceux qui ont envoyé un relais émetteur de télévision sur la Lune peuvent en placer un autre beaucoup plus important en orbite autour de la Terre.

– Un bon point pour eux, répliquai-je sans me compromettre. Il n'y a rien de tel que la compétition pacifique. A quelle date est prévu le lancement ?

– C'est imminent. Le premier émetteur sera installé quelque part au sud de la Nouvelle-Orléans – sur l'équateur, naturellement. En plein Pacifique. Il ne sera situé au-dessus d'aucun territoire, pour éviter toutes complications diplomatiques. Mais il sera bel et bien là-haut, exposé aux regards de tous, depuis Seattle jusqu'à Key West. Vous vous rendez compte – le seul poste émetteur que pourra capter l'ensemble des États-Unis ! Oui, même Hawaii ! Et aucun moyen de le brouiller; pour la première fois, une chaîne indépendante sera reçue dans chaque foyer américain. Et les boy-scouts d'Edgar en seront pour leurs frais.

« Ainsi, pensais-je, c'est ça, ta petite combine; au moins n'y vas-tu pas par quatre chemins. Depuis longtemps, j'ai appris à éviter toute polémique avec les marxistes et tous ceux qui persistent à croire que la Terre est plate. Mais si Hartford disait la vérité, je voulais lui tirer les vers du nez. »

– Avant que votre enthousiasme ne vous emporte, dis-je, peut-être avez-vous négligé un détail ou deux ?

– Par exemple ?

– Cela marchera dans les deux sens. Nul n'ignore que l'Air Force, la NASA, Bell Labs, ITT, Hugues et une douzaine d'autres agences travaillent sur ce projet. Quel que soit le tort causé par l'URSS aux États-Unis sur le chapitre de la propagande, il lui sera retourné avec des intérêts composés.

Hartford eut un sourire sans joie.

– Enfin, Clarke ! dit-il. (Il ne m'avait pas appelé Arthur, c'était déjà ça.) Vous me décevez. Vous savez certainement que les États-Unis ont plusieurs années de retard en capacité de charge utile. Et croyez-vous vraiment que le vieux T.3 soit le dernier mot des Russes ?

Ce fut alors que je commençai à le prendre au sérieux. Il avait parfaitement raison. Le T.3 pouvait propulser une charge utile cinq fois supérieure, au bas mot, à celle de n'importe quel missile américain dans cette fameuse orbite stationnaire de trente-cinq mille kilomètres. Et avant que les Américains puissent rattraper ce retard, Dieu sait où les Russes en seraient. Oui, Dieu ne manquerait sûrement pas de le *savoir*...

– D'accord, concédai-je, mais pourquoi cinquante millions de foyers américains commenceraient-ils à changer de chaîne dès l'instant où ils pourront capter Moscou ? J'ai beaucoup d'admiration pour les Russes, mais question divertissement, ils sont encore plus mauvais qu'en politique. En dehors du Bolchoï, qu'est-ce qu'ils proposent? Et pour mon goût personnel, un petit ballet de temps à autre, c'est bien suffisant.

A nouveau, il me gratifia de son sourire glacé. Hartford avait gardé son meilleur atout pour la fin, et le moment était venu de le tirer de sa manche.

– C'est vous qui avez mis les Russes sur le tapis, fit-il remarquer. Ils sont dans le coup, bien sûr, mais uniquement en tant que fournisseurs. L'agence privée qui m'emploie loue leurs services.

– Ce doit être une sacrée agence, observai-je sèchement.

– Vous l'avez dit. La plus grande. Bien que les États-Unis refusent d'admettre son existence.

– Oh, fis-je, d'un air plutôt niais, alors, ce sont *eux*, vos commanditaires?

Des rumeurs m'étaient parvenues, selon lesquelles l'Union soviétique allait lancer des satellites pour le compte des Chinois; de la façon dont les choses se présentaient maintenant, il semblait que les rumeurs fussent restées bien en deçà de la vérité. Mais jusqu'à quel point, j'étais encore loin de m'en douter.

– Comme vous avez raison! s'exclama Hartford avec entrain, lorsque vous dites que les Russes ne savent pas se divertir. Une fois retombé l'effet de nouveauté, l'indice d'écoute se rapprocherait vite de zéro. Avec le programme que *je* suis en train de mijoter, cela ne risque pas d'arriver. Mon boulot consiste à trouver du matériel qui réduira à néant les autres chaînes lorsqu'il passera à l'antenne. Vous ne me croyez pas? Finissez votre verre et venez dans ma chambre. J'ai là un film sur l'art religieux d'un niveau culturel assez élevé que j'aimerais vous montrer.

Finalement, il n'était pas fou, bien que l'espace d'un instant, j'eusse été tenté de le croire. J'aurais pu sans peine imaginer quelques autres titres plus susceptibles d'inciter le spectateur à choisir la chaîne en question que celui qui flamboya sur l'écran :

ASPECTS DE LA SCULPTURE TANTRIQUE
DU XIIIe SIÈCLE

– Ne vous inquiétez pas, dit Hartford. (Son ricanement couvrit le ronronnement du projecteur.) Ce titre m'a mis à l'abri de la curiosité de certains inspecteurs des douanes trop zélés. Il correspond parfaitement au sujet, mais en temps voulu, nous le remplacerons par quelque chose de plus accrocheur.

Après quelques plans généraux et inoffensifs sur l'architecture du temple, je compris où il voulait en venir.

Peut-être n'êtes-vous pas sans savoir qu'en Inde, certains temples sont tapissés de sculptures magnifiques d'une espèce que nous autres Occidentaux associons rarement avec la religion. Dire qu'elles sont réalistes serait un euphémisme ridicule; en fait, elles ne laissent *rien* à l'imagination – si débridée soit-elle. Ce sont pourtant de purs chefs-d'œuvre. Il en était de même pour le film de Hartford.

Au cas où vous seriez intéressé, il avait été tourné au Temple du Soleil, Konarak. Depuis, je me suis documenté à son sujet. Il se trouve sur la côte d'Orissa, à trente-cinq kilomètres au nord-est de Puri. Les ouvrages de référence se montrent plutôt discrets; certains allant jusqu'à s'excuser de l'impossibilité « *évidente où ils se trouvent* de présenter des illustrations », mais dans *Indian Architecture,* Percy Brown ne mâche pas ses mots. Les sculptures, dit-il sur un ton pincé, sont « d'un caractère érotique dont l'impudence n'a d'équivalent dans aucune autre œuvre connue ». Voilà une affirmation bien lapidaire, mais après avoir vu ce film, je le crois volontiers.

Le cameraman s'était surpassé. Sous l'objectif vagabond, les vieilles pierres s'éveillaient à la vie. Alors que, chassant les brumes de la nuit, le soleil levant révélait les corps entrelacés dans l'extase, certains plans étaient à vous couper le souffle. Subitement, la caméra grossissait des détails ahurissants que, tout d'abord, l'esprit se refusait à reconnaître; puis c'était l'étude floue d'une pierre que le ciseau souverain de l'artiste avait façonnée au gré de toutes les extravagances, de toutes les aberrations de l'amour; des zooms et des panoramiques angoissants dont le sens échappait au regard jusqu'à l'instant où se figeait dans le relief un désir sans fin ou une jouissance éternelle. La musique – des percussions, surtout, derrière lesquelles se blottissait l'imperceptible caresse de quelque instrument à cordes que je ne parvenais pas à identifier – accompagnait merveilleusement le rythme des images. A certains moments, elle exprimait une langoureuse paresse qui me rappelait les premières mesures de *L'Après-midi d'un Faune,* puis la batterie s'enflait soudain en un crescendo presque insupportable. Au travers des siècles, la maîtrise de l'antique sculpteur et l'adresse du cameraman s'étaient combinées pour livrer ce poème d'extase, cet orgasme sur celluloïd qu'aucun homme ne pouvait regarder sans trouble.

Enfin, l'écran s'emplit de lumière, la mélodie lascive s'éteignit. Il y eut un long silence.

– Seigneur! m'exclamai-je, lorsque j'eus retrouvé tout mon sang-froid. Avez-vous réellement l'intention de montrer *ceci* à la télévision?

Hartford eut un petit rire.

– Croyez-moi, dit-il, ce que vous venez de voir n'est rien. Il se trouve que c'est l'unique bobine que je peux transporter en toute sécurité. S'il le faut, nous sommes prêts à défendre ce film du point de vue strictement artistique, historique ou religieux – oh, c'est que nous avons pensé à tout. Mais c'est sans importance; personne ne peut nous arrêter. Pour la première fois dans l'histoire, toute forme de censure devient rigoureusement impossible. Quel moyen y aurait-il de l'instaurer? Le client peut être servi à domicile. Tout ce qu'il aura à faire, c'est de verrouiller la porte et d'allumer son poste – ni ses amis ni les siens n'en sauront jamais rien.

– Très fort, murmurai-je, mais ne craignez-vous pas qu'on se lasse vite, à un tel régime?

– Sans aucun doute : le changement est le sel de la vie. Nous proposerons quantité de divertissements plus classiques; fiez-vous à *moi*. Et de temps à autre, nous aurons des bulletins d'information – le mot propagande me fait horreur – pour apprendre au public américain tenu dans l'ignorance ce qui se passe réellement dans le monde. Nos émissions de caractère spécial serviront d'appât.

– Vous permettez que je prenne un peu l'air? dis-je. On étouffe, ici.

Hartford tira les rideaux et la lumière pénétra à flots dans la pièce. A nos pieds se déployait la longue boucle de sable fin avec le chapelet de barques de pêche qu'on avait remontées à l'ombre des palmiers et la dentelle d'écume que produisaient en se brisant les vaguelettes épuisées par leur course depuis l'Afrique. Un des plus beaux panoramas du monde, mais à cette minute, j'étais hors d'état de lui accorder toute l'attention qu'il méritait. J'avais toujours devant les yeux ces membres de pierre entrelacés, ces visages pétrifiés dans une expression d'ardeur que les siècles n'assouviraient jamais.

– Vous seriez stupéfait de constater à quel point le matériel abonde, reprit dans mon dos la voix avide. Rappelez-vous que nous n'avons absolument aucun tabou. Du moment que cela peut être filmé, nous pouvons le montrer à l'antenne.

Il se dirigea vers son bureau et s'empara d'un lourd volume en mauvais état.

– Voici ce qui a été ma Bible, dit-il, ou mon Sears,

Roebuck, si vous préférez. Sans ce bouquin, jamais je n'aurais vendu les émissions à mes commanditaires. Ils ont en la science une confiance absolue, et ils ont tout avalé, tout, jusqu'à la dernière virgule. Vous le reconnaissez?

Je hochai la tête; chaque fois que je suis invité chez quelqu'un, je m'assure d'un coup d'œil des goûts littéraires de mon hôte.

– C'est le rapport Kinsey, j'imagine.

– Sans doute suis-je la seule personne à l'avoir lu d'un bout à l'autre au lieu de me contenter de consulter mes propres statistiques. Dans son domaine, il est la seule étude de marché qui ait jamais été faite. Jusqu'à ce que nous ayons à notre disposition quelque chose de plus complet, nous en tirerons le meilleur parti possible. Il nous renseigne sur les désirs du client, et ces désirs, nous allons les satisfaire.

– *Tous?*

– Si le public est assez large, oui. Nous laisserons de côté les garçons de ferme un peu demeurés qui se permettent certaines privautés avec les bestiaux, mais les quatre principaux sexes n'auront pas à se plaindre. C'est là que réside la beauté du film que vous venez de voir – chacun y trouve son compte.

– C'est le moins que l'on puisse dire, marmonnai-je.

– On s'est amusé comme des fous en préparant l'émission que j'ai baptisée « L'heure des Tantes ». Ne riez pas – aucune agence de pointe ne peut se permettre de négliger un tel public. Ils sont dix millions au moins, en comptant les dames – bénis soient leurs galoches et leur veston de tweed! Si vous croyez que j'exagère, faites le compte de toutes les revues d'art masculines qui encombrent les kiosques. Ce ne fut pas difficile d'exercer un chantage sur un certain nombre de Monsieur Muscle particulièrement délicats pour les convaincre de travailler pour nous.

Il s'aperçut que mon attention commençait à se

relâcher; certaines obsessions ont sur moi un effet dépressif. Mais c'était faire injure à Gene Hartford, comme il s'empressa de me le prouver.

– N'allez surtout pas croire, fit-il d'une voix anxieuse, que le sexe est notre seule et unique ressource. Le sensationnel est presque aussi efficace. Avez-vous jamais vu à quelle sauce Ed Murrow a dévoré feu Joe McCarthy, la vertu incarnée? C'était de l'eau bénite, comparé aux portraits que nous avons dans nos cartons pour « Les Potins de Washington ».

» Sans parler de notre émission intitulée *Pourrez-vous tenir le coup?* conçue pour distinguer les vrais hommes des poules mouillées. Nous diffuserons un si grand nombre d'avertissements à l'avance que tout Américain qui a du sang dans les veines se sentira obligé de voir ça. Cela commencera en douceur, et nous laisserons à Hemingway le soin de préparer le terrain. Vous assisterez à quelques scènes de corridas qui vous feront réellement bondir de votre fauteuil – ou vous projetteront illico dans votre salle de bains – parce qu'elles montreront tous les petits détails qu'on ne voit jamais dans ces films hollywoodiens trop bien poncés.

» Nous poursuivrons avec un spectacle unique qui ne nous coûtera absolument rien. Vous souvenez-vous des photos produites comme pièces à conviction au cours des procès de Nuremberg? Vous ne les avez jamais vues, car elles n'étaient pas publiables. Il y avait dans les camps pas mal de photographes amateurs qui ont trouvé là-bas les plus belles occasions de leurs vies. Certains ont été pendus sur la foi de leurs propres travaux, mais ceux-ci n'ont pas été perdus pour autant. Cela fournira une excellente introduction à notre dossier en plusieurs épisodes sur *La torture à travers les âges* – très érudit et complet, mais accessible à un vaste public...

» Je pourrais vous citer des douzaines d'autres

exemples, mais vous devez commencer à avoir une vue d'ensemble. Ceux de Madison Avenue pensent ne rien ignorer des techniques de manipulation – croyez-moi, il n'en est rien. De nos jours, les meilleurs spécialistes de la psychologie *appliquée* se trouvent à l'Est. Vous vous souvenez de la Corée et des lavages de cerveau? Depuis, nous avons fait des progrès. La violence n'est plus indispensable; les gens ne détestent plus qu'on leur lave le cerveau, si vous savez vous y prendre.

– Et vous, dis-je, vous voulez laver le cerveau de l'Amérique. C'est un projet ambitieux.

– Exactement. Et les gens vont adorer ça, en dépit des hurlements du Congrès et des Églises. Pour ne rien dire des autres réseaux. Ils crieront plus fort que les autres, lorsqu'ils verront qu'ils ne peuvent pas soutenir notre concurrence.

Hartford consulta sa montre et émit un sifflement inquiet.

– Il est temps pour moi de plier bagage, s'exclama-t-il. Je dois être à 6 heures à cet aéroport qui porte un nom impossible. J'imagine qu'il est inutile que nous comptions vous voir un de ces jours à Macao?

– Inutile, en effet; mais je me rends parfaitement compte de la situation. Et soit dit en passant, ne craignez-vous pas que je déballe tout?

– Qu'aurions-nous à redouter? Plus vous nous ferez de publicité, mieux cela vaudra. Bien que notre campagne ne doive pas commencer réellement avant plusieurs mois, il me semblait que vous aviez droit à la primeur de l'information. Comme je vous l'ai dit, vos bouquins ont contribué à me donner cette idée.

Bon Dieu, c'est qu'il m'en était réellement reconnaissant! Sa gratitude me laissa sans voix.

– Nul ne peut nous arrêter, déclara-t-il. (Et pour la première fois, le fanatique apparut sous cette carapace de cynisme doucereux.) L'Histoire est de notre côté. Pour détruire l'Amérique, nous nous servirons de la seule arme contre laquelle elle ne peut rien : sa propre décadence. Il est douteux que l'Air Force tente un acte de piraterie spatiale en abattant un satellite situé à une telle distance du territoire américain. Et comment le FCC pourrait-il protester auprès d'un pays dont le Département d'État se refuse à reconnaître l'existence ? Si vous avez d'autres suggestions à faire, elles seront les bienvenues.

Sur le moment, je ne trouvai rien à ajouter, et j'en suis toujours au même point. Peut-être ce récit aura-t-il valeur d'avertissement avant que les premières publicités inquiétantes ne fassent leur apparition dans les revues professionnelles et ne provoquent parmi les réseaux un formidable remue-ménage. Mais cela fera-t-il la moindre différence ? Hartford était persuadé du contraire, et peut-être avait-il raison.

« L'Histoire est de notre côté. » Ces mots restent gravés dans ma mémoire. Patrie de Lincoln, de Franklin et de Melville, je t'aime et je formule pour toi des vœux de prospérité. Mais, venu du fond des âges, un vent glacé s'insinue dans mon cœur; car je me souviens de Babylone.

Colombo
Octobre 1959

QUESTION DE TEMPS

Ceci est l'unique nouvelle policière que j'aie jamais écrite. J'en fus d'autant plus flatté lorsque « Ellery Queen » la publia dans un de ses recueils.

Le problème dont il est ici question ne constitue pas l'obstacle principal à la colonisation de Mars. Pourtant, il existe – et nul n'y peut rien.

A moins d'éviter d'acheter des biens immobiliers à la Cité Méridien.

– Sur Mars, on commet bien peu de crimes, fit observer l'inspecteur Rawlings avec un soupçon d'amertume. C'est d'ailleurs la principale raison pour laquelle je rentre au Yard. Si je prolongeais mon séjour ici, j'en arriverais à me rouiller complètement.

Assis dans le grand salon belvédère du spatio-port de Phobos, nous contemplions les rochers déchiquetés et inondés de soleil de la lune minuscule. .

La navette à bord de laquelle nous avions quitté Mars était repartie depuis dix minutes et amorçait à présent la longue descente vers le globe aux nuances d'ocre, suspendu contre le champ des étoiles. Dans une demi-heure, nous embarquerions sur le vaisseau en partance pour la Terre – un monde sur lequel la plupart des passagers n'avaient jamais posé le pied, mais qu'ils persistaient à appeler « la mère patrie ».

– De temps à autre, reprit l'Inspecteur, se présente malgré tout une affaire qui nous arrache au train-train quotidien. Vous êtes négociant en œuvres d'art, monsieur Maccar; sans doute avez-vous entendu parler du problème que nous avons eu à la Cité Méridien, voici deux mois?

– Je ne crois pas, répondit le petit homme replet à la peau olivâtre que j'avais pris pour un touriste ordinaire sur le chemin du retour.

L'Inspecteur avait dû vérifier la liste des passagers; je me demandais ce qu'il savait au juste sur mon compte et tentais de me rassurer du fait que j'avais la conscience... disons, relativement tranquille. Après tout, qui pouvait se vanter de n'avoir jamais sorti quoi que ce soit au nez et à la barbe des douaniers martiens?

– L'affaire a été soigneusement étouffée, dit l'Inspecteur, mais ces choses-là finissent toujours par remonter à la surface. Toujours est-il qu'un voleur venu de la Terre a tenté de dérober l'orgueil du Musée – la Déesse Sirène.

– Mais c'est absurde! objectai-je. Elle n'a pas de prix, certes, mais ce n'est jamais qu'un bloc de grès. Personne ne l'achètera – autant voler la Joconde!...

L'Inspecteur grimaça un sourire amer.

– On y a déjà pensé, dit-il. Peut-être le mobile était-il le même. Certains collectionneurs donneraient une fortune pour acquérir un tel objet, même s'ils devaient être les seuls à pouvoir l'admirer ensuite. Qu'en pensez-vous, monsieur Maccar?

– C'est parfaitement exact. Dans mon métier, on rencontre toutes sortes d'originaux.

– Quoi qu'il en soit, cet individu – il se nommait Danny Weaver – avait été grassement payé par l'un d'eux. Et sans une incroyable déveine, il aurait fort bien pu réussir.

Les autorités du spatioport s'excusèrent pour un nouveau retard dû à un ultime contrôle du carburant et prièrent certains passagers de bien vouloir se présenter au bureau d'Information. Tandis que nous attendions la fin de l'annonce, je me remémorai le peu que je savais au sujet de la Déesse Sirène. Bien que n'ayant jamais vu l'original, comme la plupart des autres touristes sur le départ, j'en emportais la reproduction dans ma valise. Elle arborait le certificat du Service martien des Antiquités, certifiant que « cette réplique grandeur nature est une copie exacte de la statuette baptisée Déesse Sirène découverte dans la Mare Sirenium par la troisième expédition en l'an 2012 après J.-C. (Année martienne 23) ».

En vérité, c'est une chose bien modeste, pour avoir suscité tant de controverses. Elle mesure de vingt à vingt-deux centimètres de haut, et vous ne lui jetteriez pas même un second regard si vous la voyiez dans un musée terrien. La tête est celle d'une jeune femme aux traits vaguement orientaux; les lobes de ses oreilles sont allongés et ses cheveux coiffés en boucles serrées très près du crâne. Les lèvres sont entrouvertes dans une expression de plaisir ou de surprise – et voilà tout. Mais c'est une énigme si déconcertante qu'elle a inspiré une centaine de sectes religieuses et fait perdre son latin à plus d'un archéologue. De quel droit, en effet, une tête parfaitement humaine à tous points de vue aurait-elle été retrouvée sur Mars dont les seules créatures intelligentes étaient des crustacés, « des homards cultivés », ainsi que les journaux se plaisaient à les appeler. Jamais les Martiens primitifs ne furent capables de voyager dans l'espace et, de toute façon, leur civilisation s'éteignit avant l'apparition de l'homme sur Terre.

Rien de surprenant à ce que la Déesse Sirène

demeure le mystère numéro un du Système Solaire. Sans doute ne sera-t-il pas éclairci de mon vivant – si jamais il doit l'être.

– Le plan de Danny était d'une remarquable simplicité, poursuivit l'Inspecteur. Vous savez à quel point une ville martienne peut sembler morte le dimanche, lorsque tout est fermé et que les colons s'enferment chez eux pour regarder à la télévision les programmes retransmis depuis la Terre. C'est là-dessus que comptait Danny lorsqu'il s'inscrivit sur le registre d'un hôtel de Méridien-Ouest, le vendredi, en fin d'après-midi. Il disposerait de toute la journée du samedi pour effectuer une reconnaissance des lieux et d'un dimanche tranquille pour mettre son projet à exécution. Le lundi matin, lorsqu'il quitterait la ville, il ne serait jamais qu'un touriste parmi les autres...

» De bonne heure, le samedi, il traversa sans se presser le petit parc en direction de Méridien-Est où se trouve le Musée. Au cas où vous l'ignoreriez, la ville tire son nom du fait qu'elle est construite exactement sur le cent quatre-vingtième degré de longitude; au milieu du parc est érigée une dalle de pierre sur laquelle est gravé le premier méridien, si bien que les visiteurs peuvent se faire photographier avec un pied sur chaque hémisphère. Il est stupéfiant de constater à quel point les gens s'amusent d'un rien.

» Danny consacra la journée entière à déambuler à travers les salles du Musée, comme aurait pu le faire n'importe quel touriste déterminé à en avoir pour son argent. Mais à l'heure de la fermeture, il resta dans la place. Il s'était terré dans une des galeries fermées au public où l'administration avait prévu de reconstituer un édifice de la dernière période des Canaux, inachevé en raison de l'insuffisance des crédits. Il y demeura jusqu'aux environs de minuit, pour le cas où quelques fanatiques se seraient attardés dans les bâtiments. Alors seulement, il émergea de sa cachette et se mit à l'ouvrage.

– Un instant! m'écriai-je. Et le veilleur de nuit?

Ma question provoqua l'hilarité de l'Inspecteur.

– Sur Mars, mon cher, ce genre de raffinements n'existe pas. Le Musée n'était même pas équipé d'un système d'alarme. Qui, je vous le demande, prendrait la peine de dérober des morceaux de pierre? La Déesse, il est vrai, était protégée par une solide châsse de verre et d'acier, de crainte qu'un chasseur de souvenirs ne la prenne en affection. Mais même si on la volait, le coupable ne trouverait nulle part où se réfugier, et à peine se serait-on aperçu de sa disparition que toutes les issues de la ville seraient contrôlées.

L'exactitude de ces remarques me rappela que j'avais raisonné en Terrien. Sur Mars, je l'avais oublié, chaque cité est un petit monde clos, protégé du néant glacial par un champ magnétique. Au-delà de ces écrans électroniques, il n'y a que le vide hostile de l'atmosphère martienne. Tout homme qui s'y aventurerait sans protection mourrait en quelques secondes. Ce qui facilite singulièrement l'application des lois; rien d'étonnant à ce que l'on commette si peu de crimes sur Mars...

– Danny avait un superbe jeu d'outils, aussi précis que ceux d'un horloger. La pièce maîtresse en était une microscie, de la taille d'un fer à souder. Elle avait une lame mince comme du papier à cigarette, activée à un million de tours seconde par une batterie à ultrasons. Elle entrerait dans le verre ou l'acier aussi facilement que dans du beurre – et laisserait une coupure de l'épaisseur d'un cheveu. Pour Danny, ce détail était très important, car il ne devait laisser aucune trace de son travail.

» Vous avez deviné, je pense, comment il comptait procéder. Il allait sectionner le socle de la vitrine et substituer à la véritable Déesse une de ces reproductions pour touristes. Deux ans pouvaient s'écouler avant qu'un expert particulièrement attentif s'aperçût de l'abominable vérité; depuis belle lurette, l'original aurait pris le chemin de la Terre, maquillé en sa propre copie, avec un véritable certificat d'authenticité. Du beau travail, non?

» Travailler dans cette galerie ténébreuse, au milieu de ces sculptures vieilles de millions d'années et de ces objets aux origines mystérieuses, sans doute y avait-il là de quoi vous donner la chair de poule. Sur Terre, un musée n'a déjà rien de rassurant lorsqu'on s'y promène la nuit, mais au moins garde-t-il quelque chose de... hum, d'*humain*. Et la Galerie Trois, qui abrite la Déesse, est particulièrement inquiétante. Elle contient de nombreux bas-reliefs représentant des combats d'animaux extravagants; on dirait des scarabées géants, et la plupart des paléontologues refusent carrément d'admettre qu'ils aient jamais existé. Fruits de l'imagination ou non, ils sont issus de ce monde, mais aucun ne troubla Danny autant que le regard scrutateur de la Déesse, le défiant du fond des âges de pouvoir expliquer sa présence en cet endroit. Danny en avait des frissons. Comment je le sais? C'est lui qui me l'a dit.

» Avec autant de soins qu'un ouvrier diamantaire se préparant à tailler une pierre, il s'attaqua au socle. Il lui fallut une bonne partie de la nuit pour découper la trappe, et l'aube se levait lorsque enfin il reposa la scie. Le travail était loin d'être terminé, mais le plus difficile était fait. Placer la reproduction à la place de l'original, comparer le résultat avec les photos dont il avait eu la prévoyance de se munir, effacer ses traces, voilà qui l'occuperait tout le dimanche, ou presque, mais Danny n'en avait cure. Il disposait encore de vingt-quatre heures de solitude avant de voir arriver les premiers visiteurs du lundi auxquels il se mêlerait pour sortir discrètement.

» Vous mesurerez sans peine l'étendue de son émoi lorsqu'à 8 heures 30 précises, les portes d'entrée s'ouvrirent bruyamment et le personnel du Musée – six hommes en tout et pour tout – se mit en devoir de préparer l'accueil des visiteurs. Danny bondit sur la sortie de secours, laissant tout en plan derrière lui – matériel, Déesse, tout.

» A peine se retrouva-t-il dehors qu'il éprouva un second choc. A une heure aussi matinale, les habitants de Méridien-Est auraient dû être chez eux, à lire les journaux du dimanche. Pourtant la rue grouillait de monde, qui prenant le chemin de l'usine, qui celui du bureau, pour commencer ce qui avait toutes les apparences d'une journée de travail ordinaire.

» Lorsque l'infortuné Danny arriva à son hôtel, nous l'attendions déjà. Notre mérite n'était pas bien grand d'avoir deviné que seul un visiteur venu de la Terre – et tout récemment – avait pu négliger le principal titre de gloire de la Cité Méridien. Vous savez, je présume, de quoi il s'agit?

– Franchement, non, avouai-je. Six semaines, c'est peu pour épuiser toutes les ressources de Mars, et je ne suis jamais allé à l'est de la Grande Syrte.

– C'est d'une simplicité enfantine, mais nous aurions tort d'accabler ce pauvre Danny. De temps à autre, il arrive que même les habitants de la cité tombent dans le panneau. Sur Terre, où le problème gît au fond du Pacifique, cela ne nous tracasse guère. Mais Mars est une planète sans eau, aussi *quelqu'un* se doit-il de vivre à la Limite Internationale de l'Heure...

» Danny, voyez-vous, avait élaboré ses plans depuis Méridien-Ouest. Là-bas, nous étions effectivement dimanche – nous étions toujours dimanche lorsque nous l'avons cueilli à son retour à l'hôtel. Mais à quelques centaines de mètres de là, à Méridien-Est, nous n'étions encore que samedi. Ce petit trajet à travers le parc avait tout bouleversé. Tout de même, quelle invraisemblable malchance !

Longtemps, nous communiâmes dans un sentiment de muette compassion.

– A combien a-t-il été condamné? questionnai-je enfin.

– A trois ans.

– C'est peu.

– Je parle en années martiennes. Elles équivalent presque à six des nôtres. Et à une amende colossale dont le montant, par une bizarre coïncidence, s'élevait au prix de remboursement de son billet de retour sur Terre. Naturellement, il n'est pas en prison. Mars ne peut guère se permettre d'entretenir les gens à ne rien faire. Danny s'est vu contraint de gagner sa vie, tout en faisant l'objet d'une discrète surveillance. Je vous ai dit que le Musée n'avait pas les moyens de s'offrir un veilleur de nuit. C'est maintenant chose faite. Devinez qui?

– Embarquement dans dix minutes ! glapirent les haut-parleurs. Veuillez rassembler vos bagages à main !

Tandis que nous nous dirigions vers le sas, je ne pus m'empêcher de poser une dernière question.

– Et qu'est-il advenu de ceux qui avaient commandé à Danny ce petit travail? Il devait y avoir pas mal d'argent derrière lui. Les avez-vous appréhendés?

– Pas encore. Ils se sont volatilisés dans la nature, et je crois que Danny disait vrai en affirmant qu'il ne pouvait pas nous mettre sur leur piste. D'ailleurs cette affaire ne me concerne plus, puisque je retourne au Yard. Pourtant un policier ouvre l'œil malgré lui – un peu comme un marchand d'œuvres d'art, n'est-ce pas, monsieur Maccar? Mais vous avez une mine épouvantable ! Tenez, prenez donc un de mes comprimés contre le mal de l'espace.

– Je vais très bien, merci, répliqua M. Maccar.

Le ton n'avait rien d'amical. En l'espace de quelques minutes, la température sociale était descendue en dessous de zéro. Je dévisageai M. Maccar, puis l'Inspecteur. Soudain, j'eus l'intuition que nous allions faire un voyage passionnant.

New York
Février 1959

EXPÉDITION DE SECOURS

Qui était responsable? Depuis trois jours, cette question hantait les pensées d'Alveron, sans qu'il eût pour autant trouvé de réponse. Jamais une créature d'une espèce moins civilisée ou moins sensible ne se serait ainsi torturé l'esprit, et sans doute se serait-elle satisfaite de la certitude que nul ne pouvait assumer la responsabilité de l'œuvre du destin. Mais depuis l'aube de l'histoire, depuis cette époque lointaine où la Limite du Temps avait été déployée autour du cosmos par les puissances inconnues antérieures au Commencement, Alveron et ceux de sa race avaient été les Maîtres de l'Univers. Tout le savoir leur avait été donné – et cette connaissance infinie s'accompagnait d'une responsabilité infinie. Si quelques fautes ou erreurs étaient commises dans l'administration de la Galaxie, la responsabilité en incombait à Alveron et aux siens. Et cette fois-ci, il ne s'agissait pas d'une simple erreur, mais de l'une des plus grandes tragédies de l'Histoire.

L'équipage ne savait rien encore. Même Rugon, son meilleur ami et le second du vaisseau, ne s'était vu confier qu'une partie de la vérité. Mais à présent, les mondes condamnés se trouvaient à moins d'un milliard de kilomètres. Dans quelques heures, ils se poseraient sur la troisième planète.

Une fois de plus, Alveron lu le message de la base; puis d'un mouvement si rapide qu'un œil humain n'aurait pu le suivre, il projeta un tentacule sur la touche « Alerte Générale ». A travers le cylindre d'un kilomètre et demi de long que constituait le Vaisseau de Surveillance Galactique S9000, des êtres appartenant à toutes sortes de races abandonnèrent leur travail pour écouter les paroles du capitaine.

– Je sais que tous, vous vous êtes demandé pourquoi nous avions reçu l'ordre de cesser notre surveillance afin de nous diriger à une vitesse si accélérée vers cette région de l'espace, commença Alveron. Certains d'entre vous peuvent se rendre compte de ce qu'implique cette vitesse accrue. Notre vaisseau effectue son dernier voyage : depuis soixante heures, en effet, les générateurs ont fonctionné en surcharge maximum. Nous aurons de la chance si nous parvenons à rentrer à la base par nos propres moyens.

» Nous approchons d'un soleil qui est sur le point de devenir une nova. A une heure près, la détonation se produira dans sept heures, ce qui nous laisse quatre heures, pas une de plus, pour l'exploration. Le système qui va être détruit comprend dix planètes – et sur la troisième de ces planètes existe une civilisation. Cette certitude a été établie il y a quelques jours seulement. Notre tragique mission consiste à entrer en contact avec cette race condamnée et, si possible, à sauver quelques-uns de ses membres. Je sais qu'avec un seul vaisseau et quatre heures devant nous, nous ne pouvons pas faire grand-chose. Aucun autre appareil n'aura le temps d'atteindre le système avant que se produise l'explosion.

Il y eut un long silence, au cours duquel rien ne bruissait ni ne bougeait dans le ventre énorme du vaisseau tandis qu'il se hâtait vers sa destination. Alveron devinait quelles pensées agitaient les esprits de ses compagnons, aussi s'efforça-t-il de satisfaire leur muette interrogation.

– Vous vous demandez comment a pu se produire

un tel désastre, le plus grand qui ait été porté à notre connaissance. Sur un point, au moins, je peux vous rassurer. La faute n'en incombe pas à la Surveillance.

» Comme vous le savez, notre flotte actuelle de quelque douze mille vaisseaux nous permet d'assurer l'inspection de chacun des huit mille millions de systèmes solaires qui composent la galaxie à des intervalles d'un million d'années environ. En un laps de temps aussi court, la plupart des mondes évoluent peu.

» Il y a moins de quatre cent mille ans de cela, le vaisseau de surveillance S5060 a visité les planètes du système dont nous nous approchons. Il ne découvrit d'espèces intelligentes sur aucune d'entre elles, bien que la troisième fût pleine d'une vie animale complexe et que deux autres mondes eussent naguère été habités. Le rapport habituel fut transmis et normalement, le prochain contrôle de ce système ne devrait pas être effectué avant six cent mille ans.

» Or, il se trouve que dans la période incroyablement brève qui s'est écoulée depuis ce dernier contrôle, la vie intelligente a fait son apparition dans le système. La première manifestation de ce phénomène se produisit lorsque des signaux radio inconnus furent détectés sur la planète Kulath dans le système X29.35, Y3476, Z2793. On en releva les coordonnées. Ils provenaient du système vers lequel nous nous dirigeons.

» Kulath se trouve à deux cents années-lumière d'ici; ces ondes radio étaient donc en route depuis deux siècles. Par conséquent, depuis cet intervalle, au moins, une civilisation s'était développée sur l'un de ces mondes, une civilisation pouvant produire des ondes électromagnétiques, avec tout ce que cela implique.

» On procéda aussitôt à un examen télescopique du système, et on s'aperçut que le soleil était à un stade instable de pré-nova. L'explosion pouvait se produire à tout moment; peut-être même était-elle survenue tandis que les ondes radio étaient en route vers Kulath.

» Un léger retard fut pris alors que l'on concentrait sur le système les radars ultra-rapides de Kulath II. Ils révélèrent que l'explosion n'avait pas encore eu lieu, mais qu'il s'en fallait de quelques heures. Si Kulath s'était trouvée plus éloignée de ce soleil ne serait-ce que d'une fraction d'année-lumière, jamais nous n'aurions connu cette civilisation avant qu'elle eût cessé d'exister.

» L'Administration de Kulath alerta immédiatement la base et je reçus l'ordre de mettre aussitôt le cap sur ce système. Notre objectif est de sauver autant de membres que nous pourrons de cette espèce condamnée, au cas où il en resterait quelques-uns. Mais il nous paraît vraisemblable qu'une civilisation possédant la radio a pu se protéger contre toute élévation de la température qui aurait déjà pu se manifester.

» Le vaisseau et les deux engins auxiliaires exploreront chacun une partie de la planète. Le commandant Torkalee prendra le n° 1, le commandant Orostron le n° 2. Ils disposeront d'un peu moins de quatre heures pour explorer ce monde. Passé ce délai, ils devront être de retour au vaisseau. A ce moment-là, il repartira, avec ou sans eux.

Sur le monde naguère appelé Terre, les feux étaient en train de mourir : il ne restait plus rien à brûler. Les vastes forêts qui, jadis, avaient déferlé comme un raz de marée sur la planète, au moment de la migration hors des villes, étaient à présent réduites à l'état de braise ardente, et la fumée qui s'échappait de leurs bûchers funéraires obscurcissait toujours le ciel. Mais l'agonie n'en était encore qu'à ses débuts, car les roches de la surface n'avaient pas commencé à fondre. On discernait vaguement les continents à travers la vapeur, mais leurs contours ne signifiaient rien aux yeux des observateurs qui approchaient. Les cartes qu'ils avaient en leur possession étaient en retard d'une douzaine de Périodes Glaciaires, au moins et de plus d'un déluge.

En passant au large de Jupiter, le S9000 s'était aussitôt rendu compte qu'aucune vie n'était possible dans ces océans semi-gazeux d'hydrocarbones comprimés qui bouillonnaient furieusement sous l'effet de l'extraordinaire chaleur solaire. Ils négligèrent Mars et les planètes extérieures et Alveron comprit que tous les mondes plus proches du soleil que ne l'était la Terre devaient déjà être en fusion. Il était plus que probable, songea-t-il tristement, que le drame de cette espèce inconnue était déjà terminé. Au plus profond de lui-même, il pensait que, peut-être, c'était mieux ainsi. Le vaisseau n'aurait pu accueillir que quelques centaines de survivants, et le problème de la sélection l'aurait mis à la torture.

Rugon, chef des communications et capitaine en second, pénétra dans la salle de contrôle. Depuis une heure, il s'était efforcé de détecter quelques radiations venues de la Terre. En vain.

– Nous arrivons trop tard, annonça-t-il tristement. J'ai passé tout le spectre au peigne fin, et l'éther est muet, à l'exception de nos propres stations et de quelques programmes provenant de Kulath et vieux de deux cents ans. Ce système n'émet plus la moindre radiation.

D'une gracieuse ondulation qu'aucun bipède ne saurait imiter, il s'approcha de l'immense écran. Alveron demeurait silencieux. Il s'attendait à un tel résultat.

L'écran occupait une paroi entière de la salle de contrôle. C'était un grand rectangle noir qui donnait une impression de profondeur quasi infinie. Trois des minces tentacules de contrôle de Rugon, inutiles pour les lourds travaux mais d'une remarquable agilité pour toute manipulation, voletèrent au-dessus des sélecteurs et l'écran se cribla d'un millier de points lumineux. Le champ des étoiles glissa rapidement tandis que Rugon ajustait les cadrans et orientait le projecteur sur le soleil lui-même.

Aucun homme de la Terre n'eût reconnu la forme monstrueuse qui envahit alors l'écran. La lumière du soleil n'était plus blanche : de grands nuages d'un bleu-violet dévoraient la moitié de sa surface, dardant dans l'espace de longues flèches de feu. A un certain endroit une énorme protubérance s'était développée hors des limites de la photosphère, atteignant même le voile scintillant de la corona. On eût dit qu'un arbre de feu avait pris racine à la surface du soleil – un arbre d'une hauteur d'un million de kilomètres et dont les branches étaient des torrents de feu qui balayaient l'espace à des centaines de kilomètres à la ronde.

– J'imagine, reprit Rugon, que vous faites confiance aux calculs des astronautes. Après tout...

– Oh, nous ne courons aucun danger, répondit Alveron avec assurance. J'ai eu un entretien avec l'observatoire de Kulath, et ils se sont livrés à quelques vérifications supplémentaires en se servant cette fois de nos propres instruments. L'incertitude d'une heure implique une marge de sécurité qu'ils gardent secrète au cas où je serais tenté de rester plus longtemps.

Il consulta le tableau de bord.

– Le pilote a dû nous faire entrer dans l'atmosphère. Voulez-vous régler à nouveau l'écran sur la planète ? Ah, les voilà qui partent !

Le plancher vibra sous leurs pieds en même temps que retentissait brièvement la sonnerie rauque de l'alarme. Traversant l'écran, deux projectiles plongèrent vers la masse indistincte de la Terre. Sur quelques kilomètres, ils demeurèrent parallèles, puis ils se séparèrent et l'un d'eux disparut soudain comme il pénétrait dans l'ombre de la planète.

Lentement, avec sa masse mille fois plus importante, l'énorme vaisseau-mère s'enfonça à leur suite au cœur des ouragans déchaînés qui déjà dévastaient les cités désertées par les hommes.

Il faisait nuit sur l'hémisphère au-dessus duquel Orostron conduisait sa petite unité. Comme celle de Torkalee, sa mission consistait à photographier et enregistrer, en informant le vaisseau de sa progression. Le petit appareil de reconnaissance n'avait pas de place pour accueillir des spécimens ou des passagers. Si le contact était établi avec les habitants de ce monde, le S9000 viendrait sur-le-champ. Pas un seul instant ne serait perdu en négociations. S'il se présentait la moindre difficulté, le sauvetage s'effectuerait de force, et les explications viendraient ensuite.

En dessous, la terre dévastée baignait dans une étrange lueur vacillante, car une immense aurore boréale embrasait la moitié du monde. Mais l'écran, que n'impressionnait pas la lumière extérieure, révélait distinctement un paysage de roches arides où toute vie semblait impossible. Ce désert devait bien s'achever quelque part. Orostron augmenta la vitesse jusqu'à l'extrême limite possible dans une atmosphère aussi dense.

L'engin continua sa course à travers l'orage, et soudain le paysage rocheux monta à l'assaut du ciel. Devant eux se dressait une grande chaîne de montagnes, dont la crête se dissimulait dans les nuages chargés de fumée. Orostron dirigea sur l'horizon son antenne-radar et sur l'écran de vision la ligne des montagnes se dessina brusquement, très proche et menaçante. Il prit rapidement de l'altitude. Il était difficile d'imaginer qu'une contrée aussi ingrate pût abriter une civilisation et il se demanda s'il ne valait pas mieux changer de cap. Il décida du contraire.

Cinq minutes plus tard, il en était récompensé.

A plusieurs centaines de mètres au-dessous de l'appareil s'élevait une montagne décapitée dont le sommet entier avait été rasé, ce qui avait dû représenter sur le plan technique un formidable tour de force. Surgissant du rocher et enjambant le plateau artificiel se dressait un entrelacs de poutres métalliques supportant de multiples instruments. Orostron coupa la machine et descendit en spirale vers la montagne.

Le léger Mou dû à l'effet Doppler s'était dissipé, et sur l'écran, l'image apparut distinctement. Le jeu complexe de poutres soutenait une vingtaine de grands miroirs métalliques dirigés vers le ciel à un angle de 45 degrés par rapport à l'horizon. Ils étaient légèrement concaves, et chacun possédait en son foyer un mécanisme compliqué. Il se dégageait de cette gigantesque structure une impression de ténacité remarquable; chaque miroir était dirigé sur le même point précis dans le ciel – ou au-delà.

Orostron se tourna vers ses compagnons.

– Pour moi, c'est une sorte d'observatoire, dit-il. Avez-vous déjà vu quelque chose de semblable?

Klarten, une créature tripède pourvue de multiples tentacules, provenant d'un amas globulaire aux confins de la galaxie, émit une hypothèse différente.

– C'est un complexe de communication. Ces réflecteurs concentrent des rayons électromagnétiques. J'ai déjà vu des installations de ce type sur une centaine de mondes. Peut-être même s'agit-il de la station que Kulath a détectée – encore que ce soit peu probable, car les faisceaux d'ondes dirigés par des miroirs de cette taille seraient trop étroits.

– Cela expliquerait pourquoi Rugon n'a pu déceler aucune radiation avant notre atterrissage, ajouta Hansur II, une des créatures jumelles de la planète Thargon.

Orostron n'était pas du tout de cet avis.

– Si cette installation est une station radio, elle doit être conçue pour la communication interplanétaire. Regardez l'angle d'inclinaison des miroirs. On ne me fera pas croire qu'une race possédant la radio depuis deux siècles seulement ait pu effectuer des voyages spatiaux. Mon peuple a mis six mille ans pour y parvenir.

– Trois nous ont suffi, fit tranquillement observer Hansur II, prenant la parole quelques secondes avant son jumeau.

Avant que la discussion ait le temps de s'envenimer, Klarten agita vivement ses tentacules. Tandis que les autres dialoguaient, il avait activé le détecteur automatique.

– Voilà ! Écoutez !

Il mit le contact. Un son rauque et plaintif se déversa dans la cabine exiguë; sa hauteur variait continuellement, mais il conservait certaines caractéristiques, difficiles à définir.

L'espace d'une minute, les quatre explorateurs écoutèrent intensément.

– Il ne saurait s'agir d'une forme quelconque de langage, dit soudain Orostron. Aucune créature ne pourrait émettre des sons à une cadence aussi rapide !

Hansur I était arrivé à la même conclusion.

– C'est un programme de télévision. Qu'en pensez-vous, Klarten ?

L'autre acquiesça.

– Oui, et chacun de ces miroirs semble émettre un programme différent. Je me demande où ils se dirigent. Si je ne me trompe pas, une des planètes de ce système doit se trouver sur le trajet de ces rayons. Il est facile de s'en assurer.

Orostron appela le S9000 et fit part de la découverte. Très excités par cette nouvelle, Rugon et Alveron opérèrent une vérification rapide des coordonnées astronomiques.

Le résultat fut à la fois surprenant et décevant. Aucune des neuf autres planètes ne se trouvait à proximité de la ligne de transmission. Apparemment, les grands miroirs étaient dirigés aveuglément vers l'espace.

Une seule conclusion semblait devoir être tirée, et Klarten fut le premier à l'exprimer.

– Ils avaient des communications interplanétaires, dit-il, mais la station doit être déserte et sans doute les émetteurs ne sont-ils plus contrôlés. Personne ne les a éteints, et ils sont toujours dans la position où ils ont été laissés.

– Quoi qu'il en soit, nous ne tarderons pas à le savoir, dit Orostron. Je vais atterrir.

Lentement, il fit descendre l'appareil au niveau des grands miroirs métalliques et les dépassa pour se poser sur la roche. Une centaine de mètres plus loin, un bâtiment de pierre blanche était tapi sous la masse des poutres d'acier. Aucune fenêtre n'était visible, mais plusieurs portes trouaient le mur qui leur faisait face.

Orostron regarda ses compagnons s'introduire dans leurs vêtements protecteurs et regretta de ne pouvoir les suivre. Mais quelqu'un devait demeurer dans l'appareil pour garder le contact avec le vaisseau-mère. Telles étaient les propres instructions d'Alveron, et elles étaient justifiées. Qui sait ce qui pouvait arriver sur un monde qu'on explorait pour la première fois, et à plus forte raison dans des conditions aussi dramatiques?

Avec d'infinies précautions, les trois explorateurs sortirent du sas et ajustèrent le champ antigravitationnel de leurs combinaisons. Puis, chacun utilisant le mode de locomotion propre à sa race, le petit groupe s'approcha du bâtiment. Les jumeaux Hansur ouvraient la marche, suivis de près par Klarten. Son contrôle de gravité semblait lui poser des problèmes car il tomba soudain sur le sol, provoquant l'amusement de ses compagnons. Orostron les vit hésiter un instant sur le seuil de la première porte, puis elle s'ouvrit lentement et les engouffra.

Orostron s'arma alors de patience et attendit. Autour de lui, les éléments se déchaînaient et la lueur de l'aurore devenait de plus en plus intense. Selon le rythme convenu, il appelait le vaisseau et Rugon accusait brièvement réception de ses messages. Il se demandait comment se débrouillait Torkalee, de l'autre côté de la planète, mais il lui était impossible d'établir un contact à travers le fracas et le tonnerre de l'interférence solaire.

Il ne fallut pas longtemps à Klarten et à ses compagnons pour se rendre compte du bien-fondé de leurs hypothèses. L'immeuble, entièrement désert, abritait une station radio. Il comprenait une salle gigantesque et quelques petits bureaux adjacents. Dans la pièce principale, à perte du vue se succédaient des rangées de matériel électrique; des lumières vacillaient et clignotaient sur des centaines de consoles de contrôle. Une sombre lueur provenait des éléments d'une longue série de tubes à vide.

Klarten, cependant, n'était pas le moins du monde impressionné. Le premier équipement radio construit par les siens était maintenant fossilisé dans des couches vieilles d'un million d'années. L'homme, qui n'avait découvert l'électricité que depuis quelques siècles, ne pouvait prétendre concurrencer ceux qui la connaissaient depuis un temps égal à la moitié de l'âge de la Terre.

Néanmoins le petit groupe laissa ses enregistreurs branchés aussi longtemps qu'il explora le bâtiment. Il restait un problème à résoudre. La station déserte diffusait des programmes, mais où était la source d'émission? Presque aussitôt, ils avaient découvert le pupitre de contact central. Il était conçu pour recevoir simultanément des dizaines de programmes, mais leur origine se perdait dans un enchevêtrement de câbles qui disparaissaient sous terre. Dans le S9000, Rugon tentait d'analyser les émissions, et peut-être ses recherches révéleraient-elles en fin de compte leur source. Mais comment suivre des câbles qui, peut-être, traversaient des continents?

Le groupe ne s'attarda guère dans la station abandonnée. Elle n'avait rien à leur apprendre et c'était des êtres vivants qu'ils cherchaient, non des informations scientifiques. Quelques minutes plus tard, la petite embarcation s'élevait rapidement au-dessus du plateau et mettait le cap sur les plaines qui devaient s'étendre au-delà des montagnes. Il leur restait moins de trois heures.

A l'instant où ce déploiement de miroirs énigmatiques sortait de son champ de vision, Orostron fut frappé d'une pensée soudaine. Était-ce le jeu de son imagination, ou ne s'étaient-ils pas tous déplacés d'un angle infime, tandis qu'il attendait, comme pour compenser la rotation de la Terre? Il n'avait aucun moyen d'acquérir une certitude et, décidant que c'était sans importance, il n'y pensa plus. Cela eût seulement signifié que le mécanisme directeur fonctionnait encore, tant bien que mal.

Un quart d'heure plus tard, ils découvraient la ville. C'était une grande métropole tentaculaire, bâtie autour d'une rivière qui avait disparu, ne laissant qu'une horrible cicatrice dont les méandres serpentaient entre les grands immeubles et s'insinuaient sous des ponts désormais incongrus.

Même d'en-haut, la ville semblait déserte. Mais ils ne disposaient plus que de deux heures et demie – pas assez pour poursuivre ailleurs leurs recherches. Orostron prit une décision et se posa non loin de l'immeuble le plus imposant qu'il pût voir. Il semblait raisonnable de penser que certaines créatures se seraient réfugiées dans les bâtiments les plus solides où elles auraient été à l'abri jusqu'au dénouement.

Les cavernes les plus profondes – le cœur même de la planète – n'offriraient aucune protection durable lorsque surviendrait le cataclysme final. En admettant que cette espèce eût atteint les planètes extérieures, son anéantissement serait seulement retardé des quelques heures nécessaires pour que le flot dévastateur envahisse l'ensemble du Système Solaire.

Orostron ne pouvait pas savoir que la cité avait été abandonnée non pas depuis des jours ou des semaines, mais depuis plus d'un siècle. Car le mode de vie citadin qui avait survécu à tant de civilisations s'était vu condamné lorsque l'hélicoptère avait résolu au niveau universel le problème des transports. En quelques générations, l'immense majorité de la population, sachant que quelques heures suffisaient pour atteindre n'importe quel point du globe, était retournée dans les champs et les forêts dont elle avait depuis toujours la nostalgie. La nouvelle civilisation possédait des machines et disposait de ressources auxquelles les générations précédentes n'avaient jamais rêvé, mais elle était essentiellement rurale et s'était libérée des garennes de béton et d'acier qui avaient dominé les siècles précédents. Les cités qui demeuraient en tant que telles avaient été converties en centres spécialisés de recherches, d'administration ou de divertissements; celles qu'il eût été trop onéreux de démolir avaient été laissées à l'abandon. Les villes les plus importantes, au nombre de douze, et les vieilles cités universitaires avaient à peine changé et sans doute auraient-elles conservé le même aspect pendant de nombreuses générations à venir. Mais les métropoles qui avaient été conçues en fonction de la machine à vapeur, de la sidérurgie, des transports en surface étaient mortes avec les industries qui les avaient alimentées.

Ainsi, tandis qu'Orostron attendait dans la petite embarcation, ses compagnons parcouraient à toute allure d'interminables couloirs vides et des salles désertes, prenant d'innombrables photographies, sans apprendre quoi que ce soit des créatures qui avaient utilisé ces bâtiments. Il y avait des bibliothèques, des salles de conférences, des bureaux par milliers – tous vides et tapissés d'une épaisse couche de poussière. S'ils n'avaient vu la station de radio perchée sur son aire, les explorateurs auraient eu toutes les raisons de croire que ce monde était inhabité depuis des siècles.

Pour mieux supporter cette longue attente, Orostron s'efforça d'imaginer où cette espèce avait pu disparaître. Peut-être s'étaient-ils suicidés, conscients que tout espoir devait être abandonné; peut-être avaient-ils construit de grands abris dans les entrailles de la planète et en ce moment même étaient-ils blottis par millions sous ses pieds, attendant la fin. La crainte de demeurer à jamais dans l'ignorance l'assaillit peu à peu.

Ce fut presque avec soulagement qu'il donna l'ordre de décoller. Bientôt, il saurait si la patrouille de Torkalee avait eu plus de chance. D'autre part, son anxiété n'avait fait qu'empirer au fil des minutes, et il avait hâte de se retrouver dans le vaisseau-mère. Une pensée n'avait cessé de le harceler : et si les astronomes de Kulath s'étaient trompés? Il commencerait à se sentir à son aise lorsqu'il serait entre les murs du S9000. Et plus encore lorsqu'ils se trouveraient dans l'espace, laissant loin derrière eux ce soleil de mauvais augure.

A peine ses compagnons eurent-ils pénétré dans le sas qu'Orostron projeta son petit appareil dans le ciel et disposa les commandes pour regagner le S9000. Alors seulement, il se tourna vers ses amis.

– Eh bien, demanda-t-il, qu'avez-vous trouvé?

Klarten leur présenta un grand rouleau de toile et l'étala sur le plancher de la cabine.

– Voilà à quoi ils ressemblaient, fit-il posément.

Des bipèdes, pourvus en tout et pour tout de deux bras. On dirait qu'ils ont su se débrouiller, en dépit de ce handicap. Deux yeux également, à moins qu'ils n'en aient eu d'autres par-derrière. Nous avons eu de la chance de tomber sur ceci; c'est à peu près la seule chose qu'ils aient laissée derrière eux.

La vieille peinture à l'huile contemplait froidement les quatre créatures penchées au-dessus d'elle. Par une ironie du destin, c'était son absence totale de valeur qui l'avait sauvée de l'oubli. Lorsque la ville avait été évacuée, nul n'avait pris la peine d'emporter Maître John Richards, 1909-1974. Depuis un siècle et demi, la poussière s'était accumulée sur lui tandis que, très loin des anciennes agglomérations, une nouvelle civilisation s'était élevée jusqu'à des sommets qu'aucune culture antérieure n'avait jamais atteints.

– C'est là presque tout notre butin, dit Klarten. La ville doit être abandonnée depuis des années. Je crains que notre expédition ne soit un échec. S'il existe sur ce monde des êtres vivants, ils se sont dissimulés trop soigneusement pour que nous puissions les trouver.

Son chef fut contraint de se ranger à cet avis.

– C'était une mission presque impossible, fit-il observer. Si nous avions disposé de semaines au lieu de quelques heures, peut-être aurions-nous réussi. Pour autant que nous le sachions, ils peuvent aussi bien avoir construit des abris au fond de la mer. Personne ne semble y avoir songé. (Il jeta un rapide coup d'œil sur les indicateurs et redressa la course de l'appareil.) Nous y serons dans cinq minutes. Alveron paraît se déplacer plutôt vite. Je me demande si Torkalee a trouvé quelque chose.

Le S9000 était suspendu au-dessus du rivage d'un continent en proie aux flammes lorsque Orostron l'accosta. La marge n'était plus que de trente minutes et le temps pressait. Adroitement, il introduisit son appareil dans le tube de lancement, et le groupe émergea du sas.

Un comité de réception les attendait. Cela n'avait rien de surprenant, mais aussitôt, Orostron se rendit compte que la seule curiosité n'avait pas rassemblé là ses amis. Avant même qu'un mot eût été dit, il savait que quelque chose de grave s'était produit.

– Torkalee n'est pas rentré. Son groupe s'est égaré et nous allons tenter de les secourir. Vous êtes attendu dans la salle de contrôle.

Dès le début, Torkalee avait eu plus de chance que Orostron. Il avait suivi la zone du crépuscule, se maintenant à l'écart de l'intolérable clarté du soleil, jusqu'à ce qu'il eût atteint les rives d'une mer intérieure. C'était une mer très récente, un des derniers travaux de l'homme, car moins d'un siècle auparavant, la terre qu'elle recouvrait n'était encore qu'un désert. Dans quelques heures, ce serait à nouveau un désert, car l'eau bouillonnait et des nuages de vapeur s'élevaient vers le ciel, sans toutefois dissimuler les charmes de la grande cité blanche qui dominait cette mer sans marée.

Des engins volants s'alignaient en bon ordre autour de la place sur laquelle atterrit Torkalee. Ils étaient si primitifs, malgré leurs finitions impeccables et leurs voilures tournantes, que les visiteurs en éprouvèrent de la déception. Il n'y avait aucun signe de vie, mais l'endroit donnait l'impression que ses habitants n'étaient pas très loin. Quelques fenêtres étaient encore éclairées. Les trois compagnons de Torkalee se hâtèrent de quitter l'appareil. T'sinadree, dont le grade était le plus élevé, et la race la plus ancienne, conduisait le groupe. Comme Alveron lui-même, il était né sur une des anciennes planètes des Soleils Centraux. Ensuite venait Alarkane; représentant de l'une des races les plus jeunes de l'Univers, il en concevait un orgueil pervers. Enfin, un de ces êtres étranges venus du système de Palador. Comme tous ceux de son espèce, il n'avait pas de nom. N'ayant aucune individualité propre, il n'était qu'une cellule mobile, quoique dépendante, parmi toutes celles qui constituaient la conscience de sa race. Bien que lui et ses semblables se fussent depuis longtemps éparpillés aux quatre coins de la Galaxie pour en explorer les mondes innombrables, quelque lien inconnu les unissait toujours, aussi inexorablement que les cellules vivantes qui composent le corps humain.

Lorsqu'une créature de Palador s'exprimait, elle utilisait toujours le pronom « nous ». Il n'y avait pas, ni ne pourrait jamais y avoir de première personne du singulier dans le langage de Palador.

Les immenses portes du magnifique bâtiment laissèrent perplexes nos explorateurs, alors que n'importe quel enfant des hommes eût découvert leur secret. T'sinadree ne se laissa pas arrêter par cet obstacle, mais il appela Torkalee sur son émetteur personnel. Puis tous trois se jetèrent de côté tandis que leur chef manœuvrait l'appareil pour le placer dans la meilleure position.

Un jeu de feu qui dégageait une intolérable chaleur flamboya brièvement. Une seule fois, l'imposant ouvrage d'acier scintilla à l'extrémité du spectre de la lumière visible, puis plus rien. Les pierres rougeoyaient encore lorsque le groupe se précipita dans la brèche, balayant l'espace des rayons de ses projecteurs.

Les torches étaient inutiles. Devant eux, en effet, s'ouvrait une grande salle, éclairée par des rangées de tubes disposées au plafond. De part et d'autre, la salle donnait sur de longs couloirs et dans le fond, un escalier massif conduisait majestueusement vers les étages supérieurs.

L'espace d'un instant, T'sinadree hésita. Puis comme

une direction en valait bien une autre, il précéda ses compagnons le long du premier couloir.

La sensation d'une vie toute proche s'était encore accentuée. C'était comme si, d'une seconde à l'autre, ils risquaient d'être confrontés aux créatures qui peuplaient ce monde. Si elles manifestaient une quelconque hostilité – et le cas échéant, comment les en blâmer – les paralyseurs entreraient aussitôt en action.

La tension, très forte lorsque le groupe pénétra dans la première pièce, se relâcha une fois qu'ils eurent constaté qu'elle ne contenait que des machines – des rangées et des rangées de machines, désormais inactives et silencieuses. Tout au long de l'immense pièce, des milliers de classeurs métalliques formaient une cloison continue, à perte de vue. Il n'y avait rien d'autre : pas de meubles, rien que les classeurs et ces mystérieuses machines.

Déjà, Alarkane, toujours le plus prompt des trois, examinait les classeurs. Chacun contenait des milliers de feuilles d'un matériau fin, résistant, perforé d'innombrables trous et fentes. Le Paladorian s'empara de l'une des cartes et Alarkane photographia la scène. Il prit aussi quelques gros plans de machines, puis le groupe s'en alla. Cette grande salle, qui avait été l'une des merveilles du monde, ne signifiait rien pour eux. Aucun œil vivant ne verrait jamais plus cette extraordinaire batterie d'analyseurs Hollerith, presque humains, pas plus que les cinq mille millions de cartes perforées qui contenaient tout ce qui pouvait être enregistré sur chaque homme, femme et enfant de la planète.

Cet immeuble, cela sautait aux yeux, avait été occupé très récemment. En proie à une excitation croissante, les explorateurs se précipitèrent dans la pièce voisine. C'était une gigantesque bibliothèque. Sur des kilomètres et des kilomètres d'étagères couraient des millions de livres. Les nouveaux venus ne pouvaient guère s'en douter, mais dans ces livres étaient consignés toutes les lois que l'homme avait votées et tous les discours qui avaient été prononcés dans ses assemblées.

T'sinadree en était à décider de ce qu'il fallait faire, lorsque Alarkane attira son attention sur l'un des classeurs, moins de cent mètres plus loin. Contrairement aux autres, il était à moitié vide. Tout autour, les livres gisaient en désordre, comme si quelqu'un, poussé par une hâte fébrile, les avait jetés à terre. Aucun doute n'était permis. Peu de temps auparavant, d'autres créatures étaient passées par là. Sur le sol, invisibles pour ses compagnons, de faibles traces de roue étaient clairement perceptibles aux sens plus aiguisés d'Alarkane. Il discernait même des empreintes de pieds, mais ne sachant rien des créatures qui les avaient laissées, il ignorait quelle direction elles avaient prise.

La sensation de proximité était maintenant plus forte que jamais. Mais si proximité il y avait, elle se situait dans le temps, et non dans l'espace. Alarkane exprima les pensées du groupe.

– Ces livres devaient être précieux, et à la réflexion, quelqu'un sera revenu les chercher. Cela signifie qu'il doit y avoir un refuge, peut-être non loin d'ici. Il se peut que nous trouvions d'autres indices qui nous y conduiront.

T'sinadree acquiesça; le Paladorian n'était pas très enthousiaste.

– C'est bien possible, dit-il, mais le refuge peut se trouver n'importe où sur la planète, et il ne nous reste que deux heures. Ne perdons plus de temps, si nous espérons toujours sauver ces gens.

A nouveau, le groupe se hâta, s'arrêtant seulement pour ramasser quelques livres susceptibles de présenter une utilité quelconque pour les savants de la

Base, bien que probablement, ils ne seraient jamais traduits. Ils découvrirent bientôt que le grand bâtiment abritait surtout des petits bureaux qui tous exhibaient les vestiges d'une occupation récente. La plupart d'entre eux étaient impeccablement rangés, à l'exception d'un ou deux qu'ils trouvèrent dans la plus grande confusion. Ils furent particulièrement intrigués par un bureau qui donnait l'impression d'avoir été mis à sac. Des papiers jonchaient le sol, les meubles avaient été éventrés et la fumée provenant de l'incendie qui ravageait les alentours s'insinuait par les fenêtres brisées.

T'sinadree était plutôt inquiet.

– Je doute qu'aucun animal dangereux ait pu pénétrer dans un endroit pareil, s'exclama-t-il, le doigt nerveusement crispé sur la détente de son paralyseur.

Au lieu de répondre, Alarkane émit ce bruit ennuyeux que ceux de sa race baptisait « rire ». Plusieurs minutes s'écoulèrent avant qu'il pût expliquer les raisons de cette soudaine hilarité.

– Je ne pense pas qu'aucun animal soit responsable de ce chaos, dit-il. En fait, l'explication est extrêmement simple. Imaginez que toute votre vie vous ayez travaillé dans cette pièce, à manipuler année après année des tombereaux de paperasses. Et voici qu'on vous annonce que vous ne la verrez plus, que votre travail est fini, que vous pouvez le quitter à tout jamais. Mieux encore – personne ne prendra votre succession. Tout est fini. Comment feriez-vous votre sortie, T'sinadree ?

L'autre réfléchit un instant.

– J'imagine que je me contenterais de ranger mes affaires et de partir. C'est ce qu'on semble avoir fait partout ailleurs.

Alarkane partit d'un nouvel éclat de rire.

– Je suis persuadé que vous vous comporteriez ainsi. Mais certains individus ont une psychologie différente. Je crois que je me serais bien entendu avec la créature qui occupait ce bureau.

Il n'en dit pas plus et ses deux compagnons demeurèrent longtemps perplexes avant de renoncer à comprendre.

Tous ressentirent une certaine émotion lorsque Torkalee donna l'ordre de faire demi-tour. Ils avaient glané bon nombre de renseignements, mais rien qui les eût conduits sur la trace des grands absents de ce monde : ses habitants. L'énigme qu'ils représentaient restait entière et semblait ne jamais devoir être résolue. Il ne restait plus que quarante minutes avant le départ du S9000.

Ils étaient à mi-chemin de l'appareil lorsqu'ils aperçurent un passage semi-circulaire qui s'enfonçait dans les entrailles de l'immeuble. Son architecture était différente de celle qu'on avait utilisée ailleurs et le sol doucement incliné offrait un attrait irrésistible pour des créatures dont les innombrables jambes s'étaient fatiguées à gravir ces escaliers de marbre que seuls des bipèdes avaient pu s'offrir le luxe de construire en si grande quantité. T'sinadree, surtout, avait souffert, car il se servait habituellement de douze jambes et pouvait même aller jusqu'à vingt lorsqu'il était très pressé, bien que nul ne l'eût jamais vu réaliser cet exploit.

Le groupe se figea sur place. Animés d'une même pensée, tous trois scrutèrent les profondeurs de l'orifice. Un tunnel conduisant dans les entrailles de la Terre ! A son extrémité peut-être découvriraient-ils enfin les habitants de ce monde et pourraient-ils en sauver quelques-uns ? Car il était encore temps d'appeler le vaisseau-mère, si besoin était.

T'sinadree exposa la situation à son commandant et Torkalee amena l'appareil juste au-dessus d'eux. Le temps manquerait peut-être au groupe pour revenir sur ses pas à travers ce labyrinthe de couloirs, si méticuleusement gravé dans l'esprit du Paladorian qu'il leur était impossible de s'égarer. S'il fallait aller vite, Torkalee pourrait se frayer un passage en faisant sauter la douzaine de planchers accumulés au-dessus de leurs têtes. De toute façon, ils sauraient vite qui se trouvait au bout du tunnel.

Trente secondes après, ils étaient fixés. Le passage débouchait abruptement sur une étrange pièce cylindrique aux parois tapissées de sièges somptueusement rembourrés. La seule issue était celle qu'ils avaient empruntée pour arriver jusqu'ici, et Alarkane mit plusieurs secondes pour comprendre la raison d'être de cette salle souterraine.

Il regretta de ne pas avoir le temps d'en faire usage. Poussée par T'sinadree, une exclamation interrompit le fil de ses pensées. Alarkane fit volte-face et vit que l'entrée s'était silencieusement refermée derrière eux.

Alors même qu'il sentait la panique s'emparer de lui, Alarkane ne put s'empêcher d'éprouver un sentiment d'admiration : quels qu'ils fussent, les mécanismes automatiques n'avaient pas de secret pour ces gens !

Le Paladorian fut le premier à rompre le silence. Un de ses tentacules désigna les sièges.

– A notre avis, le mieux serait de s'asseoir, fit-il.

Déjà, le cerveau multiplex de Palador avait analysé la situation et savait ce qui allait suivre.

Ils n'eurent pas longtemps à attendre avant que s'élevât un ronflement sourd, provenant d'une grille sertie dans le plafond, et pour la dernière fois dans l'histoire, une voix humaine, bien que sans vie, se fit entendre sur Terre. Les mots étaient dépourvus de sens, pourtant les explorateurs pris au piège en devinèrent aisément la portée.

– Veuillez choisir vos niveaux et prendre place.

Simultanément, à l'autre bout du compartiment, un

panneau mural s'alluma. Il représentait un plan très simple qui consistait en une série d'une douzaine de cercles reliés par une ligne. Contre chaque cercle était écrit quelque chose; à côté de ce signe il y avait deux boutons de couleurs différentes.

Du regard, Alarkane interrogea son chef.

– N'y touchez pas, dit T'sinadree. Si nous n'activons pas le contrôle, peut-être les portes se rouvriront-elles.

Il se trompait. Les techniciens qui avaient conçu ce métro automatique étaient partis du principe que quiconque pénétrait dans le compartiment le faisait avec l'intention de se rendre quelque part. Si les passagers ne choisissaient aucune station intermédiaire, leur destination ne pouvait être que le terminus.

Pendant un court moment, rien ne se passa. Relais et thyratrons attendaient les ordres. Au cours de ces trente secondes, s'ils avaient su ce qu'il fallait faire, les trois visiteurs auraient pu ouvrir les portes et quitter ce métro. Mais ils l'ignoraient, et les machines adaptées à la psychologie humaine agirent pour eux.

La poussée de l'accélération était insignifiante, rendant superflu le luxueux capitonnage. Seule, une vibration presque imperceptible trahissait la vitesse à laquelle ils s'enfonçaient dans les entrailles de la Terre, en route pour un voyage dont on ne pouvait même pas deviner la durée. Dans trente minutes, le S9000 quitterait le Système Solaire.

A l'intérieur du compartiment lancé à toute allure, le silence se prolongeait. T'sinadree et Arkalane réfléchissaient rapidement, ainsi que le Paladorian, bien que d'une tout autre façon. A ses yeux, le concept de mort individuelle n'existait pas. En effet, la destruction d'une seule unité ne revêtait pas plus d'importance pour le cerveau global que, pour un homme, la perte d'une rognure d'ongle. Mais il pouvait, non sans mal, imaginer le désarroi d'intelligences individuelles telles qu'Arkalane et T'sinadree, et il était soucieux de les aider de son mieux.

Alarkane avait réussi à entrer en contact avec Torkalee au moyen de son émetteur personnel, bien que le signal fût très faible et décrût rapidement. En peu de mots, il fit le point de la situation et presque aussitôt, les signaux devinrent plus audibles. Torkalee suivait le trajet du métro en survolant le sol sous lequel ses amis se dirigeaient vers leur destination inconnue. Ils obtinrent une première indication concernant leur vitesse, qui atteignait près de deux mille kilomètres heure, et peu après, Torkalee fut en mesure de leur communiquer une information plus inquiétante encore : ils se rapprochaient rapidement de la mer. Tant qu'ils étaient sous le continent, il leur restait l'espoir, faible, il est vrai, de pouvoir arrêter la machine et de s'en échapper. Mais une fois sous l'océan – tous les cerveaux, toute la technologie du grand vaisseau-mère ne pourraient rien pour eux. Nul n'aurait pu imaginer un piège plus parfait.

T'sinadree avait examiné la carte murale avec une grande attention. La signification n'en faisait aucun doute. Tout au long de la ligne reliant entre eux les cercles se déplaçait un petit point lumineux. Il était déjà à mi-chemin de la première station indiquée.

– Je vais appuyer sur l'un de ces boutons, dit enfin T'sinadree. Cela ne peut être dangereux et peut-être apprendrons-nous quelque chose.

– Bonne idée. Lequel essaierez-vous en premier?

– Il n'y en a que de deux sortes, et il importe peu que nous commencions par le mauvais. Je suppose que l'un met en route la machine et que l'autre l'arrête.

Alarkane était résolument pessimiste.

– Elle s'est mise en route toute seule, dit-il. Elle doit être complètement automatique et nous ne pouvons pas la contrôler de l'intérieur.

T'sinadree était d'un avis contraire.

– Il est clair que ces boutons correspondent aux stations; et pourquoi se trouveraient-ils là, si les passagers ne pouvaient les utiliser pour arrêter eux-mêmes? La seule question est de savoir quel est le bon.

Son raisonnement était parfaitement correct. La machine pouvait effectivement être arrêtée à n'importe quelle station intermédiaire. Ils n'étaient partis que depuis dix minutes, et s'ils avaient pu sortir à ce moment, l'aventure se fût terminée. Par pure malchance, T'sinadree pressa le mauvais bouton.

Sans ralentir, le petit point lumineux traversa le cercle. Au même instant, du vaisseau au-dessus d'eux leur parvint la voix de Torkalee.

– Vous venez juste de passer sous une ville et vous vous dirigez vers la mer. Le prochain arrêt est à deux mille kilomètres.

Alveron avait abandonné tout espoir de trouver sur ce monde un signe quelconque de vie. Le S9000 avait survolé la moitié de la planète sans jamais s'attarder au même endroit, descendant à plusieurs reprises en vue d'attirer l'attention. Sans résultat. La Terre semblait absolument morte. Alveron en arriva à la conclusion que si certains de ses habitants étaient encore en vie, ils avaient dû se cacher loin en dessous de la surface, là où nulle aide ne pourrait les atteindre. Et pourtant leur destin n'en était pas moins irrévocable.

Rugon lui communiqua la nouvelle du drame. Le grand vaisseau interrompit ses recherches infructueuses et, fonçant à travers l'orage, revint vers l'océan au-dessus duquel la petite embarcation de Torkalee suivait toujours à la trace la machine ensevelie.

Le spectacle était hallucinant. Depuis la création du monde, jamais la mer n'avait été aussi démontée. Des montagnes d'eau s'élançaient devant l'orage qui atteignait une vitesse de plusieurs centaines de kilomètres à l'heure. Même à cette altitude, l'air était chargé de débris : arbres, fragments de maison, plaques de tôle, tout de qui n'avait pas été solidement fixé au sol. Aucun engin volant n'aurait pu tenir un seul instant au milieu d'un tel ouragan. Et sans cesse, couvrant le rugissement du vent, les formidables montagnes d'eau se heurtaient de plein fouet dans un fracas qui semblait ébranler le ciel.

Heureusement, aucun tremblement de terre important ne s'était encore produit. Loin en dessous du lit de l'océan, la merveilleuse machine qui avait été le métro pneumatique personnel du Président de la Confédération mondiale, fonctionnait toujours à la perfection, insensible au tumulte qui ravageait la surface. Elle continuerait ainsi jusqu'à la dernière minute de l'existence de la Terre. Si les astronomes ne s'étaient pas trompés, la planète n'en avait plus que pour un quart d'heure, peut-être un peu plus – précision qu'Alveron eût donné beaucoup pour connaître. Une heure au moins s'écoulerait avant que le groupe pris au piège atteignît la terre ferme et même à ce moment là, tout espoir de les sauver serait peut-être vain.

Alveron avait reçu des instructions précises. Mais même sans cela, jamais il n'eût osé prendre le moindre risque avec le gigantesque appareil confié à sa responsabilité. Eût-il été humain que la décision d'abandonner à leur sort les membres de son équipage lui eût été intolérable. Mais il appartenait à une espèce qui éprouvait pour les choses de l'esprit un amour si profond que longtemps auparavant, bien qu'avec d'infinies réticences, elle avait assumé le contrôle de l'Univers parce qu'ainsi seulement, elle avait la certitude que justice serait faite. Alveron aurait besoin de toutes ses facultés surhumaines pour franchir le cap des quelques heures à venir.

Pendant ce temps, à près de deux mille kilomètres

sous le lit de l'océan, Alarkane et T'sinadree s'escrimaient sur leurs émetteurs portatifs. Un quart d'heure, ce n'est pas un délai bien long lorsqu'il s'agit de mettre un terme aux préoccupations de toute une vie. A peine a-t-on le temps de dicter certains de ces messages d'adieu qui, en pareilles circonstances, revêtent plus d'importance que tout le reste.

De son côté, le Paladorian était demeuré silencieux et immobile, sans proférer un son. Résignés à leur sort et absorbés par leurs problèmes personnels, les deux autres ne lui avaient guère prêté attention. Aussi furent-ils stupéfaits lorsqu'il leur adressa la parole sur ce ton singulièrement dénué de passion qui lui était propre.

– Nous nous rendons compte que vous prenez certaines dispositions en vue de votre destruction anticipée. Ces précautions se révéleront sans doute superflues. Le capitaine Alveron espère pouvoir nous sauver si nous parvenons à arrêter cette machine lorsque nous toucherons à nouveau la terre.

L'espace d'un instant, T'sinadree et Alarkane furent tous deux trop surpris pour réagir. Puis le dernier s'exclama :

– Comment le savez-vous?

C'était une question stupide. Alarkane se souvint aussitôt que plusieurs Paladorians – si toutefois il était permis de s'exprimer ainsi – se trouvaient à bord du S9000 et que, par conséquent, leur compagnon était averti de tout ce qui s'y passait. Aussi, sans attendre de réponse, il ajouta :

– Alveron ne fera jamais une chose pareille! Il n'osera pas prendre un tel risque!

– Il n'y aura pas de risque, répliqua le Paladorian. Nous lui avons expliqué ce qu'il convenait de faire. Rien de très compliqué, en vérité.

Comprenant ce qui avait dû se passer, Alarkane et T'sinadree regardèrent leur compagnon avec une expression voisine de l'effroi. Dans les moments critiques, les unités individuelles qui composaient l'esprit Paladorian pouvaient se rassembler en une organisation aussi structurée qu'un cerveau intégré. Lorsque cela se produisait, ils représentaient l'intelligence la plus puissante de l'Univers. Tous les problèmes ordinaires pouvaient être résolus par quelques centaines ou milliers d'unités. Plus rarement, on allait jusqu'à plusieurs millions et, en deux circonstances historiques, les milliards de cellules composant l'intégralité de la conscience Paladorienne s'étaient unifiées pour faire face à des périls qui menaçaient l'espèce. L'esprit de Palador constituait une des plus importantes ressources mentales de l'Univers; son potentiel global était rarement requis, mais le seul fait de savoir qu'il était disponible était extrêmement rassurant pour d'autres races. Alarkane se demanda combien de cellules s'étaient coordonnées pour résoudre ce problème précis. Il se demanda aussi comment un incident aussi insignifiant avait pu susciter l'attention de Palador.

Il ne devait jamais connaître la réponse à cette question, encore qu'il l'eût peut-être devinée s'il avait su que l'esprit de Palador, malgré son éloignement vertigineux, n'était pas exempt d'une certaine dose de vanité quasiment humaine. Longtemps auparavant, Alarkane avait écrit un livre où il défendait la thèse selon laquelle, en fin de compte, toutes les espèces intelligentes sacrifieraient la conscience individuelle et qu'un jour, seuls subsisteraient dans l'Univers les esprits collectifs. Palador, écrivait-il, était la première de ces intelligences parvenues au stade ultime de la maturité. Le vaste esprit disséminé en avait conçu une légitime satisfaction.

Ils n'eurent pas le temps de poser d'autres questions. La voix d'Alveron en personne se fit entendre dans leurs récepteurs.

– Ici Alveron ! Nous allons rester sur cette planète

jusqu'à ce qu'elle soit touchée par les ondes de détonation. Ainsi, peut-être, pourrons-nous vous sauver. Vous vous dirigez actuellement vers une ville côtière que vous atteindrez dans quarante minutes, compte tenu de votre vitesse. Si vous ne pouvez pas vous arrêter vous-mêmes, nous envisageons de détruire le tunnel devant et derrière vous afin de couper votre puissance motrice. Ensuite, nous forerons un puits pour vous permettre de sortir – le chef technicien affirme pouvoir y parvenir en cinq minutes avec les projecteurs principaux. Dans une heure, vous devriez être hors de danger, à moins que le soleil n'éclate avant.

– Si cela se produit, vous serez détruits vous aussi ! Vous ne devez pas prendre un tel risque !

– N'en croyez rien; nous sommes en parfaite sécurité. Lorsque le soleil éclatera, plusieurs minutes s'écouleront avant que la vague de l'explosion n'atteigne son maximum. En outre, nous sommes du côté de la planète qui est plongé dans la nuit, derrière un écran de rochers de quinze mille kilomètres d'épaisseur. Lorsque se manifestera le premier signe annonciateur de l'explosion, nous nous hâterons de quitter le Système Solaire, tout en restant dans l'ombre de la planète. Propulsés à notre vitesse maximum, nous atteindrons la vitesse de la lumière avant d'être sortis du cône d'ombre, et le soleil ne pourra plus rien contre nous.

T'sinadree n'osait toujours pas espérer. Une autre objection se présenta aussitôt à son esprit.

– Soit, mais comment serez-vous avertis de l'imminence de l'explosion en restant du côté de la planète où il fait nuit ?

– Très facilement, répondit Alveron. Ce monde possède une lune qui est actuellement visible de cet hémisphère. Nos télescopes sont braqués sur elle. Si sa clarté augmente subitement, le moteur principal se mettra en route automatiquement et nous projettera hors du système.

C'était d'une logique implacable. Prudent comme il l'était toujours, Alveron ne laissait rien au hasard. Il se passerait de nombreuses minutes avant que le bouclier de roche et de métal, épais de quinze mille kilomètres, soit détruit par les feux de l'explosion du soleil. Ce délai était suffisant pour permettre au S9000 d'atteindre la vitesse de la lumière, seuil à partir duquel il était hors de danger.

Alors qu'ils se trouvaient encore à plusieurs kilomètres de la côte, Alarkane pressa le second bouton. Persuadé que la machine ne pouvait pas s'arrêter entre deux stations, il ne s'attendait pas à obtenir un quelconque résultat. Cela lui sembla trop beau pour être vrai lorsque, quelques minutes plus tard, l'imperceptible vibration expira et qu'ils s'arrêtèrent.

Silencieusement, les portes s'écartèrent en coulissant. Avant même qu'elles fussent grandes ouvertes, le trio s'était jeté hors du compartiment. Ils ne voulaient plus prendre de risques. Devant eux s'étirait un interminable tunnel dont la pente légèrement ascendante se dérobait aux regards.

A peine en avaient-ils commencé l'ascension que la voix d'Alveron résonnait dans leurs récepteurs.

– Restez où vous êtes ! Nous allons dégager le passage !

Le sol trembla. Ils perçurent le lointain grondement d'un éboulis de pierres. A nouveau, la terre frémit – puis, à une centaine de mètres devant eux, le tunnel disparut soudain. Une formidable cavité verticale y avait été découpée.

Le groupe s'élança. Au bout du couloir, ils s'arrêtèrent pour attendre au bord du gouffre. Le puits qui terminait le tunnel atteignait au moins trois cents mètres de large et s'enfonçait dans la terre aussi loin que portait la lueur des torches. Au-dessus d'eux les nuages d'orage couraient sous une lune qu'aucun homme n'eût reconnue tant elle luisait d'un éclat blafard. Et, spectacle grandiose entre tous, le S9000 flottait là-haut, avec ses grands projecteurs encore rougeoyants d'avoir foré cet énorme puits.

Une silhouette noire se détacha du vaisseau-mère et fondit vers eux. C'était Torkalee, qui revenait chercher ses amis. Peu après, tous étaient réunis dans la salle de contrôle. Alveron désigna le grand écran.

– Regardez, murmura-t-il, nous sommes arrivés juste à temps.

Sous leurs yeux, le continent s'abîmait doucement sous les vagues, hautes d'un kilomètre, qui montaient à l'assaut de ses côtes. Parvenue à son heure dernière, la Terre offrait le spectacle d'une immense plaine nimbée de reflets argentés par une lune anormalement brillante. Des trombes d'eau étincelantes déferlaient en direction d'une lointaine chaîne de montagnes. La mer avait remporté sa victoire finale, mais son triomphe serait de courte durée, car bientôt, il n'y aurait plus ni terre ni océan. Au moment même où le groupe silencieux contemplait ce chaos, la catastrophe d'une ampleur beaucoup plus grande – dont ces phénomènes n'étaient que le prélude – s'abattit sur eux.

On eût dit que l'aube s'était soudain levée sur ce paysage de clair de lune. Mais ce n'était pas l'aube, seulement la lune, brillante avec l'éclat d'un second soleil. Pendant trente secondes, cette lumière terrifiante, surnaturelle, embrasa la planète condamnée. Une lampe témoin scintilla sur la console de contrôle. Le moteur principal s'était mis en route. L'espace d'une seconde, Alveron déplaça son regard sur les cadrans pour en vérifier les données; lorsqu'il le ramena sur l'écran, la Terre était disparue.

Les générateurs intrépides et surmenés s'éteignirent doucement lorsque le S9000 traversa l'orbite de Perséphone. C'était sans importance. Le soleil ne pouvait plus les atteindre, et bien que le vaisseau désemparé s'enfonçât dans la nuit solitaire de l'espace intersidéral, les sauveteurs ne tarderaient pas à arriver. Ce n'était qu'une question de jours.

Par une ironie du destin, c'était eux qui, la veille, s'étaient portés au secours d'une race à présent éteinte. Une fois de plus, Alveron s'interrogea sur ce monde qui n'était plus. En vain essaya-t-il de se le représenter à l'apogée de sa gloire, tandis que les rues de ses cités regorgeaient de vie. Pour primitifs qu'eussent été ses habitants, leur contribution à l'Univers n'aurait pas été négligeable. Si seulement ils étaient parvenus à établir un contact! A quoi bon regretter? Bien avant leur arrivée sans doute, les habitants de cette planète s'étaient enterrés dans ses entrailles de fer. Désormais, ce peuple, sa civilisation demeureraient un mystère jusqu'à la fin des temps.

Alveron fut soulagé lorsque l'entrée de Rugon vint interrompre le fil morose de ses pensées. Depuis le départ, le responsable des communications s'était acharné à analyser les programmes diffusés par l'émetteur qu'avait découvert Orostron. Le problème ne présentait aucune difficulté, mais il exigeait la construction d'un matériel spécial qui demandait du temps.

– Alors, qu'avez-vous trouvé? demanda Alveron.

– Pas mal de choses, répliqua son ami. Il y a là une énigme que je n'arrive pas à mettre à jour.

» Très vite, nous avons compris comment étaient constituées les émissions optiques. Nous avons pu les convertir afin de les adapter à notre propre équipement. Il semblerait que des caméras aient été disposées un peu partout sur la surface de la planète, couvrant les secteurs qui présentaient de l'intérêt. Apparemment, certaines se trouvaient dans des villes, au faîte des immeubles les plus élevés, et pivotaient en permanence pour offrir des vues panoramiques. Les programmes que nous avons enregistrés comportent une vingtaine de scènes différentes.

» D'autre part, on trouve des émissions d'une espèce

différente, ni sonores ni optiques. Elles semblent être purement scientifiques – des relevés de lectures, peut-être, ou quelque chose du même genre. Tous ces programmes étaient émis simultanément sur différentes bandes de fréquence.

» Il doit y avoir une explication à tout cela. Orostron persiste à penser qu'on a tout simplement oublié d'éteindre la station lorsqu'elle a été désertée. Mais ces programmes ne ressemblent pas à ceux qu'une telle station aurait normalement diffusés. On a dû l'utiliser comme relais interplanétaire – sur ce point, Klarten avait vu juste. Par conséquent, ces gens ont sans doute traversé l'espace, puisque aucune des autres planètes ne présentait de signes de vie au moment de la dernière mission de reconnaissance. Qu'en dites-vous?

Alveron l'avait écouté attentivement.

– Je dois dire que l'hypothèse me semble raisonnable. Il n'en demeure pas moins que le faisceau n'était dirigé sur aucune des autres planètes. Je m'en suis assuré moi-même.

– Certes, dit Rugon, mais ce que je veux savoir, c'est la raison pour laquelle une station-relais interplanétaire s'affaire à transmettre des images d'un monde sur le point d'être détruit. Images qui présenteraient un intérêt considérable pour des savants ou des astronomes. Quelqu'un s'est donné beaucoup de mal pour mettre en place ce dispositif de caméras panoramiques. Je suis convaincu que ces rayons allaient quelque part.

Alveron sursauta.

– Voudriez-vous suggérer qu'il existerait une planète extérieure qu'on n'aurait pas signalée? demanda-t-il. Dans ce cas, votre théorie doit être fausse. Le rayon n'était même pas dirigé dans le plan du Système Solaire. Et l'eût-il été – jetez donc un coup d'œil là-dessus.

Il alluma l'écran et ajusta les boutons. Contre le rideau velouté de l'espace était suspendue une sphère d'un blanc bleuté qui semblait composée de plusieurs anneaux concentriques de gaz incandescent. Son éloignement considérable rendait tout mouvement impossible à discerner; pourtant il était évident qu'elle se dilatait à une vitesse incroyable. En son centre se trouvait un point de lumière aveuglant – l'étoile naine et blafarde qu'était devenu le soleil.

– Peut-être ne vous rendez-vous pas compte de la taille colossale de cette sphère, dit Alveron. Regardez.

Il augmenta le grossissement jusqu'à ce que seule la partie centrale de la sphère fût visible. Près du milieu, on voyait deux minuscules condensations, situées de part et d'autre du noyau.

– Ce sont les deux planètes géantes du système. Elle sont parvenues à préserver leur existence – d'une certaine manière. Et elles se trouvaient à plusieurs centaines de millions de kilomètres du soleil. La nova n'a pas fini de se développer, mais déjà sa taille est deux fois plus importante que celle du Système Solaire.

Un moment, Rugon garda le silence.

– Il se peut que vous ayez raison, dit-il enfin, avec une mauvaise grâce évidente. Vous avez réduit à néant ma première hypothèse, soit, mais mes doutes persistent.

Il effectua plusieurs fois le tour de la pièce avant de reprendre la parole. Alveron attendait patiemment. Il n'était pas sans connaître les facultés presque intuitives de son ami, souvent capable de résoudre un problème lorsque la simple logique se révélait insuffisante.

Avec une lenteur délibérée, Rugon se remit à parler.

– J'aimerais avoir votre avis sur un point. Admettons que nous ayons complètement sous-estimé ces gens. En une occasion, au moins, Orostron a commis cette erreur – il a cru que jamais ils n'auraient pu s'élancer dans l'espace, parce qu'ils ne connaissaient la radio que depuis deux siècles. Hansur II me l'a dit. Eh bien, Orostron se trompait. Peut-être nous sommes-nous tous trompés. J'ai examiné le matériel ramené de l'émetteur par Klarten. Lui n'a pas été impressionné, mais compte tenu de la brièveté du délai, ils ont accompli un véritable exploit. Cette station contenait des appareils qui appartiennent à des civilisations de mille ans plus vieilles. Alveron, pouvons-nous suivre ce rayon pour voir où il conduit?

L'espace d'une longue minute, Alveron se tut. Il avait beau s'être préparé à cette question, il n'était pas facile d'y répondre. Les principaux générateurs étaient hors d'usage. Il était inutile d'essayer de les réparer. Mais il existait toujours de l'énergie disponible, et tant qu'il y avait de l'énergie, tout pouvait être tenté en temps utile. Cela impliquerait beaucoup d'improvisation et quelques manœuvres délicates, car le vaisseau conservait toujours son énorme vitesse initiale. Oui, c'était possible, et ce regain d'activité empêcherait l'équipage de sombrer plus profondément dans la dépression, à présent que la réaction due à l'échec de la mission commençait à se faire sentir. La nouvelle que le vaisseau de réparation le plus proche ne pourrait pas les atteindre avant trois semaines avait elle aussi contribué à l'effondrement du moral.

Comme d'habitude, les techniciens se firent tirer l'oreille, ce qui ne les empêcha pas, comme d'habitude, de terminer le travail en moitié moins de temps que le délai proposé et jugé par eux beaucoup trop court. Très lentement, en l'espace de plusieurs heures, l'immense vaisseau commença à réduire la vitesse que lui avait impulsée son moteur principal en autant de minutes. Suivant un arc formidable, d'un rayon de millions de kilomètres, le S9000 changea de cap tandis que le champ des étoiles basculait autour de lui.

La manœuvre prit trois jours. Ce temps écoulé, le

vaisseau progressait laborieusement suivant un axe parallèle au rayon naguère émis depuis la Terre. Ils s'enfonçaient dans le néant, tournant le dos à la sphère incandescente qui avait été le Soleil. D'après les normes du vol intersidéral, ils étaient presque stationnaires.

Des heures durant, Rugon s'activa sur ses instruments, projetant des rayons détecteurs le plus loin possible. Il n'y avait certainement aucune planète avant de nombreuses années-lumière. De temps à autre, Alveron venait le voir et, invariablement, il lui répondait : « Rien à signaler encore. » Une fois sur cinq environ, les intuitions de Rugon l'induisaient grossièrement en erreur, et il commençait à redouter que ce ne fût justement le cas.

Une longue semaine s'écoula. Puis les aiguilles des détecteurs de masse frémirent imperceptiblement à l'extrémité des cadrans. Rugon, pourtant, ne dit rien, pas même à son capitaine. Il attendit d'être certain, et lorsque les radars de courte portée commencèrent à réagir, esquissant les premières images floues sur l'écran de vision, il persista dans son silence. Il attendit patiemment, jusqu'à ce qu'il fût en mesure d'interpréter ces images. Enfin, lorsqu'il sut que ses hypothèses les plus extravagantes restaient en-deçà de la vérité, il réunit ses collègues dans la salle de contrôle.

Sur l'écran se déployait, soleil après soleil jusqu'aux confins de l'Univers, le spectacle familier des champs d'étoiles. Non loin du centre de l'écran, une lointaine nébuleuse dessinait une tache brumeuse que le regard saisissait avec difficulté.

Rugon augmenta le grossissement. Les étoiles refluèrent hors de l'écran; la petite nébuleuse se dilata jusqu'à le remplir tout entier – et alors, ils virent que ce n'était pas une nébuleuse.

A la vue de ce spectacle, tous les assistants laissèrent s'échapper un cri de stupeur.

Échelonnés dans l'espace, disposés dans une formation tri-dimensionnelle de rangs et de colonnes avec la précision d'une armée en marche, progressaient à une allure impressionnante de minuscules pinceaux de lumière. Cette troupe immense conservait sa forme comme si elle n'avait été qu'une seule et même structure. Alors même qu'Alveron et ses compagnons la dévoraient des yeux, la formation dériva hors de l'écran et Regon dut recentrer l'image.

Après un long silence, il prit la parole.

– Voici l'espèce, commença-t-il d'une voix douce, qui n'a connu la radio que depuis deux siècles. L'espèce dont nous avions cru qu'elle s'était terrée au cœur de sa planète pour y attendre la mort. J'ai examiné ces images avec le maximum d'amplification possible.

» Ceci est la flotte la plus importante dont l'existence ait jamais été rapportée. Chacun de ces traits de lumière représente un vaisseau plus vaste que le nôtre. Bien sûr, ils sont très primitifs – ce que vous voyez sur l'écran, ce sont les réacteurs de leurs fusées. Oui, ils ont osé se servir de fusées pour franchir l'espace intersidéral. Vous vous rendez compte de ce que cela signifie. Il leur faudra des siècles pour atteindre l'étoile la plus proche. L'espèce entière a dû entreprendre ce voyage, dans l'espoir que plusieurs générations après, ses descendants l'achèveraient.

» Pour mesurer l'étendue de leur exploit, songez au temps que nous a demandé la conquête de l'espace, et à la période, plus longue encore, qui s'est écoulée avant que nous tentions d'atteindre les étoiles. Même si nous avions été menacés d'annihilation, aurions-nous pu réaliser autant en un si bref délai? Souvenez-vous que cette civilisation est la plus jeune de l'Univers. Il y a quatre cent mille ans, elle n'existait même pas. Où en sera-t-elle, dans un million d'années?

Une heure plus tard, Orostron quittait le vaisseau-mère handicapé pour prendre contact avec la grande flottille qui les précédait. Comme la petite torpille se fondait au milieu des étoiles, Alveron se tourna vers son ami et fit une remarque à laquelle Rugon allait souvent penser dans les années à venir.

– Je me demande à quoi nous devons nous attendre, fit-il d'une voix songeuse. Ne seront-ils rien d'autre que de prodigieux techniciens, sans art ni philosophie? Ils vont avoir une sacrée surprise lorsqu'Orostron les atteindra – ce sera comme un coup porté à leur amour-propre. Il est curieux de constater comme toutes les espèces isolées se croient seules dans l'Univers. Pourtant, ils devraient nous être reconnaissants : nous allons leur épargner plusieurs siècles d'errement.

Alveron contempla la Voie Lactée, déployée sur l'écran, tel un voile de brume argentée. Son tentacule décrivit un ample geste qui embrassait l'ensemble de la Galaxie, depuis les Planètes Centrales jusqu'aux Soleils solitaires de la Périphérie.

– Vous savez, confia-t-il à Rugon, ces gens me font un peu peur. Et s'ils n'aimaient pas notre petite Fédération?

Une fois de plus, il désigna les nuées d'étoiles agglomérées sur l'écran, scintillant de l'éclat de leurs innombrables soleils.

– Quelque chose me dit que ce sont des êtres très déterminés. Nous ferions bien de nous montrer diplomates à leur égard. Après tout, nous ne sommes jamais que près de mille millions contre un.

Cette petite plaisanterie de son capitaine provoqua l'hilarité de Rugon.

Vingt ans plus tard, elle ne semblait plus aussi drôle.

Stratford-sur-Avon
Mars 1945

LA MALÉDICTION

Pendant trois cents ans, tandis que sa renommée s'étendait à travers le monde, la petite ville, ancrée dans un méandre de la rivière, avait conservé son aspect immuable. Le changement l'avait à peine effleurée; de très loin lui étaient parvenues les nouvelles de l'approche de l'Armada et de la chute du Troisième Reich. Les grands conflits l'avaient tous épargnée.

A présent, elle n'était plus, comme si elle n'avait jamais existé. En l'espace d'un instant, les splendeurs et les misères des siècles écoulés avaient été balayées. C'était tout juste si l'on pouvait encore discerner sur le sol vitrifié l'empreinte des rues disparues, mais des maisons, rien ne subsistait. Acier, béton, plâtre, chêne ancien – quelle différence, lorsqu'était venue la fin? A l'instant de mourir, les uns et les autres étaient restés debout, pétrifiés dans le rayonnement intense de la bombe. Puis, avant même qu'ils aient eu le temps de s'embraser, les ondes de choc les avaient submergés et ils avaient cessé d'être. Sur des kilomètres et des kilomètres de terre fertile, la sphère de feu dévastatrice s'était répandue, et de son sein avait surgi ce totem tourbillonnant qui avait si longtemps hanté l'esprit des hommes pour un si piètre résultat.

La fusée, une des dernières qui seraient jamais tirées, s'était égarée. Il eût été difficile de dire à quelle cible on l'avait destinée. Londres? Sûrement pas. Londres avait cessé d'être un objectif militaire. Londres, d'ailleurs, avait cessé d'être quoi que ce fût. Depuis longtemps, les hommes dont c'était la mission avaient calculé que trois bombes à hydrogène suffiraient pour cette cible plutôt réduite. En expédiant vingt fusées sur la ville, peut-être avaient-ils cédé à la tentation d'un excès de zèle.

Cette bombe-ci, pourtant, n'était pas au nombre des vingt qui avaient donné un si bon résultat. Son objectif, autant que son origine, était inconnu : qu'elle eût survolé les étendues glacées de l'Arctique ou les flots de l'Atlantique, nul n'aurait su le dire, et il restait bien peu de gens pour s'en soucier. Dans le passé, il y avait eu des hommes pour connaître ces choses, ceux-là mêmes qui de loin observaient le vol des grands projectiles et envoyaient à leur rencontre leurs propres missiles. Souvent, cette rencontre avait eu lieu, loin au-dessus de la Terre, dans les ténèbres du firmament qu'incendiaient le soleil et les étoiles. Là, avait flamboyé cette flamme indescriptible, envoyant dans l'espace un message qu'au cours des siècles à venir, d'autres yeux que ceux de l'Homme verraient et comprendraient.

Mais cela s'était produit bien des jours auparavant. La guerre ne faisait alors que commencer. Depuis longtemps, les défenseurs avaient été balayés, comme ils s'y étaient attendus. Jusqu'à la fin, pour s'acquitter de leur devoir, ils s'étaient accrochés à la vie. Trop tard, l'ennemi avait pris conscience de son erreur. Plus jamais il ne lancerait de fusées; celles qui tombaient encore avaient été projetées plusieurs heures auparavant sur des trajectoires secrètes qui les avaient conduites très loin dans l'espace. A présent, inertes et sans guide, elles retombaient, guettant en vain les signaux qui auraient dû les diriger vers leurs objectifs. Les unes après les autres, elles tombaient au hasard sur un monde auquel, désormais, elles ne pourraient plus nuire.

Déjà, la rivière était sortie de son lit; quelque part en aval, le colossal pilon avait éventré la terre et condamné l'accès à la mer. La poussière retombait toujours en pluie fine, comme elle le ferait encore pendant de nombreux jours tandis que les cités et les trésors de l'Homme retourneraient au monde dont ils étaient issus. Le ciel, pourtant, n'était plus aussi noir; à l'ouest, le soleil se couchait entre des amoncellements de nuages menaçants.

Une église avait été érigée au bord de la rivière, et bien qu'aucun de ses murs ne fût resté debout, les pierres tombales que les ans avaient accumulées autour d'elle en désignaient encore l'emplacement. Arrachées à leurs socles, les stèles gisaient en rangs parallèles, indiquant silencieusement la ligne de passage de la déflagration. Certaines étaient à demi ensevelies dans le sol, d'autres s'étaient crevassées, boursouflées sous l'effet de la chaleur insoutenable. Mais plusieurs portaient encore le message que, en vain, elles avaient transmis de siècle en siècle.

A l'ouest, la lumière s'évanouit, et dans le ciel s'estompa la pourpre surnaturelle. Pourtant, les mots gravés restaient visibles, rayonnant d'une lueur soutenue, persistante, trop faible pour être perçue en plein jour, mais assez forte pour éclipser la nuit. Un incendie ravageait la campagne : sur des kilomètres, le reflet de son rougeoiement radioactif embrasait les nuages. A travers le paysage flamboyant s'écoulait le ruban sombre de la rivière. Ses eaux s'enflaient sans cesse, submergeant la terre dont la lueur mortelle continuait, inaltérée, à briller dans les profondeurs. D'ici à une génération, peut-être ne serait-elle plus perceptible, mais il faudrait bien attendre un siècle avant que la vie pût à nouveau, en toute sécurité, renaître en ce lieu.

Timidement, l'eau effleura la pierre usée qu'on avait couchée au pied de l'autel disparu, plus de trois cents ans auparavant. L'église qui l'abritait depuis si longtemps l'avait protégée en cette heure dernière, et seule une légère décoloration de la pierre témoignait du passage des flammes. Dans la lueur blafarde de la terre agonisante, on pouvait encore discerner les mots archaïques, menacés par le flot qui montait autour d'eux et avait fini par recouvrir la pierre de ses vaguelettes. Ligne après ligne, l'épitaphe au-dessus de laquelle s'étaient penchés tant de visages s'abîma sous les eaux triomphantes. L'espace d'un court instant, les lettres se dessinèrent encore faiblement avant d'être à jamais englouties.

> Pour l'amour de Iesus, garde toy bon amy
> De fouiller la cendre enfermée icy.
> Benist soit celui qui épargne ce tombeau
> Et grand dam à celuy qui déplace mes os.

Désormais tranquille, le poète allait pouvoir s'abandonner au repos éternel : dans le silence et l'obscurité qui l'avaient enseveli, l'Avon, suivant un chemin jamais emprunté, s'écoulait inexorablement vers la mer.

Stratford-sur-Avon
Mai 1946

UN ÉTÉ SUR ICARE

En 1968, Icare passera si près de la Terre que quelques savants optimistes ont prédit une collision. Si cela devait se produire, j'annulerais cette nouvelle pour la seconde édition.

A moins, naturellement, que cette seconde édition soit elle-même annulée – ainsi que tout le reste.

Lorsque Colin Sherrard ouvrit les yeux après l'accident, il n'avait pas la moindre idée de l'endroit où il se trouvait. Apparemment, il était prisonnier d'une sorte de véhicule et gisait au sommet d'une colline dont les flancs tombaient à pic, de quelque côté qu'il se tournât. La surface en était desséchée et noircie, comme après le passage d'un incendie. Au-dessus de lui, le ciel était d'un noir intense, constellé d'étoiles; l'une d'elles était suspendue très bas sur l'horizon, tel un minuscule soleil étincelant.

Pouvait-il s'agir du soleil? Se trouvait-il si loin de la Terre? Non – c'était impossible. Quelque chose, une vague réminiscence, le harcelait, lui soufflant que le soleil était très proche – hideusement proche – et non lointain au point de n'être plus qu'une étoile parmi les autres. Et soudain, Sherrard retrouva ses esprits. Il savait exactement où il se trouvait, et cette prise de conscience était si terrible qu'il fut à deux doigts de s'évanouir à nouveau.

Il était plus proche du soleil qu'aucun homme ne l'avait jamais été. Ce n'était pas sur le sommet d'une colline que se trouvait son module endommagé, mais sur la surface dangereusement incurvée d'un monde de trois kilomètres de diamètre. Cette étoile brillante qui se contractait si rapidement à l'ouest n'était autre que la lueur du *Prométhée,* le vaisseau qui l'avait conduit ici après avoir franchi à travers l'espace tant de millions de kilomètres. Il était suspendu là-haut, contre le champ des étoiles, surpris peut-être de voir que son module n'avait pas réintégré le bercail, tel un pigeon fatigué sur son perchoir. Dans quelques minutes, le vaisseau serait hors de vue, au-delà de la ligne de l'horizon, poursuivant son éternel jeu de cache-cache avec le soleil.

A ce jeu-là, Sherrard était le grand perdant. Il se trouvait encore du côté de l'astéroïde où il faisait nuit, protégé par son ombre sécurisante, mais la brève nuit tirait à sa fin. La rotation quotidienne de quatre heures d'Icare le précipitait inexorablement vers cette aube terrifiante où un soleil trente fois plus gros que celui qu'on voit briller de la Terre embraserait les rochers. Sherrard ne comprenait que trop pourquoi tout, autour de lui, était noirci et calciné. Icare se trouvait encore à une semaine de son périhélie; pourtant, à midi, la température atteignait déjà mille degrés Fahrenheit.

Bien qu'il ne se sentît guère d'humeur à plaisanter, il se souvint brusquement de la description que le capitaine McClellan avait donnée d'Icare : « Le bout de terrain le plus ensoleillé de tout le système. » Plaisanterie dont le bien-fondé avait été démontré peu de jours auparavant, à la suite de l'une de ces expériences extrêmement simples et empiriques mais qui frappent davantage l'imagination que des kilomètres de graphiques ou de relevés.

Juste avant le point du jour, quelqu'un avait placé un morceau de bois sur le faîte de l'une des petites collines. A l'abri sur la face de l'astéroïde qui était plongée dans la nuit, Sherrard n'avait rien perdu du spectacle. Il avait vu les premiers rayons du soleil effleurer la crête de la colline. Lorsque ses yeux se furent accommodés à la soudaine explosion de lumière, il se rendit compte que le bois commençait déjà à noircir et à se carboniser. S'il y avait eu une atmosphère, le morceau de bois se serait enflammé; ainsi était l'aube, sur Icare...

Pourtant, la chaleur n'était pas encore insupportable lorsqu'ils avaient atterri pour la première fois, en traversant l'orbite de Vénus, cinq semaines auparavant. Le *Prométhée* avait rattrapé l'astéroïde au moment où il amorçait son plongeon vers le soleil; il avait réglé sa vitesse sur celle du monde minuscule et s'était posé sur sa surface avec la légèreté d'un flocon de neige. (Un flocon de neige sur Icare! Rien que d'y penser...) Ensuite, les savants avaient balayé les vingt-trois kilomètres carrés de ferronickel déchiqueté qui couvrait la quasi-totalité de la surface de l'astéroïde; ils avaient installé leurs instruments et leurs stations de contrôle, ramassé des échantillons et s'étaient absorbés dans d'interminables observations.

Tout avait été soigneusement préparé, des années à l'avance, dans le cadre de la Décennie de l'Astrophysique Internationale. Une occasion unique se présentait pour un vaisseau d'études de se rapprocher à moins de cent millions de kilomètres du soleil, protégé de son ardeur par un bouclier de roc et de fer de trois kilomètres d'épaisseur. Dans l'ombre d'Icare, le vaisseau pourrait naviguer en toute sécurité autour du foyer qui réchauffait toutes les planètes et dont dépendait l'existence de toute forme de vie. Tel le Prométhée de la légende qui avait dérobé le feu pour l'offrir aux hommes, le vaisseau qui portait son nom reviendrait sur Terre, porteur d'autres secrets inimaginés, arrachés au ciel.

Ils avaient eu tout le temps nécessaire pour installer les instruments et effectuer les relevés avant que le *Prométhée* fût contraint de décoller pour se réfugier dans la nuit. Même alors, il était encore possible pour les hommes enfermés dans leurs modules auto-propulsés – sorte de vaisseaux spatiaux miniatures, longs de trois mètres seulement – de travailler sur la face plongée dans la nuit, pendant une heure environ, aussi longtemps que l'aube ne les rejoignait pas. Ces conditions avaient semblé raisonnables sur un monde où l'aube ne progressait que d'un kilomètre et demi par heure; mais Sherrard avait échoué, et cette erreur risquait de lui coûter la vie.

Il n'était pas encore tout à fait certain de ce qui s'était produit. Il avait remplacé un émetteur sismographique à la station 145, officieusement baptisée Mont Everest car elle dominait les environs d'une hauteur de trente mètres au moins. Le boulot s'était déroulé sans accroc, bien qu'il dût l'accomplir par l'intermédiaire des bras métalliques de son module. Sherrard savait les manipuler mieux que personne : il pouvait faire des nœuds avec ses doigts d'acier presque aussi vite qu'avec les siens propres. Ce travail lui avait demandé un peu plus de vingt minutes, à la suite de quoi le radiosismographe émettait à nouveau, contrôlant les imperceptibles tremblements et frissons qui étaient de plus en plus nombreux à secouer Icare au fur et à mesure que celui-ci se rapprochait du soleil. Cela lui était d'un bien faible réconfort de savoir qu'il avait maintenant ajouté un record à l'enregistrement.

Après avoir vérifié les signaux, il avait soigneusement redéployé autour de l'instrument les écrans solaires. Il était difficile d'imaginer que deux pellicules de métal poli, aussi minces que du papier, pouvaient détourner un flot de radiations capables de faire fondre le plomb ou l'étain en quelques secondes. Mais le premier écran réfléchissait plus de quatre-vingt-dix pour cent des rayons qui venaient frapper le miroir de sa surface, et le second renvoyait presque tous les autres, si bien que seule une infime quantité de chaleur, désormais inoffensive, passait à travers.

Son travail terminé, il avait averti le vaisseau, reçu une réponse de routine, et il s'apprêtait à rentrer. Les projecteurs étincelants suspendus autour du *Prométhée* – en l'absence desquels la face de l'astéroïde envahie par la nuit eût été plongée dans une totale obscurité – constituaient au firmament une cible parfaite. Le vaisseau n'était qu'à trois mille mètres d'altitude, distance que la faible gravité lui eût permis de franchir d'un bond s'il avait été équipé d'une combinaison spatiale de type planétaire, pourvue de jambes flexibles. Mais ce n'était pas le cas, et les microfusées à faible puissance de son module le ramèneraient paresseusement là-haut en cinq minutes.

Il avait orienté le module à l'aide des gyros, réglé les réacteurs arrière à la puissance 2, et pressé le bouton de mise à feu. Une violente explosion s'était produite, quelque part au voisinage de ses pieds, et il avait quitté le sol d'Icare – sans pour autant prendre la direction du vaisseau. Quelque chose clochait affreusement. Projeté d'un côté du véhicule, il était incapable d'atteindre les commandes. Un seul des réacteurs s'était allumé, et le module tournoyait à travers le ciel, pivotant de plus en plus vite sous l'effet d'une propulsion déséquilibrée. Il tenta de couper le contact, mais cette folle rotation l'avait complètement désorienté. Lorsque enfin il put mettre la main sur les commandes, sa première réaction ne fit qu'aggraver les choses : tel un conducteur nerveux, écrasant le champignon au lieu de freiner, il poussa à fond la manette des gaz. Une seconde plus tard, il avait corrigé son erreur et coupé le contact, mais à ce moment-là, il tournoyait à une telle vitesse que les étoiles décrivaient des cercles autour de lui.

Tout était arrivé si vite qu'il n'avait pas eu le temps d'avoir peur, ni même celui d'appeler le vaisseau pour les avertir de ce qui se passait. Il lâcha les commandes; tout ce qu'il pourrait tenter maintenant ne ferait qu'aggraver la situation. Il ne faudrait pas moins de deux minutes de manœuvres délicates pour enrayer la rotation, et à en juger par les visions fugitives et vacillantes des rochers qui se rapprochaient, il ne disposait plus de ce temps. Sherrard se souvint d'un conseil qu'il avait lu à la première page du *Manuel du Parfait Astronaute :* « Si vous ne savez pas quoi faire, ne faites *rien.* » Il en était toujours là lorsque Icare fondit sur lui et que s'éteignirent les étoiles.

Miraculeusement, le module ne s'était pas brisé et l'asphyxie avait pu être évitée (dans trente minutes, peut-être Sherrard mourrait-il d'envie d'être à l'air libre, lorsque l'isolation calorifuge de la capsule commencerait à faiblir...). Il y avait quelques dégâts, bien sûr. Les deux rétroviseurs disposés derrière le dôme de plastique transparent qui lui emboîtait la tête s'étaient cassés net. Si bien qu'il ne pouvait plus voir ce qui se passait dans son dos sans se dévisser le cou. Ce n'était qu'un désagrément sans gravité comparé au fait que ses antennes radio avaient été arrachées sous le choc. Il ne pouvait plus appeler le vaisseau, et le vaisseau ne pouvait plus l'appeler. La radio n'émettait plus qu'un faible grésillement qui provenait sans doute de l'intérieur du poste lui-même. Il était donc absolument seul, coupé de ses semblables.

La situation était désespérée, mais il lui restait une faible lueur d'espoir. Il n'était pas totalement démuni. Même s'il ne pouvait plus se servir des réacteurs – il se doutait que le moteur de tribord avait explosé et rompu le canal d'alimentation en carburant; un accident dont les architectes affirmaient qu'il ne pouvait pas se produire – il n'était pas pour autant paralysé. Il lui restait ses bras.

Mais dans quelle direction devait-il ramper? Il avait perdu tout sens de l'orientation, car s'il avait effectivement décollé du Mont Everest, il pouvait maintenant s'en trouver éloigné de plusieurs centaines de mètres. Il n'y avait aucun point de repère sur ce monde miniature; l'éclat déclinant du *Prométhée* constituait encore son guide le plus sûr, et aussi longtemps que le vaisseau resterait dans son champ de vision, il n'y aurait rien à craindre. Quelques minutes, tout au plus, s'écouleraient avant qu'on s'aperçoive de son absence, si ce n'était déjà fait. Sans radio, pourtant, ses compagnons mettraient peut-être un certain temps à le retrouver. Malgré la petite superficie d'Icare, ses vingt-trois kilomètres carrés de désert incroyablement accidenté pouvaient fort bien dissimuler un cylindre de dix pieds. Cela pouvait leur prendre une bonne heure – et cela signifiait qu'il devrait conserver son avance sur l'aube meurtrière.

Il glissa ses doigts à l'intérieur des commandes qui gouvernaient ses bras métalliques. A l'extérieur du module, dans le vide hostile, ses bras de remplacement s'éveillèrent à la vie. Ils s'abaissèrent, projetés contre la surface ferrugineuse de l'astéroïde, et hissèrent la capsule au-dessus du sol. Sherrard les fléchit et l'appareil se propulsa en avant, comme un étrange insecte à deux pattes... d'abord le bras droit, puis le gauche, puis à nouveau le droit...

C'était moins difficile qu'il ne l'avait redouté, et pour la première fois, il sentit l'espoir renaître en lui. Bien que ses bras mécaniques eussent été conçus pour de petits travaux de précision, une faible impulsion suffirait à mouvoir la capsule dans cet environnement où la gravité, dix fois moins importante que sur Terre, était pratiquement nulle. Sur Icare, Sherrard et son module spatial pesaient moins de trente grammes. Une fois mis en mouvement, il eut l'impression d'avancer en flottant avec une aisance déconcertante.

Cette facilité, justement, n'allait pas sans présenter certains dangers. Il avait parcouru plusieurs centaines de mètres et il était sur le point de rattraper la lueur du *Prométhée* qui s'enfonçait à l'horizon lorsqu'il fut victime de sa témérité. (Il est curieux de constater combien l'esprit passe vite d'un extrême à l'autre; quelques minutes auparavant, il s'armait de courage en vue d'affronter la mort – et voilà qu'il se demandait s'il n'arriverait pas en retard pour le dîner.) Peut-être la nouveauté de l'expérience, si différente de tout ce qu'il avait jamais tenté auparavant, fut-elle à l'origine du drame; ou peut-être souffrait-il encore des suites de l'accident.

Comme tous les astronautes, Sherrard avait appris à s'orienter dans l'espace et s'était habitué à vivre et à travailler là où les conceptions terrestres de haut et de bas ne signifient rien.

Sur un monde tel qu'Icare, il était indispensable de faire semblant de croire qu'on avait « sous » les pieds une authentique planète et que lorsqu'on se déplaçait, c'était sur un plan horizontal. Si cette innocente illusion venait à faire défaut, on était bon pour le vertige de l'espace.

Comme c'est généralement le cas, l'attaque le prit par surprise. Brusquement, il lui sembla qu'Icare n'était plus en dessous de lui, ni là-haut le champ des étoiles. L'Univers bascula à angle droit; il était en train de *grimper* le long d'une falaise verticale, tel un alpiniste faisant l'ascension d'une paroi rocheuse, et bien que sa raison lui soufflât qu'il s'agissait d'une simple illusion, tous ses sens lui criaient le contraire. Dans un instant, la gravité l'arracherait à ce véritable mur et il ferait une chute de plusieurs kilomètres avant d'être englouti dans l'oubli.

Mais le pire ne s'était pas encore produit; l'axe vertical trompeur oscillait toujours, comme l'aiguille d'une boussole qui aurait perdu le pôle. A présent, il se trouvait *sous* un immense toit rocheux, telle une mouche accrochée au plafond; bientôt, la paroi serait à nouveau un mur – mais cette fois, il descendrait au lieu de monter...

Il avait perdu tout contrôle sur le module, et les gouttes de sueur froide qui commençaient à perler sur son front l'avertissaient qu'il ne tarderait pas à perdre le contrôle de son corps. Il ne restait qu'une seule chose à faire. Il ferma étroitement les yeux, se tassa le plus loin possible dans le fond du petit monde clos de la capsule et se persuada de toutes ses forces que l'Univers extérieur n'existait pas. Et lorsque le module s'écrasa pour la seconde fois, il ne permit même pas au léger craquement de troubler cette séance d'autohypnose.

Lorsque, enfin, il osa regarder à l'extérieur, il vit que le module était allé donner contre un énorme bloc de pierre. Ses bras mécaniques avaient atténué la violence de l'impact, mais à un prix largement trop élevé. Si la capsule ne pesait pratiquement rien, en effet, elle possédait toujours ses cinq cents livres d'inertie et elle s'était propulsée à une vitesse de six kilomètres à l'heure environ. Les bras mécaniques n'avaient pas pu absorber cette force d'impulsion; l'un d'eux avait cédé; l'autre était infléchi selon un angle sans espoir.

Lorsqu'il comprit ce qui s'était passé, la première réaction de Sherrard ne fut pas le découragement, mais la colère. Il avait été certain de réussir, quand le module s'était mis à glisser le long de la surface aride d'Icare. Et voici que s'était produite la catastrophe, à cause d'un instant de défaillance physique !

Mais l'espace n'avait aucune indulgence pour la faiblesse ou l'émotivité humaine, et celui qui n'acceptait pas ces conditions n'avait aucun droit de se trouver là.

Il avait au moins gagné un temps précieux dans sa course au vaisseau. Il avait intercalé un nouveau délai de dix minutes, peut-être davantage, entre lui-même et l'aube. Bientôt, il saurait si ces dix minutes ne feraient que prolonger ses souffrances ou si elles fourniraient à ses compagnons le laps de temps supplémentaire dont ils auraient besoin pour le retrouver.

Où étaient-ils? Ils avaient certainement dû commencer les recherches! Il se fatigua les yeux à scruter la lueur étincelante du vaisseau, dans l'espoir de discerner l'éclat plus faible des modules avançant à sa rencontre – mais rien d'autre n'accrocha son regard sur la voûte du firmament qu'entraînait un imperceptible mouvement de rotation.

Mieux valait compter sur ses propres ressources, si minces fussent-elles. Encore quelques minutes et le *Prométhée* et son sillage de lumière disparaîtraient derrière la courbe de l'astéroïde, le laissant dans l'obscurité. Cette période d'obscurité, il est vrai, serait de courte durée, mais avant qu'elle ne fondît sur lui, il devait trouver un refuge pour s'abriter du jour qui allait naître. Ce rocher contre lequel il s'était écrasé, par exemple...

Oui, il lui procurerait un peu d'ombre, jusqu'à ce que le soleil fût à mi-course. Rien ne pourrait le protéger s'il passait juste au-dessus de lui, mais peut-être se trouvait-il à une latitude où le soleil ne s'élevait jamais bien haut au-dessus de l'horizon en cette période de l'année qui durait quatre cent neuf jours sur Icare. Alors seulement, il pourrait survivre à cette brève journée. C'était son dernier espoir, si les sauveteurs ne le trouvaient pas avant le lever du soleil.

Vint le moment où le *Prométhée* et ses lumières basculèrent de l'autre côté de ce monde. Le vaisseau disparut, le scintillement des étoiles, désormais maîtresses incontestées des cieux, redoubla d'intensité. Plus resplendissant qu'aucun autre – si radieux que sa seule vue suffisait à lui embuer les yeux – il y avait le phare flamboyant de la Terre, accompagné de sa lune. Il était né sur la première et il avait marché sur la seconde. Reverrait-il jamais l'une ou l'autre?

Bizarrement, jusqu'à présent il n'avait songé ni à sa femme, ni à ses enfants, ni à tout ce qu'il aimait dans cette vie qui lui semblait terriblement lointaine. Il éprouva une brève sensation de culpabilité. Les liens d'affection n'étaient pas affaiblis, même alors que des centaines de millions de kilomètres le séparaient des siens. Pour l'instant, ils étaient tout simplement hors de propos. Il n'était plus qu'un animal primitif et égocentrique, luttant pour la vie, armé de son seul cerveau. Dans ce conflit, il n'y avait pas de place pour les sentiments; ils ne seraient qu'un obstacle, faussant son jugement et affaiblissant sa résolution.

Soudain, il aperçut quelque chose qui balaya tout souvenir de son lointain foyer. Surgissant derrière lui au-dessus de l'horizon et se répandant contre les étoiles comme une brume laiteuse, se dessinait un cône phosphorescent. C'était le signe avant-coureur du soleil – le fantôme nacré, magnifique de la couronne, visible depuis la Terre dans les rares occasions d'éclipse totale. Si le halo se levait, l'astre n'était plus loin, prêt à marteler férocement ce monde minuscule.

Sherrard tira les leçons de cet avertissement. A présent, il pouvait se faire une idée assez précise du point où le soleil allait surgir. En rampant lentement et maladroitement sur ses moignons métalliques, il parvint à traîner la capsule autour du rocher pour se placer sous le côté qui lui procurerait l'ombre la plus grande. A peine s'était-il mis à l'abri que le soleil fondait sur lui comme un oiseau de proie et que son petit monde explosait sous la lumière.

Les uns après les autres, il mit en place les filtres sombres à l'intérieur de son casque, jusqu'à ce que la clarté éblouissante devînt supportable. A l'exception de la flaque d'ombre du rocher, il avait l'impression de plonger le regard dans une fournaise. Chaque détail de ce paysage désolé était impitoyablement révélé. Pas de gris, mais des blancs aveuglants et des noirs insondables. Chaque creux, chaque infractuosité où se réfugiait l'ombre n'étaient que des gouffres d'encre tandis que les zones de relief semblaient s'embraser sous l'assaut des rayons. Le soleil, pourtant, venait seulement de se lever...

Sherrard comprenait maintenant comment la chaleur torride d'un milliard d'étés avait transformé Icare en cendre cosmique, rôtissant ses rochers pour en extraire tout le gaz, jusqu'à la dernière trace. Pourquoi, se demandait-il amèrement, les hommes traverseraient-ils à grands frais et en prenant autant de risques le gouffre des étoiles – juste pour atterrir sur ce monceau de scories tourbillonnantes? Pour la même raison, il le savait, qu'ils avaient naguère lutté pour atteindre les Pôles, ou le sommet de l'Everest, et tous les coins les plus reculés de la Terre – pour l'excitation physique que procurait l'aventure, et celle, plus durable, de l'esprit que procurait la découverte. Cette réponse lui était d'un bien piètre réconfort alors qu'il était sur le point d'être grillé vif, tel un rôti sur la broche tournante d'Icare.

Déjà, il sentait passer sur son visage l'haleine brûlante du brasier. Le bloc dans l'ombre duquel il s'était réfugié le protégeait contre l'exposition directe, mais la clarté réfléchie par les roches étincelantes qui se trouvaient à quelques mètres seulement l'atteignait à travers le dôme de plastique transparent. Son intensité croîtrait rapidement au fur et à mesure que le soleil se rapprocherait du zénith; il disposait de moins de temps encore qu'il ne l'avait espéré, et cette prise de conscience le plongea, au-delà de la peur, dans une sorte de résignation engourdie. Il attendrait – s'il le pouvait – jusqu'à ce que le soleil levant l'engloutisse et que le système de climatisation du module capitule dans ce combat par trop inégal. Ensuite, il briserait le dôme et laisserait l'air s'enfuir dans le vide de l'espace.

Il n'avait rien d'autre à faire que rester assis et songer aux minutes qui lui étaient imparties avant que se contracte sa zone d'ombre. Il ne fit rien pour ordonner ses pensées, préférant les laisser errer librement. A Palomar, au cours des années 40 – bien avant sa naissance – un homme avait remarqué sur une plaque photographique un trait de lumière et l'avait à juste titre baptisé du nom du jeune garçon qui avait voulu braver le soleil. Il était étrange de penser que c'était la raison pour laquelle il allait mourir.

Un jour, sans doute, on édifierait sur ce sol boursouflé un monument à sa mémoire. Quelle inscription choisirait-on? «Ici mourut l'ingénieur astronome Colin Sherrard. Pour la science.» Il y aurait plutôt de quoi rire, car il n'avait jamais compris la moitié des trucs que les savants essayaient de faire.

Dans une certaine mesure, pourtant, à son tour il avait ressenti la fièvre de leurs découvertes. Il se souvenait de la façon dont les géologues avaient raclé la peau carbonisée de l'astéroïde et poli la surface métallique ainsi mise à jour. On avait vu apparaître de curieux dessins, à base de lignes et de traits, semblables à l'œuvre d'un Décadent de la période post-Picasso. Mais ces motifs avaient un sens; ils écrivaient l'histoire d'Icare, et seul un géologue pouvait la déchiffrer. Ils révélaient, lui avait-on expliqué, que ce fragment de roche et de fer n'avait pas toujours flotté dans l'espace en solitaire. Il y avait de cela bien longtemps, il avait été soumis à une pression considérable – et cela ne pouvait signifier qu'une seule chose. Des milliards d'années auparavant, il avait été partie intégrante d'un corps céleste infiniment plus vaste, peut-être une planète semblable à la Terre. Pour une raison quelconque, cette planète avait explosé, et Icare, ainsi que les milliers d'autres astéroïdes, étaient les débris de cette désagrégation cosmique.

Même en cet instant, alors que se rapprochait la ligne incandescente qui marquait la progression du soleil, cette seule pensée l'émouvait. Ce sur quoi se trouvait Sherrard était le noyau d'un monde – un monde qui peut-être avait connu la vie. D'une façon étrange et parfaitement absurde, cela le réconfortait de savoir que son fantôme ne serait sans doute pas le seul à hanter Icare jusqu'à la fin des temps.

Le casque se couvrait de buée, trahissant les premières défaillances du système de climatisation. Il s'était montré efficace. Encore maintenant, alors que, à quelques mètres de là, les rochers devaient commencer à rougeoyer, il régnait à l'intérieur de la capsule une chaleur supportable. Lorsqu'il cesserait de fonctionner, ce serait brutal et catastrophique.

Il tendit la main vers le levier rouge qui ravirait sa proie au soleil – mais avant de l'actionner, il se devait de contempler une dernière fois la Terre. Avec circonspection, il abaissa les filtres opaques et les régla de telle façon qu'ils continuent à absorber la réverbération des rochers sans pour autant faire écran à son regard.

Les étoiles luisaient d'un éclat plus pâle, atténué par le flamboiement de la couronne. A peine visible au-dessus du bloc rocheux dont le bouclier lui ferait bientôt défaut, il aperçut un tronçon écarlate, un doigt de feu recourbé, saillant de l'astre solaire lui-même. Encore quelques secondes...

Là-haut brillaient la Terre et la lune. Il leur fit ses

adieux, ainsi qu'à ses amis et aux êtres chers qui se trouvaient sur l'une et l'autre. Comme il regardait, les premiers rayons du soleil léchèrent la base de la capsule et il ressentit les premières atteintes du feu. Mû par un réflexe aussi mécanique que dérisoire, il remonta ses jambes pour tenter de les soustraire à la vague de chaleur.

Et ça, qu'est-ce que cela pouvait bien être? Infiniment plus brillante que la plus brillante étoile, une lueur soudaine s'était allumée au firmament. A des kilomètres au-dessus de lui, un miroir immense dérivait à travers le ciel, réfléchissant le soleil tout en décrivant dans l'espace un lent arc de cercle. C'était impossible; il commençait à souffrir d'hallucinations et il était temps pour lui de partir. Déjà, son corps ruisselait de sueur. Dans quelques secondes, la capsule serait une vraie fournaise.

Sans différer son geste plus longtemps, il tira sur le Dispositif de Secours de toutes ses forces déclinantes et s'arma de courage pour affronter l'inévitable.

Rien ne se produisit. Le levier ne bougea pas d'un millimètre. Il tira encore et encore et comprit enfin que le mécanisme était définitivement enrayé. Il lui était interdit d'en finir rapidement, de vider ses poumons de tout l'air qu'ils contenaient pour sombrer dans une mort miséricordieuse. Ce fut à ce moment-là, alors que l'horreur de sa situation l'atteignait de plein fouet, qu'il craqua enfin et se mit à hurler, tel un animal pris au piège.

Lorsqu'il perçut, faiblement, mais d'une façon distincte, la voix du capitaine McClellan, il pensa qu'il devait s'agir d'une autre hallucination. Pourtant, dans un dernier sursaut de discipline et de sang-froid, il étouffa le cri dans sa gorge. Mâchoires serrées, il écouta cette voix familière et impérieuse.

– Sherrard ! Tenez bon, mon vieux ! On vous a repéré – continuez à crier !

– Je suis là ! hurla-t-il. Mais faites vite, bon Dieu ! Je grille !

Et brusquement, la partie consciente de son esprit comprit ce qui s'était passé. Les moignons de ses antennes radio émettaient encore un faible signal et les sauveteurs avaient entendu ses cris – de même que lui avait entendu leurs voix. Ils devaient donc être très près, et cette certitude lui insuffla une énergie nouvelle.

Les yeux écarquillés, il regarda à travers le plastique fumant du dôme, cherchant à nouveau cet invraisemblable miroir qui avait traversé le ciel. Il était toujours là – et il se rendit compte que les perspectives déconcertantes de l'espace avaient abusé ses sens. Le miroir ne se trouvait pas à plusieurs kilomètres d'altitude, comme il l'avait cru, et il n'était pas si grand que ça. Il était pratiquement sur lui et se rapprochait encore à toute vitesse.

Il criait toujours lorsque le miroir occulta la face triomphante du soleil. Tel un vent frais venu du cœur de l'hiver après avoir traversé des étendues glacées, son ombre bienfaitrice glissa sur lui. A présent qu'il était tout proche, il le reconnut aussitôt : ce n'était qu'une grande lame de métal, servant d'écran aux radiations solaires et qu'on avait sans doute prélevée en toute hâte sur une station. A l'abri de son ombre sécurisante, ses amis étaient partis à sa recherche. Une capsule biplace à fort rendement planait au-dessus de lui, supportant l'écran scintillant avec un jeu de bras et s'apprêtant à saisir Sherrard de l'autre. Malgré le dôme brumeux et le voile de chaleur qui affaiblissait ses sens, il reconnut, dans l'autre module, le visage anxieux du capitaine McClellan penché au-dessus de lui.

Il savait maintenant ce que c'était que de naître, car pour lui, il s'agissait d'une véritable renaissance.

Il était trop épuisé pour leur témoigner sa gratitude – cela viendrait plus tard – mais lorsque les bras métalliques l'arrachèrent à la roche brûlante, son regard fouilla le ciel et trouva le phare étincelant de la Terre. « Me voici, fit-il silencieusement. Je suis de retour. »

De retour pour goûter et savourer toutes les joies offertes par un monde qu'il avait bien cru ne jamais revoir. Non – pas toutes.

L'été, pour lui, avait désormais perdu tout attrait.

Colombo
Avril 1960

LE CHIEN DE LUNE

Lorsque je perçus les aboiements frénétiques de Laika, ma première réaction fut l'agacement. Je me retournai sur ma couchette et marmonnai d'une voix ensommeillée : « Ferme-la, espèce d'idiote. » Cette réaction d'homme à moitié endormi ne dura qu'une fraction de seconde. Puis, je repris conscience – et en même temps, la peur m'assaillit. Peur de la solitude, peur de la folie.

L'espace d'un moment, je n'osai ouvrir les yeux, terrifié à l'idée de ce que je pourrais voir. La raison me disait qu'aucun chien n'avait jamais mis les pieds sur ce monde, que Laika était séparée de moi par une distance de trois cent quatre-vingt mille kilomètres et – plus irrévocable encore – par une période de cinq ans.

« Ce n'est qu'un rêve, me dis-je, furieux. Cesse de faire l'imbécile – ouvre les yeux ! Tu ne verras rien d'autre que la peinture luisante du mur d'en face. »

C'était exact, naturellement. La minuscule cabine était vide, la porte hermétiquement fermée. J'étais seul avec mes souvenirs, en proie à cette tristesse absolue qui s'empare de vous lorsqu'un rêve agréable s'évanouit, cédant la place à une morne réalité. Mon désarroi était tel que j'avais envie de me replonger dans le sommeil. Par bonheur, je résistai à la tentation, car en cet instant, me rendormir m'eût coûté la vie.

Au cours des cinq secondes qui suivirent, cependant, je ne me rendis compte de rien. J'étais revenu sur Terre, me réfugiant dans le passé pour y puiser quelque réconfort.

Nul ne découvrit jamais l'origine de Laika, bien que le personnel de l'Observatoire se fût livré à plusieurs enquêtes et que j'eusse inséré quelques annonces dans les journaux de Pasadena. Lorsque je l'avais trouvée, par un soir d'été alors que je roulais vers Palomar, ce n'était encore qu'une boule pelucheuse et solitaire, pelotonnée sur le bas-côté de la route. Je n'ai jamais éprouvé beaucoup d'affection pour les chiens, ni d'ailleurs pour les animaux en général, mais il me fut impossible de laisser cette petite créature sans défense à la merci des voitures qui passaient. Non sans dégoût, et regrettant de ne pas avoir de gants, je la ramassai et la fourrai dans le coffre. Je ne tenais pas à mettre en péril la garniture intérieure de ma nouvelle Vik 92 et en la mettant dans le coffre, j'espérais bien limiter les dégâts. Je sus après que c'était un mauvais calcul.

Après avoir garé ma voiture dans le Monastère – la résidence des astronomes où je devais loger pendant une semaine – j'examinai ma trouvaille sans beaucoup d'enthousiasme. A ce moment-là, mon intention était encore de confier le chiot au concierge, mais soudain, le petit animal se mit à geindre et ouvrit les yeux. J'y lus une expression si intense de confiance désemparée que – hum ! je changeai d'avis.

Par la suite, s'il m'est parfois arrivé de regretter cette décision, cela ne durait jamais bien longtemps. Je n'avais pas idée de tous les ennuis, volontaires ou non, qu'un chien en pleine croissance peut occasionner. Mes notes de blanchissage et raccommodage firent un bond. Je n'étais jamais certain de pouvoir trouver une paire de chaussettes intactes ou un exemplaire de la *Revue d'Astrophysique* qui ne fût réduit en charpie. Mais en fin de compte, Laika sut se comporter convenablement, non seulement à la maison, mais aussi à l'Observatoire. Elle fut sans doute la seule de son espèce à être jamais admise à l'intérieur de la coupole de cinq mètres. Elle pouvait y demeurer allongée dans l'ombre des heures durant, tandis que, perché dans la cabine, je procédais à des réglages, satisfaite du moment qu'elle entendait ma voix de temps en temps. Les autres astronomes la prirent également en affection (ce fut le vieux Dr Anderson qui suggéra son nom), mais dès le début, ce fut moi qu'elle adopta, et à moi seul qu'elle décida d'obéir. Ce qui ne veut pas dire qu'elle m'obéissait toujours.

C'était un splendide animal, qui appartenait à quatre-vingt-quinze pour cent à la race des bergers allemands. Sans doute les cinq pour cent manquants étaient-ils à l'origine de son abandon. Aujourd'hui encore, j'éprouve en y songeant un sursaut de colère, mais comme je ne connaîtrai jamais les faits, il se peut que mes conclusions soient dénuées de fondement. A l'exception de deux taches sombres au-dessus des yeux, presque tout son corps était d'un gris fumé, et son pelage était aussi doux que de la soie. Lorsqu'elle dressait les oreilles, elle avait un air incroyablement intelligent et alerte, et si je discutais avec mes collègues de types d'analyse spectrale ou de l'évolution stellaire, on avait peine à croire qu'elle ne suivait pas nos débats.

Même maintenant, il m'arrive de m'interroger sur les raisons de son attachement à mon égard, car je me suis fait bien peu d'amis parmi mes semblables. Pourtant, quand je rentrais à l'Observatoire après un voyage, elle devenait pratiquement folle d'allégresse. Dressée sur ses pattes de derrière, elle posait celles de devant sur mes épaules – qu'elle pouvait atteindre sans difficulté – sans cesser d'émettre des petits couinements joyeux qui semblaient hors de proportion avec une chienne de cette taille. Je répugnais à la laisser seule plus de quelques jours d'affilée, et si je ne pouvais guère l'emmener au-delà des mers, elle m'accompagnait dans tous mes autres déplacements de moindre importance. Elle se trouvait avec moi lorsque je roulais en direction du nord pour me rendre à Berkeley où je devais assister à cette fatale conférence.

Nous devions résider chez des universitaires de ma connaissance; ils s'étaient abstenus de tout commentaire, mais ce n'était pas sans réticence qu'ils avaient accepté la présence sous leur toit d'un pareil monstre. Je leur assurai cependant que Laika ne causait jamais le moindre ennui et, à contrecœur, ils la laissèrent dormir dans la salle de séjour.

– Cette nuit, fis-je observer, vous n'aurez rien à craindre des voleurs.

– A Berkeley, nous n'en avons jamais, répondirent-ils froidement.

Vers le milieu de la nuit, j'eus l'impression qu'ils s'étaient trompés. Je fus arraché au sommeil par un aboiement hystérique et aigu de Laika, tel qu'elle n'en avait fait entendre qu'une seule fois auparavant – lorsqu'elle avait découvert l'existence des vaches sans avoir la moindre idée de ce qu'il convenait d'en faire. En jurant, je rejetai les draps et m'avançai en trébuchant dans l'obscurité d'une maison étrangère. Mon intention était d'imposer le silence à Laika avant qu'elle ne réveillât mes hôtes, à supposer qu'il ne fût pas trop tard. Si un intrus s'était présenté, il devait déjà avoir pris la fuite. C'était, en tout cas, le vœu que je formulais.

Pendant un moment, je restai au sommet de l'escalier, la main posée sur l'interrupteur, sans trop savoir s'il fallait ou non donner de la lumière. Puis je grondai : « La ferme, Laika ! » et allumai.

Elle grattait la porte avec frénésie, ne s'interrompant que pour pousser son hurlement hystérique.

– Si tu veux sortir, lui dis-je avec colère, il est inutile de faire tant de vacarme.

Je descendis, poussai le verrou. Elle fila dans la nuit comme une flèche.

Dehors, tout était calme et silencieux. Un dernier quartier de lune s'efforçait de percer le brouillard de San Francisco. Je restai planté là, enveloppé de brume argentée, à regarder les lumières de la ville qui scintillaient de l'autre côté de l'eau et à attendre le retour de Laika pour la châtier d'importance. Je l'attendais encore lorsque, pour la seconde fois au cours du XXe siècle, la Faille de San Francisco émergea de sa torpeur.

Bizarrement, je ne fus pas effrayé – au début. Deux pensées, je m'en souviens, traversèrent mon esprit avant que je prisse conscience du danger. Tout de même, me dis-je, les géo-physiciens auraient pu nous avertir. Puis, avec stupeur, je me fis la réflexion suivante : « Je n'avais pas idée que les tremblements de terre faisaient autant de bruit ! »

Je compris alors que ce n'était pas un séisme ordinaire. Ce qui se passa ensuite, j'aurais préféré l'oublier. La Croix-Rouge ne m'emmena que tard, le lendemain matin, parce que je refusais de quitter Laika. Tandis que je regardais les ruines de la maison qui contenait les corps de mes amis, je savais que je lui devais la vie, mais je ne pouvais attendre des pilotes de l'hélicoptère tant de compréhension, ni ne leur tenais rigueur de me croire fou, comme tous ceux qu'ils trouvèrent en train d'errer parmi les incendies et les décombres.

A dater de ce jour, je ne me souviens pas d'avoir été séparé d'elle pour plus de quelques heures. On m'a dit – et je le crois volontiers – que je manifestais de moins en moins d'intérêt pour la compagnie de mes semblables, sans toutefois devenir franchement asocial ni sombrer dans la misanthropie. A elles deux, la passion des étoiles et Laika remplissaient ma vie. Nous avions pris l'habitude, elle et moi, de faire de longues randonnées en montagne. Ces jours furent les plus heureux de toute mon existence. Il n'y avait qu'une ombre à ce tableau. Je savais, bien que Laika fût loin de s'en douter, que tout cela finirait bientôt.

Depuis plus de dix ans, nous avions projeté notre transfert. Déjà, dans les lointaines années 60, on s'était rendu compte que la Terre n'était pas l'emplacement idéal pour un observatoire d'astronomie. Même les petits instruments pilotes installés sur la Lune avaient de loin dépassé toutes les performances des télescopes scrutant le firmament à travers les ténèbres et la brume de l'atmosphère terrestre. L'histoire des Monts Wilson, Palomar, Greenwich et autres noms prestigieux s'achevait; on s'en servirait encore, comme centres d'instruction, mais les frontières de la recherche devaient reculer dans l'espace.

Je devais suivre le mouvement. D'ailleurs ne m'avait-on pas déjà offert le poste de Directeur Adjoint à l'Observatoire de *Farside*? En quelques mois, j'avais l'espoir de résoudre des problèmes sur lesquels je m'étais usé les yeux depuis des années. Une fois libéré de l'atmosphère, je serais semblable à un aveugle qui reçoit soudain le don de vue.

Il était naturellement hors de question d'emmener Laika avec moi. Les seuls animaux admis sur la lune étaient ceux que l'on destinait à des fins expérimentales; il faudrait peut-être attendre une autre génération avant que les animaux familiers fussent autorisés à suivre leurs maîtres, et même alors, leur transport et leur entretien coûteraient une fortune. Je calculai que le régime quotidien d'un kilo de viande de Laika absorberait plusieurs fois le montant, pourtant coquet, de mon salaire.

Le choix était simple et sans détours. Je pouvais rester sur Terre et renoncer à ma carrière. Ou bien aller sur la Lune – et abandonner Laika. Après tout, ce n'était qu'une chienne. Dans une douzaine d'années, elle serait morte, alors que j'arriverais à l'apogée de ma carrière. Aucun homme sain d'esprit n'eût hésité et si, parvenu à ce stade du récit, vous n'avez pas encore compris mon désarroi, rien de ce que je pourrai ajouter ne vous convaincra.

En fin de compte, je déclarai forfait. Une semaine avant la date prévue de mon départ, je n'avais pris aucune décision au sujet de Laika. Lorsque le Dr Anderson m'offrit de la prendre en charge, ce fut à peine si je pus proférer quelques mots de remerciements. Depuis toujours, le vieux physicien et sa femme affectionnaient Laika et je crains qu'ils ne m'aient considéré comme un être indifférent et sans cœur – alors qu'il n'en était rien, bien au contraire. Une dernière fois, nous allâmes nous promener à travers les collines; puis, sans un mot, je la remis aux Anderson, et jamais je ne la revis.

Le décollage fut retardé de presque vingt-quatre heures, pour laisser à une tempête-éclair le temps de nettoyer l'orbite de la Terre. Même alors, les ceintures de Van Allen demeuraient si perturbées que nous fûmes obligés de nous échapper par la Percée du Pôle Nord. Ce fut un vol maussade. En plus des inconvénients habituels dus à l'apesanteur, nous étions abrutis par les drogues anti-radiations. Le vaisseau était déjà au-dessus de *Farside* que je n'avais pas encore porté beaucoup d'intérêt aux opérations. J'avais manqué le spectacle de la Terre s'enfonçant derrière l'horizon. Je n'en éprouvais aucun regret, tenant surtout à éviter toute réminiscence, et bien décidé à me tourner résolument vers l'avenir. Pourtant, je ne pouvais me débarrasser d'un certain sentiment de culpabilité. J'avais abandonné quelqu'un qui m'aimait et avait placé en moi toute sa confiance; au fond, je ne valais guère mieux que ceux qui avaient laissé Laika lorsqu'elle n'était qu'un chiot sur le bord poussiéreux de la route de Palomar.

La nouvelle de sa mort me parvint un mois plus tard. Nul n'en comprenait la raison. Les Anderson avaient fait de leur mieux; ils étaient bouleversés. Il semblait qu'elle avait simplement perdu le goût de vivre, et pendant quelque temps, il en fut de même pour moi. Mais le travail constitue un merveilleux remède et mon programme était en bonne voie de réalisation. Bien que jamais je n'aie oublié Laika, peu à peu, son souvenir cessa de m'être douloureux.

Alors, pourquoi était-il revenu me hanter, cinq ans plus tard, sur la face cachée de la Lune? En vain fouillai-je mon esprit pour en découvrir la raison. Soudain, le bâtiment métallique qui m'abritait se mit à vibrer comme sous l'impact d'un choc violent. Je réagis sans même réfléchir et j'avais déjà scellé le casque de ma combinaison de secours lorsque les fondations s'écroulèrent et que la paroi se déchira dans le bref sifflement de l'air qui s'échappait. Parce que j'avais, d'un geste inconscient, pressé le bouton d'Alerte Générale, il n'y eut que deux victimes, en dépit du fait que la secousse – la plus grave jamais enregistrée à *Farside* – eût fissuré les trois coupoles pressurisées de l'Observatoire.

Est-il la peine de le dire? Je ne crois pas au surnaturel. Tout ce qui s'est passé comporte une explication parfaitement rationnelle, évidente pour tous ceux qui ont la moindre notion de psychologie. Lors du deuxième séisme de San Francisco, Laika ne fut pas le seul chien à sentir l'imminence de la catastrophe; de nombreux cas de ce genre furent rapportés. Sur *Farside,* mes souvenirs personnels avaient dû stimuler ma vigilance lorsque mon subconscient, toujours en éveil, détecta les premières faibles vibrations dans les entrailles de la Lune.

Le fonctionnement de l'esprit humain emprunte un dédale de voies obscures. Mon cerveau connaissait le signal qui me rendrait le plus vite conscient du danger. C'est la seule explication possible. Même si, d'une certaine façon, on peut dire que par deux fois, Laika m'a tiré du sommeil, il n'y a là rien de mystérieux et il n'est pas question d'avertissement miraculeux lancé à travers le gouffre qu'aucun homme ni aucun chien ne pourra jamais franchir.

De cela, je suis certain, pour autant que je sois certain de quelque chose. Pourtant, il m'arrive de m'éveiller, dans le silence de la Lune, et de regretter que le rêve n'ait pu se prolonger quelques secondes de plus – afin que je retrouve, une fois encore, l'éclat de ces yeux bruns, débordant d'un amour généreux et désintéressé que je n'ai trouvé nulle part ailleurs, ni sur ce monde ni sur aucun autre.

Colombo
Avril 1961

IL COURT, IL COURT...

Nous rentrions à travers le bois lorsque Kingman aperçut l'écureuil gris. Le contenu de notre gibecière était peu abondant, mais varié – trois faisans, quatre lapins (dont l'un, malheureusement, n'était encore qu'un nouveau-né) et un couple de pigeons. Et contrairement à certaines prévisions de mauvais augure, les deux chiens étaient encore en vie.

L'écureuil nous vit au même moment. Les dégâts causés aux arbres du domaine l'exposaient à être exécuté sur-le-champ. Il le savait. Peut-être certains de ses proches compagnons étaient-ils déjà tombés sous les balles de Kingman. En trois bonds, il atteignit la base de l'arbre le plus proche et dans un éclair gris disparut derrière le tronc. Puis nous eûmes la vision fugitive de son museau, surgissant brièvement sur le côté, à trois mètres au-dessus du sol. Nous attendîmes, les fusils braqués avec confiance sur plusieurs branches, mais jamais plus il ne se montra.

Nous traversâmes la pelouse en direction du somptueux manoir. Kingman restait perdu dans ses pensées. Sans mot dire, il présenta nos victimes au cuisinier – qui les reçut sans enthousiasme excessif. Lorsque nous fûmes installés dans le fumoir, ses devoirs d'hôte l'arrachèrent enfin à sa rêverie.

– Ce rat-de-tronc, dit-il soudain (il les appelait toujours ainsi, convaincu que les gens étaient trop sentimentaux pour abattre ces ravissants petits écureuils) me rappelle une expérience étrange qui a précédé de peu ma mise à la retraite. De très peu, en vérité.

– Je m'en doutais, dit sèchement Carson.

Je le gratifiai d'un regard furieux. Il avait été dans la Marine et connaissait déjà les histoires de Kingman. Ce n'était pas mon cas.

– Évidemment, répliqua Kingman sur un ton légèrement irrité, si vous croyez que je ne devrais pas...

– Poursuivez, je vous en prie, fis-je d'une voix pressante. Vous avez piqué ma curiosité. Quel rapport peut-il exister entre un écureuil gris et la Seconde Guerre Jovienne, je me le demande.

Kingman se radoucit.

– Il vaut mieux que je change quelques noms, fit-il observer pensivement, mais je conserverai les mêmes lieux. Tout a commencé à un million de kilomètres environ au-delà de Mars, en direction du soleil...

K 15 était un agent des services de renseignement de l'armée. Rien ne l'éprouvait davantage que de s'entendre traiter d'espion par des gens dépourvus d'imagination, mais pour le moment, il avait d'autres raisons de se plaindre, infiniment plus graves. Depuis quelques jours, il était suivi par un croiseur ennemi extrêmement rapide qui se rapprochait dangereusement. Sans doute était-il flatteur de monopoliser ainsi l'attention d'un vaisseau aussi prestigieux et d'un équipage aussi bien entraîné, mais de cet honneur, K 15 se serait volontiers passé.

Un fait aggravait encore la situation : dans une douzaine d'heures, ses amis l'aborderaient au large de Mars, avec un vaisseau capable de venir à bout d'un simple croiseur – ce qui vous donne une idée de l'importance de K 15. Malheureusement, d'après ses calculs les plus optimistes, dans six heures il se trouverait exactement à portée des armes de ses poursuivants. Dans six heures et cinq minutes, par conséquent, K 15 occuperait vraisemblablement dans l'espace un volume considérable et toujours en voie d'extension.

Peut-être avait-il encore juste le temps de se poser sur Mars, mais de toutes les choses qu'il pouvait tenter, celle-là était parmi les plus dangereuses. Nul doute que les Martiens à la neutralité agressive en prendraient ombrage et cela entraînerait d'effroyables complications diplomatiques. En outre, si ses amis étaient obligés d'atterrir pour lui porter secours, cela exigerait une dépense en combustible supérieure à dix kilomètres par seconde – plus que leur réserve opérationnelle.

Il n'avait sur l'ennemi qu'un seul avantage – bien contestable, d'ailleurs. Le commandant du croiseur se douterait peut-être qu'il se dirigeait vers un lieu de rendez-vous, mais il continuerait d'ignorer dans combien de temps il devait se produire et quelle était la taille de l'autre vaisseau. Si K 15 pouvait se maintenir en vie pendant douze petites heures, il serait tiré d'affaire. Le « si », toutefois, était plus que problématique.

D'un œil morose, K 15 consulta ses cartes. Cela valait-il la peine de brûler ses dernières gouttes de carburant dans un élan final? Mais pour aller où? Il serait alors complètement désemparé et les réservoirs du croiseur étaient peut-être encore assez pleins pour qu'il le rattrape dans son plongeon au cœur des ténèbres. Ce serait abandonner tout espoir d'être secouru – il croiserait ses amis, filant vers le soleil à une vitesse relative trop importante pour qu'ils puissent tenter de le sauver.

Chez certains individus, plus les probabilités de survie diminuent, plus le processus mental se ralentit. Ils semblent hypnotisés par l'imminence de la mort et tellement résignés à leur sort qu'ils ne font rien pour lui échapper. K 15, par contre, s'aperçut que ces circonstances désespérées produisaient sur son cerveau l'effet opposé; il se mit à fonctionner comme il ne l'avait jamais fait auparavant.

Le commandant Smith – ce nom fera aussi bien l'affaire qu'un autre – qui avait la responsabilité du croiseur, ne fut pas surpris outre mesure lorsque K 15 commença à réduire sa vitesse. Il s'était attendu en partie à le voir se poser sur Mars : la prison, en effet, valait mieux que l'annihilation. Mais quand la salle de navigation lui apprit que le petit vaisseau de reconnaissance avait mis le cap sur Phobos, il fut totalement déconcerté. La lune intérieure n'était qu'un chaos rocheux de vingt kilomètres de large, et même les Martiens – de nature si industrieuse – n'avaient jamais trouvé le moyen d'en tirer parti. K 15 devait vraiment être à bout de souffle s'il pensait pouvoir obtenir un résultat meilleur.

Le petit vaisseau éclaireur s'était presque posé lorsque l'opérateur radar le perdit contre la masse de Phobos. Au cours des manœuvres de freinage, K 15 avait dilapidé une bonne partie de son avance, et le *Doradus* n'était plus qu'à quelques minutes derrière lui – bien qu'il commençât lui aussi à ralentir, de crainte d'être emporté trop loin par son élan. Le croiseur était à trois mille kilomètres, à peine, de Phobos, lorsqu'il s'arrêta tout à fait : il n'y avait toujours aucun signe du vaisseau de K 15. Les télescopes auraient dû le révéler distinctement, mais sans doute se trouvait-il sur la face cachée du petit satellite.

Il réapparut quelques minutes plus tard, filant au maximum de sa puissance suivant une trajectoire qui l'entraînait à l'opposé du soleil. Il avait accéléré jusqu'à près de cinq g – et sa radio recommençait à émettre. Un enregistreur automatique diffusait sans relâche ce message intéressant :

« Je me suis posé sur Phobos et suis menacé par un

croiseur de type Z. J'espère pouvoir tenir jusqu'à votre arrivée, mais faites vite. »

Le message n'était même pas codé et il plongea le commandant Smith dans une cruelle perplexité. L'hypothèse selon laquelle K 15 était toujours à bord du vaisseau et que tout cela n'était qu'une ruse lui semblait un peu trop simple. Mais il pouvait aussi bien s'agir d'un bluff au deuxième degré : c'était manifestement pour le dérouter que le message avait été laissé en clair. Il n'avait ni le temps ni le carburant nécessaire pour se lancer à la poursuite du petit vaisseau éclaireur si K 15 s'était réellement posé. Il ne faisait aucun doute que des renforts n'allaient pas tarder à arriver, et plus vite il quitterait le secteur, mieux cela vaudrait. La petite phrase « J'espère pouvoir tenir jusqu'à votre arrivée » pouvait n'être qu'un défi, ou alors elle signifiait que les secours seraient là d'un moment à l'autre.

Puis la propulsion du vaisseau de K 15 s'arrêta. Ses réservoirs devaient être vides et il s'éloignait du soleil à la vitesse approximative de six kilomètres/seconde. K 15 s'était certainement posé car son vaisseau, réduit à l'impuissance, se hâtait de quitter le Système Solaire. Le commandant Smith n'aimait pas du tout le message qu'il diffusait et devina qu'il filait à la rencontre d'un navire de guerre dont l'éloignement restait indéterminé et qui cinglait sur eux en ce moment même. Il ne pouvait guère l'en empêcher. Pressé d'en finir, le *Doradus* amorça alors sa descente vers Phobos.

A première vue, le commandant Smith semblait maître de la situation. Son vaisseau était équipé d'une douzaine de missiles lourds téléguidés, et de deux tourelles abritant des canons électromagnétiques. En face, il y avait un homme seul, en combinaison spatiale, pris au piège sur une lune large de vingt kilomètres seulement. Pourtant, après avoir examiné Phobos d'une distance inférieure à cent kilomètres, Smith se rendit compte que K 15 avait encore quelques atouts dans sa manche.

Prétendre, comme le font invariablement les manuels d'astronomie, que Phobos a un diamètre de vingt kilomètres ne veut pas dire grand-chose. Le terme de « diamètre » implique un degré de symétrie dont Phobos est absolument dépourvu. Semblable à ces autres fragments de scorie cosmique que sont les astéroïdes, c'est une masse rocheuse informe qui flotte dans l'espace sans le moindre soupçon d'atmosphère et à peine plus de gravité. Il lui faut sept heures trente-neuf minutes pour accomplir un tour complet sur son axe et par conséquent, c'est toujours la même face qu'elle présente à Mars. La planète est si proche que moins de la moitié de sa surface est visible depuis Phobos, les pôles disparaissant sous la courbe de l'horizon. C'est à peu près tout ce que l'on peut dire sur cette petite lune.

K 15 n'eut guère le temps d'admirer le monde en forme de croissant qui remplissait le ciel au-dessus de lui. Il avait jeté par le sas tout le matériel qu'il pouvait porter, et après avoir disposé les commandes, il avait sauté. Sans se soucier d'analyser les sentiments qui l'habitaient, il regarda se fondre au milieu des étoiles le flamboiement du petit navire. Cette fois, il avait brûlé ses vaisseaux pour de bon; son seul espoir était que l'équipage ami intercepterait son message radio alors que la petite embarcation s'enfoncerait dans le néant. Il se pouvait aussi que le croiseur la prît en chasse, mais c'était peut-être trop demander.

Du regard, il fit le tour de son nouveau domaine. Le soleil se trouvant sous la ligne de l'horizon, la seule lumière provenait de l'éclat ocre de Mars. Elle était cependant bien suffisante pour ce qu'il avait à faire et il y voyait parfaitement. Il se trouvait au centre d'une dépression irrégulière de deux kilomètres de large, cernée par de basses collines par-dessus lesquelles il pouvait facilement sauter s'il en avait envie. Il se souvint d'une histoire qu'il avait lue longtemps auparavant au sujet d'un homme qui avait sauté *hors* de Phobos : ce qui était pratiquement impossible – alors que ça ne l'était pas sur Deimos – parce que la vitesse de libération était encore de dix mètres par seconde. Mais s'il n'y prenait garde, il risquait de se retrouver à une hauteur telle qu'il lui faudrait plusieurs heures pour redescendre – et cette erreur lui serait fatale. Le plan de K 15, en effet, était simple : il devait rester aussi près que possible de la surface de Phobos, et toujours en un point *diamétralement opposé au croiseur.* Le *Doradus* pourrait alors concentrer contre les vingt kilomètres de rocher toute la puissance de son artillerie; il ne sentirait même pas le choc. Il ne lui restait que deux dangers sérieux à affronter, et l'un d'eux ne le préoccupait pas outre mesure.

Aux yeux du profane, ignorant des secrets de l'astronautique, le plan eût semblé suicidaire. Les armes dont était équipé le *Doradus* représentaient le dernier cri de la technologie militaire et sa vitesse maximum lui permettait de franchir en moins d'une seconde les vingt kilomètres qui le séparaient de sa proie. Mais le commandant Smith avait trop d'expérience et déjà il sentait son optimisme l'abandonner. De tous les moyens de transport jamais inventés par l'homme, le croiseur de l'espace est, de loin, le plus difficile à manœuvrer. A tel point que K 15 pouvait effectuer une demi-douzaine de fois le tour de son petit monde pendant que le commandant Smith aurait toutes les peines du monde à persuader le *Doradus* de boucler une seule révolution.

Sans entrer dans les détails techniques, il y a certaines données élémentaires que je voudrais soumettre aux sceptiques. Il est évident qu'un vaisseau spatial propulsé par une fusée peut accélérer uniquement le long de son axe principal – c'est-à-dire « droit devant ». Toute déviation d'une trajectoire rectiligne exige un changement de cap du vaisseau lui-même afin que les moteurs puissent le propulser dans une autre direction. Nul n'ignore que la manœuvre est rendue possible grâce à des gyros internes ou à des servo-réacteurs tangentiels, mais peu de gens savent combien elle est longue. Le croiseur moyen, avec son plein de carburant, possède une masse de deux ou trois mille tonnes qui ne contribue pas à le rendre docile. Pire encore, ce n'est pas la masse qui importe ici; c'est le moment d'inertie. Or, le croiseur, objet long et mince, a un moment d'inertie colossal. Il en résulte (cette triste réalité est rarement mentionnée par les ingénieurs astronautiques) qu'il faut dix bonnes minutes pour faire exécuter une rotation de cent quatre-vingts degrés à tout vaisseau spatial équipé de gyros de taille raisonnable. Les réacteurs de contrôle ne sont pas plus rapides et de toute façon, leur usage est limité car ils produisent une rotation permanente qui risque d'amener le vaisseau à tournoyer comme une roue à fuseaux, au grand dam de ses passagers.

En règle générale, ces inconvénients ne sont pas très graves. On dispose de millions de kilomètres et de centaines d'heures pour régler des problèmes aussi mineurs qu'un changement de l'orientation du vaisseau. Naturellement, il est déconseillé de faire pivoter son vaisseau autour d'un cercle de dix kilomètres de rayon, et le commandant du *Doradus* en ressentait une sourde amertume. K 15 ne respectait pas les règles du jeu.

Au même instant, cet individu plein de ressources faisait le point de la situation. Elle aurait pu être infiniment plus dramatique. En trois bonds, il avait atteint les collines où il se sentait beaucoup moins vulnérable que dans la plaine. Il avait dissimulé la nourriture et le matériel qu'il avait emporté là où il espérait les retrouver, mais puisque sa combinaison pouvait le maintenir en vie pendant plus de vingt-quatre heures, c'était le cadet de ses soucis. Quant au petit paquet qui était la cause de tous ses ennuis, il l'avait enfoui au fond de l'une des innombrables cachettes que fournit une combinaison de l'espace intelligemment conçue.

Il y avait quelque chose d'exaltant à se retrouver ainsi seul sur cette aire montagneuse, bien que sa solitude ne fût pas aussi absolue qu'il l'eût souhaitée. A tout jamais fixé dans le ciel, Mars décroissait presque à vue d'œil tandis que Phobos glissait vers la face de la planète plongée dans la nuit. Il discernait les lumières de certaines cités martiennes, petites lueurs scintillantes indiquant les jonctions d'invisibles canaux. Partout ailleurs, la nuit silencieuse était constellée d'étoiles. A l'horizon se découpait une chaîne de sommets déchiquetés, si proches qu'ils semblaient presque à portée de sa main. Il n'y avait toujours aucun signe du *Doradus*. Il devait être en train d'examiner soigneusement au télescope la face éclairée de Phobos.

Mars constituait une horloge efficace : lorsqu'elle serait à demi pleine, le soleil se lèverait, et nul doute que le *Doradus* en ferait autant. Mais le croiseur pourrait aussi bien surgir d'une direction inattendue. Il se pouvait également – et là résidait le véritable danger – qu'une équipe de recherche se fût déjà posée sur Phobos.

Cette possibilité s'était aussitôt présentée à l'esprit du commandant Smith lorsqu'il s'était rendu compte de la situation. Mais la superficie de Phobos atteignait plus de mille kilomètres carrés et il ne disposait que d'une dizaine d'hommes pour explorer ce désert chaotique. En outre, K 15 devait être armé.

Compte tenu de l'armement dont disposait le *Doradus,* cette dernière objection pouvait sembler insignifiante. Il n'en était rien, loin de là. Normalement, les armes blanches, et d'une manière générale toutes les armes légères, présentent autant d'utilité pour un vaisseau de l'espace que des sabres ou des arbalètes. Par hasard – et contrairement au règlement – le *Doradus* se trouvait transporter un pistolet automatique et cent cartouches. Par conséquent, toute expédition de recherche serait composée d'hommes pratiquement désarmés à l'affût d'un individu bien dissimulé, n'ayant rien à perdre, et qui les abattrait comme des lapins. K 15, décidément, manquait de fair-play.

La ligne terminatrice de Mars était rigoureusement droite. Ce fut alors qu'éclata le soleil, moins comme un roulement de tonnerre que comme une salve de bombes atomiques. K 15 ajusta les filtres de sa visière et décida qu'il était temps de bouger. Mieux valait demeurer dans la zone d'ombre. Là, au moins, il serait moins facile de le repérer et ses yeux seraient beaucoup plus sensibles. Il ne disposait que d'une paire de jumelles, alors que le *Doradus* devait avoir un télescope électronique d'une ouverture de vingt centimètres, peut-être davantage.

Il devait tenter de localiser le croiseur. Ce ne serait pas une mince affaire, mais il se sentirait beaucoup mieux une fois qu'il connaîtrait sa position et pourrait suivre ses mouvements. Il resterait alors sous la ligne de l'horizon et le flamboiement des fusées l'avertirait de tout déplacement suspect. K 15 s'élança prudemment, suivant une trajectoire presque horizontale, et commença la circumnavigation de son domaine.

Le dernier quartier de Mars s'enfonça sous l'horizon. A la fin, une immense corne énigmatique se profila contre les étoiles. K 15 commença à s'inquiéter : le *Doradus* demeurait invisible. Cela n'avait cependant rien d'étonnant, car le vaisseau était couleur de nuit et pouvait se trouver à plusieurs centaines de kilomètres d'altitude. K 15 s'arrêta et se demanda si, tout compte fait, son calcul était le bon. Puis il remarqua, presque à la verticale, quelque chose de grande taille qui éclipsait les étoiles et se déplaçait rapidement. L'espace d'un instant, son cœur cessa de battre. Très vite, il retrouva son sang-froid. Analysant la situation, il s'efforça de découvrir à la suite de quoi il avait pu commettre une erreur aussi monumentale.

Il mit un certain temps à comprendre que l'ombre noire glissant à travers le ciel n'était pas du tout le croiseur mais quelque chose de presque aussi menaçant. C'était un objet beaucoup plus petit et plus proche qu'il ne l'avait d'abord cru. Le *Doradus* avait lancé à sa recherche ses missiles téléguidés équipés de caméras de télévision.

Ce danger était le second qu'il avait redouté. Il pouvait seulement rester le plus discret possible. Le *Doradus* disposait maintenant de multiples yeux pour détecter sa présence, mais ces auxiliaires souffraient de sévères limitations. Ils avaient été conçus pour déceler des vaisseaux inondés de soleil contre un arrière-plan d'étoiles, et non pour dénicher un homme dissimulé au milieu de rochers chaotiques et sombres. La définition de leurs matériels de télévision était faible : ils pouvaient uniquement voir ce qui se passait devant eux.

Il y avait d'autres joueurs sur l'échiquier et la partie était un peu plus meurtrière, mais K 15 conservait l'avantage.

La torpille disparut dans la nuit. Comme elle suivait une trajectoire presque rectiligne dans ce champ faiblement attractif, elle ne tarderait pas à dépasser Phobos. K 15 se prépara à l'inévitable. Quelques minutes plus tard, il vit s'éteindre le bref flamboiement d'une fusée et devina que le projectile basculait lentement sur sa trajectoire. Presque aussitôt, il aperçut, loin dans la direction opposée, un autre éclair. Combien de ces infernales machines avait-on mises en circulation? D'après ce qu'il savait des croiseurs de type Z – c'est-à-dire beaucoup plus qu'il n'aurait dû –

il y avait quatre circuits de commande de missiles, et tous devaient fonctionner.

Il lui vint soudain une idée si lumineuse qu'il fût certain qu'elle ne marcherait pas. Le récepteur intégré à sa combinaison pouvait capter un nombre inhabituel de fréquences et quelque part, non loin de là, le *Doradus* prélevait de l'énergie sur tout ce qui dépassait mille mégacycles. Il alluma son récepteur et chercha la bonne longueur d'ondes.

Il la reçut très vite – le grésillement d'un émetteur tout proche. Il ne captait sans doute qu'une sous-harmonique, mais c'était bien suffisant. Les repères goniométriques se précisèrent avec netteté et pour la première fois, K 15 se surprit à faire des projets d'avenir. Le *Doradus* s'était trahi : aussi longtemps qu'il ferait fonctionner ses missiles, K 15 connaîtrait exactement sa position.

Avec circonspection, il se déplaça en direction de l'émetteur. A sa profonde surprise, le signal décrût, puis augmenta à nouveau. Ce phénomène l'intriguait. Il comprit enfin qu'il devait être en train de traverser une zone de diffraction? Eût-il été bon physicien, sa largeur lui eût fourni d'utiles renseignements, mais ce n'était pas le cas.

Le *Doradus* était suspendu à cinq kilomètres environ au-dessus de la surface, en plein soleil. Sa peinture « anti-réfléchissante » avait besoin d'un sérieux ravalement, et K 15 le voyait distinctement. Puisqu'il se trouvait toujours dans la zone d'obscurité et que la ligne de démarcation entre les zones d'ombre et de lumière s'éloignait de lui, il décida qu'il était autant en sécurité ici qu'ailleurs. Il s'installa confortablement de façon à voir le croiseur et attendit, persuadé qu'aucun des projectiles téléguidés ne s'aventurerait si près du vaisseau. Le commandant du *Doradus*, estima-t-il, devait commencer à s'arracher les cheveux. Ce qui était parfaitement exact.

Au bout d'une heure, le croiseur entreprit de s'élever en virant de bord avec la grâce d'un hippopotame embourbé. K 15 savait déjà ce qui allait se passer. Le commandant Smith allait jeter un coup d'œil aux antipodes et se préparait pour le périlleux voyage de cinquante kilomètres. K 15 surveilla attentivement le vaisseau pour s'assurer de l'orientation qu'il adoptait, et lorsque le *Doradus* se stabilisa à nouveau, il fut soulagé de voir que le grand navire se présentait presque de flanc par rapport à lui. Puis, avec une série de secousses qui durent être douloureusement ressenties à bord, il amorça sa descente vers l'horizon. K 15 le suivit d'un pas tranquille – si toutefois cette expression n'est pas déplacée ici – en songeant que c'était là un exploit vraiment hors du commun. Il était particulièrement attentif à ne pas distancer le vaisseau avec ses enjambées longues d'un kilomètre et gardait un œil fixé sur le ciel au cas où d'autres missiles s'approcheraient par-derrière.

Il fallut près d'une heure au *Doradus* pour couvrir les cinquante kilomètres. Non sans humour, K 15 calcula que cela représentait considérablement moins d'un millième de sa vitesse normale. A un certain moment, le vaisseau prit la tangente vers le ciel, et plutôt que de perdre du temps à faire machine arrière, il tira une salve de projectiles pour réduire sa vitesse. Enfin, il parvint au bout de ses peines et K 15 s'installa pour une autre veille, calé entre deux roches d'où il pouvait voir le croiseur tout en étant certain que lui ne le voyait pas. L'idée lui vint que le commandant Smith devait commencer à douter sérieusement qu'il fût bel et bien sur Phobos et il eut envie de lui envoyer un signal éclairant, histoire de le rassurer. Il résista toutefois à la tentation.

Il serait superflu de s'étendre sur les événements des dix heures qui suivirent, car, à quelques détails près, rien ne les différencie de ceux qui viennent d'être relatés. Le *Doradus* effectua trois nouvelles manœuvres et K 15 le suivit aussi furtivement qu'un chasseur de gros gibier la piste de quelque créature éléphantesque. Une fois, alors que le croiseur menaçait de l'entraîner en plein soleil, il le laissa disparaître sous la ligne de l'horizon jusqu'à ce que seul son signal demeurât audible. Mais le plus souvent, il conservait le vaisseau dans son champ de vision, derrière le relief propice d'une colline.

Il advint qu'une torpille explosât à quelques kilomètres, et K 15 devina qu'un opérateur exaspéré avait dû voir une ombre suspecte – à moins qu'un technicien eût oublié d'éteindre une fusée de proximité. Rien d'autre ne se produisit, et l'action s'enlisait. Toute cette histoire devenait mortellement ennuyeuse. C'était tout juste si K 15 n'était pas soulagé d'apercevoir de temps à autre un missile inquisiteur dérivant au-dessus de lui. Du moment qu'il ne bougeait pas et se trouvait plus ou moins à couvert, il ne pensait pas pouvoir être repéré. S'il avait pu rester sur la partie de Phobos diamétralement opposée au croiseur, il eût été à l'abri des missiles eux-mêmes. La masse du satellite faisant écran aux ondes radio, le vaisseau n'aurait eu aucun moyen de le surveiller. Mais alors, comment aurait-il pu être certain de ne pas quitter la zone protectrice, au cas où le croiseur se serait à nouveau déplacé?

Le dénouement arriva d'un seul coup. Il y eut une soudaine explosion de servo-réacteurs et le moteur principal du vaisseau démarra dans toute sa puissance et sa gloire. En quelques secondes, le *Doradus* ne fut plus qu'un point fuyant vers le soleil. Libre, enfin, et malgré sa défaite, heureux de laisser derrière lui ce misérable fragment de roche qui l'avait si fâcheusement frustré d'une légitime victoire. K 15 se doutait de ce qui s'était passé et un profond sentiment de paix et de liberté le submergea. Dans la salle radar du croiseur, quelqu'un avait vu s'approcher à toute vitesse un écho d'une amplitude déconcertante. Allumer le projecteur de sa combinaison et attendre, K 15 n'avait rien d'autre à faire. Il pouvait même se permettre le luxe d'une cigarette.

– Une histoire passionnante, dis-je, et je comprends à présent qu'elle n'est pas sans rapport avec cet écureuil. Toutefois, une ou deux questions me viennent à l'esprit.

– Vraiment? s'enquit poliment Rupert Kingman.

J'ai toujours aimé aller au fond des choses, et je savais que mon hôte avait joué dans la Guerre Jovienne un rôle dont il ne parlait pas volontiers. Je décidai de jouer le tout pour le tout.

– Puis-je vous demander comment il se fait que vous soyez si bien renseigné sur cet engagement peu orthodoxe? Naturellement, K 15, ce n'était pas *vous?*

Carson émit une sorte de gargouillis étranglé.

– Naturellement, fit Kingman sur un ton polaire, ce n'était pas moi.

Il se leva et se dirigea vers la salle aux fusils.

– Si vous voulez bien m'excuser un instant, je vais tenter de régler son compte à cet écureuil. Peut-être aurai-je plus de chance cette fois-ci.

Il s'éclipsa.

Carson me dévisagea d'un air qui signifiait : « Encore une demeure dans laquelle vous ne serez plus jamais invité. » Lorsque notre hôte fut hors de portée de sa voix, il remarqua sèchement :

– On peut dire que vous avez mis les pieds dans le plat. Pourquoi diable lui avez-vous posé cette question?

– Eh bien, cela me semblait aller de soi. Autrement, comment aurait-il su tout ça?

– En fait, il a dû rencontrer K 15 après la guerre. Confrontation intéressante, sans aucun doute. Ignoriez-vous que Rupert avait été mis à la retraite avec le grade de lieutenant général? Le Conseil de Discipline a refusé d'entendre ses arguments. Il semblait incroyable que le commandant du vaisseau le plus rapide de toute la flotte n'ait pu venir à bout d'un homme protégé par sa seule combinaison spatiale.

Londres
Août 1948

HORS DU SOLEIL

Si vous avez seulement vécu sur Terre, vous n'avez jamais vu le soleil. Naturellement, il nous était impossible de le regarder sans protection. Nous devions pour cela utiliser des filtres épais qui rendaient supportable l'éclat de ses rayons. Il était à tout jamais suspendu au-dessus des collines basses et déchiquetées à l'ouest de l'Observatoire. Il ne se levait ni ne se couchait, mais au cours des quatre-vingt-huit jours que dure l'année sur notre monde exigu, il décrivait dans le ciel un petit cercle. Car il n'est pas tout à fait exact de dire que Mercure présente toujours la même face au soleil; la planète oscille légèrement sur son axe et il existe une étroite zone crépusculaire à l'intérieur de laquelle se produisent ces phénomènes qui sont sur Terre si ordinaires : l'aube et le crépuscule.

Nous étions à la lisière de la zone crépusculaire, de façon à pouvoir profiter de la fraîcheur relative de l'ombre tout en gardant le soleil sous une constante surveillance. Pour les cinquante astronautes et savants divers, c'était un travail à plein temps. Lorsque nous aurons maintenu ce rythme pendant un siècle, peut-être aurons-nous appris quelque chose sur la petite étoile qui insuffle la vie à la Terre.

Il n'y avait pas une seule bande de radiation solaire qu'un membre de l'Observatoire n'épiât avec la jalousie du vautour et à laquelle il ne fût prêt à consacrer une vie entière d'étude. Depuis les lointains rayons X jusqu'aux ondes radio les plus longues, nous avions tendu nos pièges et nos filets. Chaque fois que le soleil imaginait quelque chose de nouveau, nous étions prêts. De là à penser...

Onze ans : c'est le rythme des battements du cœur flamboyant du soleil, et nous approchions de l'apogée du cycle. Deux des taches les plus vastes jamais enregistrées – chacune d'entre elles aurait pu contenir cent fois la Terre – avaient dérivé à la surface du disque comme de grands entonnoirs sombres profondément enfoncés dans les couches extérieures turbulentes du soleil. Si elles semblaient noires, bien sûr, ce n'était que par contraste avec l'éclat environnant. Même leurs noyaux sombres et tièdes étaient plus brûlants, plus éblouissants qu'un arc électrique.

Nous venions juste de voir la seconde de ces taches disparaître derrière le rebord du disque et nous nous demandions si elle survivrait assez longtemps pour réapparaître deux semaines plus tard, lorsque quelque chose explosa au niveau de l'équateur.

Au début, ce fut rien moins que spectaculaire, en partie parce que cela se produisit juste en dessous de nous, ou presque – au centre exact du disque solaire – et que cela fut perdu au milieu de l'activité générale. Si l'explosion avait eu lieu non loin de la périphérie du soleil et qu'elle se fût ainsi projetée sur le fond de l'espace, nous aurions vu combien elle était impressionnante.

Imaginez l'explosion simultanée d'un million de bombes H. Vous ne pouvez pas? Personne ne le peut. Pourtant c'était quelque chose de comparable que nous regardions monter à l'assaut de notre monde, à la vitesse de deux cents kilomètres à la seconde, depuis le centre tourbillonnant du soleil. Ce fut d'abord un jet étroit dont les bords s'effilochaient sous l'action des forces magnétiques et attractives qui le combattaient. La partie centrale continua sa route et nous eûmes bientôt la certitude qu'elle s'était complètement détachée du soleil et fonçait dans l'espace, où nous serions sa première cible.

Bien que cela se fût produit une demi-douzaine de fois auparavant, ce n'en était pas moins passionnant. Nous pourrions en effet capturer une petite partie de la substance même du soleil tandis qu'elle passerait à notre portée sous la forme d'un grand nuage de gaz électrifié. Il n'y avait aucun danger. Lorsque le gaz nous atteindrait, il serait bien trop raréfié pour causer le moindre dégât, et seuls des instruments très sensibles seraient en mesure de le détecter.

L'un de ces instruments était le radar de l'Observatoire. Il servait en permanence pour délimiter les nappes ionisées invisibles qui forment autour du soleil une couche de millions de kilomètres. C'était ma spécialité. Dès que j'eus l'espoir de pouvoir déceler le nuage qui arrivait contre l'arrière-plan du soleil, je dirigeai sur lui mon miroir parabolique géant.

Il se profila avec netteté sur l'écran à longue portée – immense île lumineuse qui continuait à s'éloigner du soleil à plusieurs centaines de kilomètres à la seconde. A une telle distance, il était encore impossible d'en discerner les détails, car mes ondes radar mettaient quelques minutes à effectuer le trajet aller-retour et à me rapporter les renseignements qu'elles inscrivaient sur l'écran. Même à la vitesse de plus d'un million de kilomètres à l'heure à laquelle cette protubérance se propulsait dans l'espace, il ne lui faudrait pas moins de deux jours pour atteindre l'orbite de Mercure et continuer sa course vers les planètes extérieures. Ni Vénus ni la Terre, pourtant, n'enregistreraient son passage, car elles étaient trop éloignées de sa trajectoire.

Les heures succédaient aux heures. Le soleil s'était apaisé, après la formidable convulsion qui avait projeté dans l'espace tant de millions de tonnes de sa substance. Le produit de cette éruption était à présent un nuage cent fois plus volumineux que la Terre qui tournoyait lentement et serait bientôt assez près pour que le radar à courte portée pût en révéler la structure.

Malgré mes longues années de métier, je ressens toujours la même émotion en voyant ce pinceau de lumière dessiner sa silhouette sur l'écran tout en pivotant en synchronisme avec l'étroit faisceau d'ondes provenant de l'émetteur. Parfois, je m'imagine tel un aveugle explorant l'espace qui l'entoure à l'aide d'un bâton long de cent millions de kilomètres. Car l'homme ne peut discerner les choses que j'étudie; ces grands nuages de gaz ionisé qui s'échappent du soleil sont invisibles à l'œil humain et même aux plaques photographiques les plus sensibles. Fantômes, ils hantent brièvement le Système Solaire pendant les quelques heures que dure leur existence. S'ils ne réfléchissaient pas nos ondes radar ni ne perturbaient nos magnétomètres, nous n'aurions pas connaissance de leur passage.

L'image qui apparut sur l'écran évoquait la photographie d'une nébuleuse spirale, car tout en pivotant lentement, le nuage traînait dans son sillage de dix mille kilomètres des lambeaux gazeux. Cela ressemblait aussi à la vue plongeante d'un tourbillon traversant l'atmosphère terrestre. La structure interne était extrêmement compliquée et évoluait de minute en minute sous l'action de forces que nous n'avons jamais parfaitement comprises. Suivant de curieux méandres, des rivières de feu s'en écoulaient, dues sans doute à l'influence de champs électriques. Mais pourquoi surgissaient-elles ainsi de nulle part pour disparaître à nouveau, comme si de la matière était créée, puis détruite? Et que représentaient ces modules luisants, plus vastes que la Lune, qui étaient emportés, tels des galets par le courant?

A présent, le nuage était à moins d'un million de

kilomètres. Dans un peu plus d'une heure, il serait sur nous. Les caméras automatiques enregistraient chaque giration de l'antenne-radar, emmagasinant des témoignages qui feraient, des années durant, l'objet de longs débats. Déjà, la perturbation magnétique précédant le nuage nous avait atteints; tous les instruments de l'Observatoire, ou presque, réagissaient à cette soudaine apparition.

Je branchai l'antenne de courte portée et l'image se dilata. Seule la partie centrale du nuage devint visible sur l'écran. En même temps, je commençai à changer de fréquence et tâtonnai à travers le spectre pour établir la différence entre les niveaux. Plus courte est la longueur d'onde, plus loin vous pénétrez à l'intérieur d'une nappe de gaz ionisé. Par ce moyen, j'espérais obtenir une sorte de radiographie de l'intérieur du nuage.

Il sembla se modifier sous mes yeux alors que je tranchais dans l'enveloppe extérieure ténue qui traînait derrière elle ses multiples bras et me rapprochais de la partie centrale, plus dense. Densité toute relative, bien sûr. Selon les normes terrestres, même ses zones les plus tassées n'étaient encore qu'un vide presque absolu. J'arrivai au bout de ma bande de fréquence sans pouvoir raccourcir davantage ma longueur d'onde, lorsque je remarquai, non loin du centre de l'écran, un curieux petit écho.

Il était ovale, et son contour était beaucoup plus net que ceux des nodules de gaz que nous avions observés, flottant à la dérive dans les rivières de feu du nuage. Au premier coup d'œil, je compris qu'il s'agissait de quelque chose d'insolite et de jamais enregistré dans les annales des phénomènes solaires. Je le surveillai pendant douze rotations du faisceau radar, puis appelai mon assistant qui analysait à l'aide du spectrographe la vitesse du gaz tourbillonnant alors qu'il fondait sur nous.

– Regarde, Don, as-tu déjà vu quelque chose de semblable?

– Non, répondit-il après un examen minutieux. Comment garde-t-il sa cohésion? Depuis deux minutes, sa forme est restée la même.

– C'est bien ce qui m'intrigue. Quel que soit cet objet, il aurait dû commencer à se disloquer sous l'action des turbulences qui l'entourent. Pourtant, il est toujours aussi stable.

– A ton avis, quelle taille a-t-il?

J'allumai la grille étalon et fis une rapide lecture.

– Il a sept cents kilomètres de long environ et la moitié en largeur.

– Cette image est la plus grande que tu puisses obtenir?

– Oui, malheureusement. Il va falloir attendre qu'il soit plus près pour comprendre ce qui l'anime.

Don eut un petit rire nerveux.

– C'est stupide, dit-il, mais j'ai l'impression d'observer un amibe au microscope.

Je ne répondis pas. Une sensation que je peux seulement désigner sous le nom de vertige intellectuel s'était emparée de moi.

Nous oubliâmes le reste du nuage. Heureusement, les caméras automatiques continuèrent leur travail et aucune observation importante ne fut perdue. Désormais, nous n'avions d'yeux que pour cette lentille de gaz nettement découpée qui grossissait de minute en minute. Lorsqu'elle fut aussi proche de nous que la Lune l'est de la Terre, elle révéla les premiers signes de sa structure interne. Celle-ci avait un aspect moucheté qui se modifiait légèrement entre deux rotations du faisceau.

La moitié des effectifs de l'Observatoire nous avait rejoints dans la salle du radar. Il régnait pourtant un silence absolu. Tous les regards convergeaient sur l'écran où l'énigme grossissait rapidement. Elle venait droit sur nous; dans quelques minutes, elle percuterait Mercure vers le milieu de la face diurne et disparaîtrait – quelle qu'elle soit. Depuis l'instant où nous eûmes la première image réellement détaillée jusqu'à celui où l'écran se vida, cinq minutes à peine s'écoulèrent. Ces cinq minutes resteront à jamais gravées dans la mémoire de tous ceux qui se trouvaient là.

Nous avions sous les yeux une sorte d'ovale translucide dont l'intérieur était parcouru par un réseau de lignes presque invisibles. Aux croisements de ces lignes, il y avait, minuscules et palpitants, des points de lumière. Nous ne pouvions jamais être certains de leur existence car il fallait presque une minute au radar pour inscrire sur l'écran une image complète – et entre chaque rotation, l'objet se déplaçait sur plusieurs milliers de kilomètres. Nul doute, cependant, que le réseau lui-même existât; les caméras étaient là pour le prouver.

L'impression que nous avions d'être en train d'observer un objet solide était si forte que j'abandonnai quelques instants l'écran radar pour me hâter de braquer sur le ciel un des télescopes optiques. Naturellement, il n'y avait rien à voir – aucune silhouette ne se profilait contre le disque solaire maculé de taches. La vue était ici complètement défaillante et seules les facultés électriques du radar nous étaient de quelque utilité. Cette chose venue du soleil qui fonçait droit sur nous était aussi transparente que l'air, et beaucoup plus ténue.

Au cours de ces derniers instants, j'ai la conviction que tous, nous étions parvenus à la même conclusion et attendions que quelqu'un l'exprimât. Ce que nous observions était incroyable, pourtant nous en avions sous les yeux la preuve. La vie existait, là où nulle vie n'était possible...

L'éruption avait propulsé cette chose hors de son environnement naturel, au plus profond de l'atmosphère ardente du soleil. Par miracle, elle avait survécu à son voyage à travers l'espace. Déjà, elle devait être en train d'agoniser, car les forces qui contrôlaient son corps immense et invisible relâchaient leur emprise sur le gaz électrifié, l'unique substance qu'elle possédât.

Aujourd'hui, après avoir vu ces films une centaine de fois, l'idée ne me semble plus aussi étrange. Qu'est-ce que la vie, en effet, sinon de l'énergie organisée? La *forme* que prend cette énergie a-t-elle de l'importance – qu'elle soit chimique, telle que nous la connaissons sur Terre, ou purement électrique, comme cela semble être le cas ici? Seul compte le principe; la substance elle-même n'est rien. Mais sur le moment, je n'y songeai pas. J'avais seulement conscience de la vague de stupeur et d'émerveillement qui me submergeait tandis que la créature venue du soleil vivait sous mes yeux ses derniers instants.

Était-elle intelligente? Comprenait-elle le destin funeste qui l'avait frappée? Tant de questions se posent qui, peut-être, resteront à jamais sans réponse. Comment imaginer qu'une créature issue du soleil lui-même puisse connaître quoi que ce soit de l'Univers extérieur, ou même sentir l'existence de quelque chose d'aussi indiciblement froid que la matière rigide non gazeuse? Si intelligente fût-elle, l'île vivante qui se précipitait sur nous n'aurait jamais pu comprendre le monde qu'elle était sur le point de percuter.

A présent, elle emplissait notre ciel et dans ces ultimes secondes, peut-être eut-elle conscience que quelque chose d'étrange se trouvait devant elle. Avait-elle senti la lointaine frontière du champ magnétique de Mercure ou éprouvé la force d'attraction de notre petit monde? Toujours est-il qu'elle se modifia; les filaments lumineux qui devaient représenter son système nerveux s'agglutinèrent pour former de nouveaux dessins. Que n'aurais-je donné pour en connaître la signification! Peut-être mon regard plongeait-il dans le cerveau d'une bête dépourvue d'intelligence en proie aux dernières convulsions de la terreur – ou dans celui d'un être divin se mettant en paix avec l'Univers.

Puis l'image disparut de l'écran. En l'espace d'une seule giration du faisceau, tout avait été effacé. La créature s'était enfoncée derrière l'horizon, dissimulée à nos yeux par la courbure de la planète. Là-bas, sur la face flamboyante de Mercure, dans cet enfer où seuls une douzaine d'hommes se sont jamais aventurés et dont moins encore sont revenus vivants, elle s'écrasa, silencieuse et invisible, contre les océans de métal en fusion et les collines de lave mouvante. Pour une semblable entité, l'impact lui-même ne signifiait peut-être rien; ce qu'elle ne put supporter, ce fut le premier contact avec le froid inconcevable de la matière solide.

Oui, le *froid.* Elle avait heurté le point le plus brûlant de tout le Système Solaire. La température n'y descend jamais en dessous de sept cents degrés Fahrenheit et monte parfois jusqu'à mille. Pour elle, cependant, c'était infiniment plus froid que l'hiver antarctique ne le serait pour un homme dévêtu.

Nous ne la vîmes pas mourir, dans la fournaise glacée, de l'autre côté de Mercure. Elle était hors de portée de nos instruments, et aucun d'entre eux n'enregistra sa fin. Pourtant, chacun de nous sut exactement quand cela se produisit, et c'est pourquoi lorsque ceux qui n'y étaient pas et virent ensuite les films et les graphiques prétendirent qu'il s'agissait d'un phénomène purement naturel, nous trouvâmes cela sans intérêt.

Quels mots pourraient traduire la sensation éprouvée en cet ultime instant, lorsque la moitié de notre planète fut ensevelie sous les circonvolutions de cet immense cerveau immatériel? Ce fut comme un cri d'angoisse silencieux, un hurlement d'agonie qui s'infiltra dans nos esprits sans passer par l'intermédiaire des sens.

Nul ne douta alors, ou n'a jamais douté depuis, que nous venions d'assister au trépas d'un géant.

Peut-être étions-nous les premiers et resterons-nous les derniers à avoir été témoins d'une chute si grandiose. Quels qu'ils soient, habitants de ce monde inconcevable de l'intérieur du soleil, leur chemin et le nôtre ne se croiseront peut-être plus. Comment pourrions-nous jamais entrer en contact avec eux, quand même nos intelligences seraient comparables?

Le sont-elles, d'ailleurs? Il vaut peut-être mieux pour nous n'en rien savoir. Peut-être sont-ils là depuis l'origine de l'Univers et ont-ils atteint les sommets d'une sagesse qui nous est inaccessible. Il se peut que l'avenir leur appartienne et qu'ils soient déjà en train de parler, à travers les années-lumière, à leurs lointains cousins, au cœur d'autres étoiles.

Un jour, peut-être, par l'intermédiaire de leurs étranges facultés, ils découvriront notre existence, à nous qui gravitons autour de leur formidable et antique foyer, fiers de notre savoir et persuadés d'être les seigneurs de la création. Il est possible que ce spectacle leur déplaise. Que serons-nous à leurs yeux, sinon de misérables larves rampant sur l'écorce de mondes trop froids pour se débarrasser eux-mêmes de la corruption de la vie organique?

Alors, s'ils en ont le pouvoir, ils feront ce qu'ils croiront nécessaire. Déployant sa force, le soleil débarbouillera le visage de ses enfants. Et les planètes redeviendront ce qu'elles étaient au commencement — propres, étincelantes... et stériles.

Colombo
Avril 1957

LE MUR DE TÉNÈBRES

Étranges et innombrables sont les univers qui, telles des bulles, dérivent sur l'écume de la Rivière du Temps. Certains – ils sont peu nombreux – avancent contre le courant, ou en travers; plus rares encore sont ceux qui se trouvent à jamais hors de sa portée, sans rien savoir ni de l'avenir ni du passé. Ce n'était pas le cas du petit cosmos de Shervane : son étrangeté était d'un autre ordre. Il ne contenait qu'un seul monde, la planète sur laquelle vivait le peuple de Shervane, et qu'une seule étoile, le grand soleil Trilorne, qui lui insufflait vie et lumière.

Shervane ignorait la nuit, car Trilorne était toujours bien au-dessus de la ligne de l'horizon dont il se rapprochait seulement au cours des longs mois d'hiver. Au-delà des frontières du Pays des Ténèbres, venait pourtant une saison pendant laquelle Trilorne s'enfonçait derrière la limite du monde, et une obscurité stérile s'installait sur cette partie de la planète. Mais même alors, bien qu'il n'y eût aucune étoile pour la dissiper, l'obscurité n'était pas totale.

Unique habitant de son petit cosmos, présentant toujours la même face à son soleil solitaire, le monde de Shervane était la dernière facétie, la plus étrange, du Créateur des Étoiles.

Cependant, alors qu'il parcourait du regard le domaine paternel, Shervane était assailli par des sentiments identiques à ceux qu'aurait éprouvés tout enfant des hommes : respect, curiosité, un certain effroi, et surtout le désir de partir à la découverte du monde déployé sous ses yeux. Son jeune âge l'empêchait encore de mettre à exécution ce projet, mais l'ancienne demeure était perchée sur le sommet le plus élevé à des kilomètres à la ronde, et le regard de l'enfant portait bien au-delà des terres dont il hériterait un jour. Lorsqu'il se tournait vers le nord et que les rayons de Trilorne frappaient en plein son visage, il discernait au loin la longue chaîne de montagnes qui s'incurvait sur la droite, s'élevant de plus en plus haut jusqu'à disparaître derrière lui en direction du Pays des Ténèbres. Plus tard, lorsqu'il serait grand, il traverserait ces montagnes en suivant le passage qui donnait accès aux grands territoires de l'Est.

Sur sa gauche, à une distance de quelques kilomètres seulement, commençait l'océan. Parfois lui parvenait le tonnerre des vagues déferlant sur la plage doucement inclinée. Nul ne savait jusqu'où s'étendait l'océan. Des navires avaient tenté de le traverser, faisant voile vers le nord, tandis que Trilorne montait dans le ciel et que s'intensifiait l'ardeur de ses rayons, mais avant que le grand soleil fût au zénith, ils avaient dû rebrousser chemin. Si les Terres de Feu dont parlaient les légendes existaient réellement, aucun homme ne pouvait espérer atteindre leurs rivages brûlants – à moins que les légendes ne fussent exactes. Naguère, disaient-elles, il y avait eu des vaisseaux de métal très rapides qui pouvaient traverser l'océan malgré la chaleur de Trilorne et aborder les terres situées de l'autre côté du monde. Aujourd'hui, pour atteindre ces lointaines contrées, on devait accomplir un épuisant périple par route et par mer. Il pouvait être légèrement raccourci à condition de s'enfoncer vers le nord aussi loin qu'on en avait le courage.

Toutes les régions habitées du monde de Shervane se trouvaient dans l'étroite ceinture comprise entre la fournaise et le froid intolérable. Nulle part, le Grand Nord ne pouvait être approché, si terrible était l'acharnement de Trilorne à labourer la terre de ses rayons. Et dans la partie septentrionale de chaque pays s'étendait, immense et lugubre, le Pays des Ténèbres, où Trilorne, parfois totalement invisible, n'était jamais plus qu'un disque pâle, posé sur l'horizon.

Toutes ces choses, Shervane les apprit étant enfant. En ce temps-là, il n'avait pas envie de quitter le vaste domaine, coincé entre les montagnes et la mer. Depuis l'aube de l'histoire, ses ancêtres, et avant eux d'autres races, avaient peiné pour faire de ces terres les plus prospères du monde. S'ils avaient échoué, il s'en fallait de bien peu. On y voyait des jardins remplis de fleurs étranges aux couleurs éclatantes, des ruisseaux dont l'eau s'écoulait entre des roches moussues pour aller se perdre dans les flots limpides de la mer sans marée... Ailleurs, c'était des champs de blé qui bruissaient en permanence sous la caresse du vent, comme si les générations futures de grains échangeaient leurs confidences. Sous les arbres, dans les vastes prairies, un bétail peu farouche errait nonchalamment en poussant des cris insouciants. Là-haut se dressait la grande maison, avec ses salles gigantesques, ses interminables couloirs, si imposante en réalité et d'autant plus démesurée au regard d'un enfant. Ce monde était celui dans lequel avait grandi Shervane, le monde qu'il connaissait et chérissait. Jusqu'à présent, les régions mystérieuses qui commençaient au-delà de ses frontières n'avaient pas stimulé sa curiosité.

Mais l'univers de Shervane n'était pas de ceux qui échappaient à l'emprise du temps. Lorsqu'elle était mûre, la moisson était engrangée; Trilorne oscillait lentement le long de son petit arc céleste tandis qu'au fil des saisons se développaient le corps et l'esprit de Shervane. Son domaine lui semblait moins grand : les montagnes s'étaient rapprochées et une courte promenade séparait désormais la maison de la mer. Il apprit à mieux connaître le monde qui l'entourait et se prépara au rôle qu'il devrait jouer dans son évolution.

Sherval, son père, lui enseigna certaines choses, mais Grayle fut le véritable responsable de son éducation. Grayle avait traversé les montagnes du temps de son grand-père et trois générations successives lui devaient leur savoir. Shervane était très attaché au vieil homme, et bien qu'il lui enseignât de nombreuses choses qu'il eût préféré ignorer, les années s'écoulèrent agréablement. Enfin, le moment vint pour lui de franchir les montagnes. En des temps anciens, sa famille était venue des vastes régions de l'Est et depuis, à chaque génération, le fils aîné avait accompli ce pèlerinage et passé une année parmi ses cousins. C'était une sage coutume, car une grande partie de l'héritage du passé s'attardait encore de l'autre côté des montagnes, et le voyageur pouvait ainsi rencontrer d'autres gens et étudier leurs façons de vivre.

Au cours du printemps qui précéda le départ de son fils, Sherval rassembla trois de ses serviteurs et certains animaux que nous baptiserons chevaux pour les besoins du récit, et emmena Shervane dans ces parties du domaine qu'il n'avait encore jamais vues. Ils chevauchèrent vers l'ouest, en direction de la mer, et longèrent le rivage pendant des jours et des jours jusqu'à ce que Trilorne se fût sensiblement rapproché de l'horizon. Ils continuèrent pourtant à faire route vers le sud et leurs ombres s'allongeaient devant eux. Lorsque enfin les rayons du soleil semblèrent avoir perdu toute ardeur, ils obliquèrent à l'est. Ils avaient pénétré très avant dans le Pays des Ténèbres et la sagesse leur conseillait d'attendre le plein été pour continuer.

Shervane chevauchait à côté de son père, observant le paysage changeant avec la curiosité avide d'un jeune garçon découvrant un pays nouveau. Son père lui parlait de la qualité du sol, énumérant les récoltes qui pourraient y être moissonnées et celles qui ne donneraient rien. Mais l'attention de Shervane était ailleurs : il regardait au loin et se demandait jusqu'où s'étendait le lugubre Pays des Ténèbres et quels mystères il recélait.

– Père, demanda-t-il soudain, si nous marchions vers le sud en ligne droite, en coupant à travers le Pays des Ténèbres, atteindrions-nous l'autre côté du monde?

Son père ébaucha un sourire.

– Depuis des siècles, les hommes se sont posé cette question, dit-il, mais deux obstacles les empêcheront de jamais connaître la réponse.

– Quels sont-ils?

– L'obscurité et le froid constituent naturellement le premier obstacle. Même ici, rien ne peut survivre pendant les mois d'hiver. Mais il existe un autre obstacle, plus infranchissable, dont je vois que Grayle ne t'a pas parlé.

– Je ne crois pas; en tout cas je ne m'en souviens pas.

Sherval ne répondit pas tout de suite. Debout sur ses étriers, il examinait l'horizon en direction du sud.

– Il fut un temps où je connaissais bien cette région, dit-il à Shervane. Suis-moi – je voudrais te montrer quelque chose.

Ils se détournèrent du chemin qu'ils avaient suivi, et l'espace de quelques heures, tournèrent à nouveau le dos au soleil. Le relief était plus accentué et Shervane se rendit compte qu'ils faisaient l'ascension d'une grande arête rocheuse, plantée comme une dague dans le cœur du Pays des Ténèbres. Ils atteignirent une colline à la pente trop abrupte pour les chevaux et mirent pied à terre, abandonnant leurs montures à la garde des serviteurs.

– Nous pourrions la contourner, dit Sherval, mais nous aurons plus vite fait de l'escalader que d'emmener les chevaux sur l'autre versant.

La colline était raide, mais d'une latitude modeste, si bien qu'il leur fallut quelques minutes à peine pour en faire l'ascension. Au début, Shervane ne découvrit rien qu'il n'eût déjà vu. C'était toujours le même paysage, sauvage et vallonné, plus sombre et menaçant à chaque pas qu'ils faisaient pour s'éloigner de Trilorne.

Stupéfait, il se tourna vers son père, mais Sherval, désignant de son doigt l'extrême-sud, traça sur l'horizon une ligne attentive.

– C'est difficile à voir, dit-il tranquillement. Bien avant ta naissance, mon père me l'a montré de cet endroit précis.

Shervane scruta l'obscurité. Au sud, le ciel était si sombre qu'il en paraissait presque noir. Il descendait à la rencontre de la lisière du monde, sans la toucher, cependant, car le long de l'horizon, décrivant une immense courbe qui séparait le ciel de la terre tout en donnant l'impression de n'appartenir ni à l'un ni à l'autre, on discernait une zone de ténèbres plus profondes, plus noires que la nuit la plus noire qu'eût jamais connue Shervane.

Longtemps, il la regarda fixement, et peut-être quelque songe prémonitoire s'insinua-t-il dans son âme car l'obscur paysage sembla soudain s'éveiller de sa torpeur, comme pour l'attendre. Lorsque enfin il détourna les yeux, Shervane sut que rien ne serait plus comme avant. Mais il était encore trop jeune pour comprendre qu'un défi venait de lui être lancé.

Pour la première fois de sa vie, il avait vu le Mur.

Au début du printemps, il fit ses adieux aux siens. Accompagné d'un serviteur, il franchit les montagnes et s'enfonça dans les vastes régions du monde oriental. Là, il rencontra ses lointains cousins et étudia l'histoire de sa race, les arts hérités du passé et les sciences qui régissaient la vie des hommes. A l'académie, il fit la connaissance d'autres garçons venus de contrées situées encore plus à l'est : sans doute n'aurait-il jamais l'occasion de les revoir, mais l'un d'eux devait jouer dans son existence un rôle plus important que l'un et l'autre ne se l'imaginaient. Le père de Brayldon était un grand architecte, et son fils avait bien l'intention de le surpasser. Il voyageait sans cesse, observant, posant maintes questions, s'instruisant toujours. Bien qu'il fût l'aîné de Shervane de quelques années seulement, son savoir était infiniment plus grand – c'était tout au moins ce qu'il semblait au cadet.

Au cours de leurs discussions, ils jetaient à bas le vieux monde pour le rebâtir selon leurs désirs. Brayldon rêvait de cités dont les larges avenues, les tours majestueuses éclipseraient jusqu'aux merveilles du passé, mais Shervane se préoccupait davantage des habitants de ces futures cités et des lois qui régiraient leurs existences.

Souvent, ils parlaient du Mur. Brayldon ne l'avait jamais vu, mais il le connaissait pour avoir entendu les récits de son peuple. Au sud de tous les pays, ainsi que l'avait appris Shervane, il se dressait comme une grande muraille d'un bout à l'autre du Pays des Ténèbres. En plein été, on pouvait l'atteindre, non sans difficulté, mais il n'existait aucun moyen de le franchir, et nul ne savait ce qu'il y avait de l'autre côté. Véritable monde, il ne s'arrêtait jamais, même lorsque sa hauteur était cent fois supérieure à celle d'un homme. Il ceignait l'océan glacé qui baignait les rives du Pays des Ténèbres. Debout sur ces plages désolées, des voyageurs que réchauffaient à peine les derniers rayons de Trilorne avaient regardé sa masse sombre s'avancer dans la mer, indifférente aux vagues qui fouettaient sa base. Et sur les rivages opposés, d'autres voyageurs l'avaient vu traverser l'océan d'une seule foulée et les frôler de son ombre immense avant de poursuivre son périple autour du monde.

– Lorsqu'il était jeune, dit Brayldon, un de mes oncles est allé le voir de près. C'était à la suite d'un pari. Le voyage lui a pris dix jours et je crois que cette masse énorme et glacée l'a rempli d'effroi. Il était incapable de dire si elle était de métal ou de pierre, et lorsqu'il a crié, nul écho ne lui a répondu. Au contraire, sa voix s'est aussitôt étouffée, comme si le Mur absorbait les sons. Mon peuple pense qu'il marque la fin du monde et qu'il n'y a rien derrière.

– Si c'était la vérité, répliqua Shervane avec une irréfutable logique, l'océan se serait vidé avant son édification.

– Pas s'il est l'œuvre de Kyrone et qu'Il la créé en même temps que le monde.

Shervane n'était pas de cet avis.

– *Mon* peuple prétend que c'est une création de l'homme – peut-être de ces ingénieurs de la Première Dynastie qui édifièrent tant de merveilles. Si réellement, ils avaient des vaisseaux capables d'atteindre les Terres de Feu – et d'autres qui pouvaient voler – pourquoi n'auraient-ils pas pu construire le Mur?

Brayldon haussa les épaules.

– S'ils l'ont fait, ils devaient avoir une excellente raison, dit-il. Mais nous ne connaîtrons jamais la réponse, alors pourquoi continuer à se creuser la tête?

Ce conseil éminemment pratique, Shervane s'en était rendu compte, était tout ce qu'il pouvait obtenir des hommes ordinaires. Seuls les philosophes s'intéressaient aux questions demeurées sans réponses. La plupart des gens ne se sentaient pas plus concernés par l'énigme du Mur que par celle de la vie elle-même. Quant aux philosophes, tous ceux qu'il avait interrogés lui avaient fourni des réponses différentes.

A son retour du Pays des Ténèbres, il avait questionné Grayle. Le vieil homme l'avait considéré d'un œil tranquille, puis :

– Selon la rumeur, une seule chose attend les hommes de l'autre côté du Mur : la folie.

Ensuite, il y avait eu Artex, dont le grand âge l'empêchait presque d'entendre la question anxieuse du jeune garçon. Il avait tourné vers lui son regard fixe, sous des paupières qu'il n'avait plus la force de soulever complètement, et déclaré, après un long silence :

– Kyrone a édifié le Mur au troisième jour de la création du monde. Ce qu'il y a de l'autre côté, nous le saurons après notre mort – car c'est le refuge des âmes.

Irgan, qui habitait la même cité, avait carrément pris le contre-pied de l'affirmation précédente.

– Seule la mémoire peut apporter une réponse à ta question, mon fils. Car derrière le Mur se trouvait le séjour que nous hantions avant d'être nés.

Qui fallait-il croire? En fait, nul ne connaissait la bonne réponse. Et si jamais quelqu'un l'avait sue, on l'avait oubliée depuis longtemps.

Si l'énigme du Mur demeurait intacte, Shervane avait cependant beaucoup appris durant cette année d'études. Au retour du printemps, il fit ses adieux à Brayldon et à tous ceux avec qui il s'était lié d'une si brève amitié, et s'en fut par l'antique route qui le ramenait chez lui. A nouveau, il effectua la traversée périlleuse des montagnes, empruntant le grand passage que surplombaient des parois de glace menaçantes. Il atteignit enfin le méandre de la route qui le ramenait vers le monde des hommes, là où le soleil brillait, où l'eau ruisselait, où, délivrée de l'air glacé, la respiration cessait d'être pénible. Sur la dernière crête avant la vallée, le regard accrochait le lointain scintillement de l'océan. Là-bas, presque entièrement dissimulée par les brumes du bout du monde, Shervane discerna une ligne d'ombre : son pays.

Il dévala le large ruban de pierre et arriva au pont naguère jeté par les hommes au-dessus de la cataracte, lorsqu'un tremblement de terre avait détruit la seule voie de passage. Mais il n'y avait plus de pont. Orages et avalanches du début du printemps avaient balayé un des puissants piliers de pierre et le bel arc de métal gisait tout tordu dans l'écume poudreuse, trois cents mètres plus bas. L'été ne serait plus qu'un souvenir lorsque la route pourrait être ouverte à nouveau. La mort dans l'âme, Shervane fit demi-tour : une autre année s'écoulerait avant qu'il puisse rentrer chez lui.

L'espace de longues minutes, il demeura immobile sur la dernière courbe de la route, les yeux tournés vers ce pays inaccessible où vivaient les siens. Mais le brouillard s'était épaissi, le dérobant à sa vue. Résolument, il reprit la route, laissant derrière lui la plaine. Bientôt les montagnes se refermèrent autour de lui.

Brayldon se trouvait encore là lorsque Shervane atteignit la cité. Il fut à la fois surpris et ravi de revoir son ami et tous deux échafaudèrent des projets pour l'année à venir. S'étant pris d'affection pour leur hôte, les cousins de Shervane le prièrent de rester, mais le jeune homme accueillit avec beaucoup de réserve leur suggestion de consacrer douze autres mois à l'étude.

Lentement, malgré l'hostilité générale, le projet mûrit dans son esprit. Au début, même Brayldon était réticent et sa collaboration ne fut acquise qu'après maintes et maintes discussions. Ensuite, l'accord de ceux qui comptaient ne fut plus qu'une question de temps.

L'été n'était plus loin lorsque les deux amis se mirent en route vers le pays de Brayldon. Ils allaient bon train car le voyage était long et devait être terminé avant que Trilorne commençât à décliner devant la menace de l'hiver. Lorsque Brayldon se trouva en pays connu, ils prirent certains renseignements qui provoquèrent plus d'un hochement de tête; mais les réponses obtenues étaient précises et bientôt ils s'enfoncèrent à l'intérieur du Pays des Ténèbres. Là, pour la seconde fois de sa vie, Shervane vit le Mur.

Lorsque tout d'abord ils l'aperçurent, surgissant d'une plaine sinistre et désertique, il semblait tout proche. Pourtant ils chevauchèrent inlassablement sans que le Mur grandît à leurs yeux et ils furent presque sur lui avant de comprendre qu'ils avaient atteint leur objectif, car à moins d'étendre la main et de le toucher, il était impossible d'évaluer sa distance.

Lorsque Shervane leva son regard sur cette monstrueuse paroi d'ébène qui avait hanté ses pensées, il lui sembla qu'elle s'inclinait pour le broyer sous son poids. Non sans mal, il s'arracha à ce spectacle fascinant et s'approcha, curieux de savoir de quel matériau elle était faite.

Brayldon n'avait pas menti. La paroi était glacée au toucher, plus glacée qu'elle n'aurait dû l'être, même dans cette région où le soleil ne brillait jamais. Elle n'était ni dure ni tendre. Inexplicablement, en effet, sa texture se soustrayait au contact de la main. Shervane avait l'impression que quelque chose l'empêchait de toucher la surface, sans pour cela déceler le moindre espace entre le Mur et ses doigts lorsqu'il les aplatissait contre lui. Plus étrange encore était le silence surnaturel dont avait parlé l'oncle de Brayldon. Chaque mot prononcé était comme assourdi et les sons s'étouffaient à une vitesse anormale.

Brayldon avait déchargé les chevaux de bât. A l'aide de divers outils et instruments, il avait entrepris d'examiner le Mur. Très vite, il s'aperçut que ni foret ni lame ne pouvaient l'entamer. Il arriva enfin à la même conclusion que Shervane. Le Mur était non seulement insensible au toucher, mais inaccessible.

Dépité, il prit une règle de métal rigoureusement

droite et en appliqua l'arête contre la paroi pendant que Shervane tenait un miroir de façon telle que la faible lueur de Trilorne se réfléchît le long de la ligne de contact. Brayldon scruta la règle de l'autre côté. Comme il s'en était douté, on voyait entre les deux surfaces un rai de lumière d'une minceur infinie et parfaitement continu.

Pensivement, Brayldon dévisagea son compagnon.

– Shervane, dit-il, je ne crois pas que le Mur soit fait de matière, dans le sens où nous l'entendons.

– Dans ce cas, peut-être les légendes disaient-elles la vérité en affirmant qu'il n'avait pas été construit, mais créé tel que nous le voyons aujourd'hui.

– Je suis aussi de cet avis, renchérit Brayldon. Les ingénieurs de la Première Dynastie avaient des pouvoirs considérables. Dans mon pays, il y a des bâtiments très anciens qui semblent avoir été édifiés en une seule fois à partir d'une substance sur laquelle le temps paraît n'avoir aucun effet. Si elle était noire et non de couleur, elle serait semblable à celle du Mur.

Écartant les instruments inutiles, il installa un simple théodolite portatif.

– Si je ne puis rien faire d'autre, dit-il avec un sourire narquois, du moins en connaîtrai-je la hauteur exacte !

Lorsqu'ils se retournèrent pour contempler une dernière fois le Mur, Shervane se demanda s'il le reverrait jamais. Il ne pouvait rien apprendre de plus. Il lui fallait oublier cet espoir insensé de percer un jour son secret. Peut-être n'y avait-il aucun secret – peut-être qu'au-delà du Mur le Pays des Ténèbres reprenait sa course autour du monde jusqu'à ce que, à nouveau, il se heurtât au même obstacle. C'était l'hypothèse la plus vraisemblable. Mais alors, pourquoi ce Mur, et qui l'avait édifié ?

Avec un farouche effort de volonté, il écarta ces

pensées et chevaucha face à la lumière de Trilorne, au-devant d'un avenir dans lequel le Mur ne tiendrait pas plus de place qu'il n'en avait dans la vie des autres hommes.

Deux ans s'étaient donc écoulés avant que Shervane puisse rentrer dans son pays. En deux ans, surtout à cet âge, la mémoire fait défaut et même les choses les plus chères perdent de leur netteté si bien que le souvenir s'en ternit. Lorsque Shervane descendit les derniers contreforts de la montagne et se retrouva chez lui, une étrange mélancolie atténuait la joie d'être de retour. Il avait oublié tant de choses qu'il avait cru à jamais scellées dans son cœur !

La nouvelle de son arrivée l'avait précédé. Bientôt, il distingua une horde de cavaliers qui, de très loin, galopaient à sa rencontre. Il pressa l'allure, espérant que Sherval serait parmi eux. Déçu, il constata que Grayle seul conduisait le cortège.

Il fit halte et le vieil homme s'avança vers lui. Il posa la main sur son épaule puis, sans pouvoir articuler un seul mot, détourna la tête.

Shervane apprit alors que les orages de l'année passée ne s'étaient pas contentés de détruire le vieux pont. La foudre avait jeté à bas la grande demeure, et longtemps avant l'heure prévue il avait hérité du domaine paternel. Et ce n'était pas tout, car obéissant à une ancienne coutume, toute la famille s'était trouvée rassemblée dans la maison lorsque le feu du ciel l'avait frappée. En l'espace d'un instant, il était devenu le maître de tout ce qui se trouvait entre les montagnes et la mer. Depuis des générations, nul, dans le pays, n'avait été aussi puissant. Et toutes ces richesses, Shervane les eût volontiers données pour pouvoir plonger son regard dans les calmes yeux gris du père qu'il ne verrait jamais plus.

Trilorne s'était maintes fois levé, puis couché, depuis que Shervane avait dit adieu à son enfance sur la route qui serpentait au pied de la montagne. Au cours de toutes ces années, le domaine avait prospéré et les biens si brutalement entrés en sa possession n'avaient cessé d'accroître leur valeur. Ayant fait fructifier son patrimoine, Shervane avait à nouveau du temps à consacrer à son vieux rêve. Il pouvait même s'offrir le luxe de le réaliser.

Souvent, de l'autre côté des montagnes, lui était parvenu le récit des travaux entrepris par Brayldon. Bien que les deux amis ne se fussent jamais revus, ils avaient régulièrement échangé des messages. Brayldon, pour sa part, avait réalisé ses ambitions : non seulement il avait conçu les deux bâtiments les plus imposants depuis l'Antiquité, mais il avait dessiné les plans d'une ville entière dont la construction ne serait pas achevée de son vivant. Lorsque ces nouvelles parvinrent aux oreilles de Shervane, il se souvint de ses propres aspirations d'adolescent et se remémora le jour fameux où tous deux s'étaient sentis écrasés par la majesté du Mur. Longtemps, il lutta contre ses pensées, craignant de ranimer des désirs anciens qui, peut-être, ne s'étaient pas apaisés. Enfin, sa décision fut prise et il écrivit à Brayldon. A quoi servent en effet richesse et puissance si elles ne contribuent à donner forme aux rêves ?

Ensuite, il attendit. Et si, en lui apportant la gloire, toutes ces années avaient effacé ce lointain passé du souvenir de Brayldon ? Shervane, cependant, n'eut pas longtemps à attendre. Brayldon n'était pas disponible sur-le-champ car il avait d'importants travaux en cours, mais une fois ceux-ci terminés, il promettait de se joindre à son vieux compagnon. Shervane lui avait lancé un défi à la hauteur de son talent. S'il en triomphait, il en tirerait plus de fierté que de toute son œuvre passée.

Il arriva au début de l'été suivant. Shervane l'accueillit sur la route qui menait au pont. Adolescents ils s'étaient quittés, et voilà qu'ils se retrouvaient au seuil de l'âge mûr. Pourtant, comme ils se saluaient, le temps sembla rebrousser chemin et chacun fut secrètement réjoui de voir que les ans n'avaient fait qu'effleurer l'ami dont il avait gardé le souvenir.

Ils passèrent de nombreux jours à débattre du problème et à étudier les plans dessinés par Brayldon. La tâche était écrasante; plusieurs années ne seraient pas de trop pour la mener à bien. Mais il n'y avait là rien d'impossible pour un homme aussi riche que l'était Shervane. Avant de donner son accord final, celui-ci conduisit son ami devant Grayle.

Depuis quelques années, le vieillard vivait dans la petite maison que lui avait fait construire Shervane. Il y avait longtemps qu'il ne tenait plus une part active dans la gestion de l'immense domaine, mais jamais ses conseils n'avaient fait défaut à Shervane lorsqu'il les avait sollicités, et leur sagesse était invariable.

Grayle n'ignorait pas les raisons de la présence de Brayldon, aussi fut-ce sans surprise qu'il vit l'architecte dérouler ses croquis. Sur le plus grand, on voyait le Mur flanqué d'un gigantesque escalier qui s'élevait le long de sa paroi latérale. A intervalles réguliers, la rampe s'évasait en de larges paliers dont le dernier se trouvait à une courte distance du faîte du Mur. Surgissant de l'escalier en une vingtaine de points différents, Grayle remarqua des arcs-boutants qui lui semblèrent bien minces et fragiles pour le travail qu'ils auraient à accomplir. Puis il comprit que, dans une large mesure, la rampe se soutiendrait elle-même et que d'un côté, toute la poussée latérale serait supportée par le Mur.

Sans mot dire, il considéra le croquis. Puis, d'une voix neutre, il déclara :

– Tu as toujours su parvenir à tes fins, Shervane. J'aurais dû me douter qu'on en arriverait là.

– Mais qu'en penses-tu? Est-ce une bonne idée? questionna Shervane.

Il avait toujours suivi les conseils de son vieux professeur et était anxieux de connaître son avis. Selon son habitude, Grayle en vint directement à l'essentiel.

– Combien cela va-t-il coûter?

Brayldon lui donna la réponse. Voyant que le vieillard gardait un silence scandalisé, l'architecte se hâta d'ajouter.

– Ce chiffre comprend la construction d'une route praticable à travers le Pays des Ténèbres et celle d'une petite ville pour les ouvriers. L'escalier lui-même se compose d'un million de blocs identiques pouvant être assemblés pour former une structure rigide. J'espère trouver sur place le minerai nécessaire à leur fabrication. (Il esquissa un soupir.) J'aurais préféré le construire à partir de barres de métal mises bout à bout, mais le coût en eût été plus élevé, car il eût fallu transporter le matériel à travers les montagnes.

Grayle examina le dessin avec plus d'attention.

– Pourquoi vous êtes-vous arrêté avant le sommet?

Brayldon se tourna vers Shervane. Celui-ci prit la parole, non sans marquer un certain embarras.

– Je veux être le seul à parvenir au sommet, expliqua-t-il. Cette dernière étape s'effectuera par un treuil qui me hissera depuis le dernier palier. On ne peut exclure un éventuel danger. C'est pourquoi j'irai seul.

Ce n'était peut-être pas l'unique raison, mais elle était suffisante. Derrière le Mur, lui avait dit Grayle, guettait la folie. Si c'était vrai, il était inutile que quelqu'un d'autre s'exposât.

A nouveau s'éleva la voix tranquille, songeuse, de Grayle.

– Dans ces conditions, ce que tu as décidé n'est

ni bon ni mauvais, puisque cela ne concerne que toi. Si le Mur a été édifié pour tenir quelque chose à l'écart de notre monde, il demeurera infranchissable depuis l'autre côté.

Brayldon hocha la tête.

– Nous y avons pensé, dit-il avec un soupçon de fierté. S'il le fallait, la rampe pourrait être détruite en un instant par des explosifs disposés en certains points déterminés.

– C'est une sage précaution, conclut le vieillard. Je ne crois guère à ces histoires, mais sait-on jamais? J'espère être toujours de ce monde lorsque les travaux seront achevés. A présent, je vais tenter de me souvenir des récits qui circulaient sur le Mur lorsque j'étais aussi jeune que tu l'étais, Shervane, le jour où, pour la première fois, tu m'as questionné à son sujet.

Avant les premiers froids, la route d'accès au Mur avait été tracée et jetées les fondations de la ville provisoire. La plupart des matériaux dont avait besoin Brayldon lui furent fournis par le Pays des Ténèbres dont le sous-sol regorgeait de minerais. Il avait également étudié le Mur et choisi l'emplacement où s'élèverait l'escalier. Lorsque Trilorne s'enfonça derrière l'horizon, Brayldon était satisfait du travail déjà accompli.

Quand arriva l'été suivant, les premiers blocs de béton avaient été coulés et contrôlés. Avant l'hiver, on en avait produit plusieurs milliers et les premières fondations de l'édifice avaient été posées. Brayldon confia le chantier à un assistant et retourna à ses travaux interrompus. Lorsqu'on aurait fabriqué des blocs en nombre suffisant, il reviendrait superviser la construction; d'ici là, sa présence n'était pas nécessaire.

Deux ou trois fois l'an, Shervane venait rendre une visite au chantier. Les blocs s'amoncelaient en gigantesques pyramides. La quatrième année, Brayldon était avec lui. Couche après couche, les blocs commencèrent à grignoter le flanc du Mur, et les arcs-boutants à lancer dans l'espace leurs courbes élancées. Au début, l'escalier s'élevait lentement, mais plus il se rétrécissait, plus la progression était rapide. Chaque hiver, les travaux devaient être abandonnés et le temps semblait bien long à Shervane lorsqu'il se tenait anxieusement sur la lisière du Pays des Ténèbres, guettant le fracas des orages qui filaient au-dessus de lui et s'enfonçaient dans l'obscurité réverbérante. Mais Brayldon avait construit du solide, et chaque printemps retrouvait l'édifice intact, comme s'il devait survivre au Mur lui-même.

Sept ans après le commencement des travaux, on posa la dernière pierre. Shervane s'était posté à un kilomètre de là, de façon à avoir une vue d'ensemble. Ébahi, il contempla l'œuvre qui avait surgi des quelques croquis que Brayldon lui avait montrés des années auparavant et ressentit une émotion voisine de celle de l'artiste lorsqu'il voit se réaliser ses fantasmes. Il se souvint aussi du jour lointain où, petit garçon, il avait vu pour la première fois se profiler le Mur contre le ciel lugubre du Pays des Ténèbres.

Malgré les garde-fous qui cernaient la plate-forme supérieure, Shervane ne tenait pas à s'approcher du bord. Le sol était à une distance inouïe et il tenta d'oublier son vertige en aidant Brayldon et les ouvriers à dresser le simple treuil qui lui permettrait de franchir les derniers mètres. Lorsque tout fut prêt, il monta sur le plateau et se tourna vers son compagnon en donnant tous les signes d'une grande assurance.

– Je n'en ai que pour quelques minutes, assura-t-il avec une désinvolture délibérée. Quoi que je trouve là-bas, je reviens aussitôt.

Comment se serait-il douté qu'il n'avait pas d'autre choix?

Grayle était presque aveugle, à présent; sans doute ne verrait-il pas le printemps suivant. Mais il reconnut le pas de son visiteur et accueillit Brayldon par son nom avant même que celui-ci eût prononcé un seul mot.

– Je suis heureux de te voir, dit-il. J'ai réfléchi à tout ce que tu m'avais dit et je crois être enfin parvenu à la vérité. Peut-être l'as-tu déjà devinée toi-même?

– Non, reconnut Brayldon. Je n'ai pas eu le courage de l'affronter.

Le vieillard eut un mince sourire.

– Pourquoi redouter d'aborder un problème sous prétexte qu'il est insolite? Le Mur est un prodige, certes, mais ceux qui affronteront son secret sans défaillance n'ont rien à en craindre.

» Lorsque j'étais enfant, Brayldon, mon vieux précepteur me disait que le temps ne pouvait détruire la vérité, mais seulement la dissimuler au travers des légendes. Il avait raison. De tous les récits qui sont nés autour du Mur, je sais aujourd'hui lesquels contiennent une part de cette vérité.

» Jadis, lorsque la Première Dynastie était à son apogée, Trilorne brillait plus intensément qu'aujourd'hui et le Pays des Ténèbres était fertile et peuplé, comme le seront peut-être les Terres de Feu lorsque l'éclat du soleil aura encore faibli. Les hommes pouvaient s'enfoncer vers le sud aussi loin qu'ils le désiraient, car aucun Mur ne barrait leur route. Nombreux durent être ceux qui décidèrent d'aller là-bas à la recherche de nouvelles terres. Ce qui est arrivé à Shervane leur est arrivé, et cette expérience a dû ébranler plus d'un esprit. A tel point que les savants de la Première Dynastie édifièrent le Mur pour empêcher la folie de se répandre à travers le pays. Je doute que ce soit vrai, mais la légende prétend qu'il fût créé en un seul jour, sans difficulté aucune, d'un nuage qui obscurcit le monde.

Il s'enferma dans une rêverie profonde, et l'espace d'un moment, Brayldon n'osa le déranger. Sa pensée était perdue dans un lointain passé. Il se représentait ce monde comme un globe parfait flottant dans l'espace alors que les Anciens avaient ceint l'équateur de cette bande de ténèbres. Cette image était peut-être fausse dans ses détails les plus importants, mais jamais il ne put l'effacer complètement de son esprit.

Tandis que les derniers centimètres du Mur défilaient devant ses yeux, Shervane devait faire appel à tout son courage pour ne pas implorer qu'on le redescende. Certains récits terrifiants qu'il avait naguère écartés en riant, étant issu d'une race peu superstitieuse, lui revenaient en mémoire. Et si, après tout, ces récits étaient vrais? Et si le Mur avait été édifié pour tenir le monde à l'écart de quelque monstruosité?

Il s'efforça de bannir ces pensées et y parvint sans mal lorsqu'il eut atteint le faîte du Mur. Au premier regard, il ne comprit pas ce qu'il avait sous les yeux. Puis il vit que c'était une étendue noire et uniforme d'une largeur indéterminée.

Le petit plateau s'arrêta. Dans un réflexe d'admiration à demi-conscient, il enregistra la précision des calculs de Brayldon. Puis, après un dernier mot plein d'assurance à l'adresse de ses amis, il posa un pied sur le Mur et s'avança d'un pas ferme.

Tout d'abord, il lui sembla que ce plan était illimité car il ne discernait même pas où commençait le ciel. Pourtant, il continua résolument d'avancer dans la direction opposée à Trilorne. Il eût aimé pouvoir se guider sur son ombre, mais elle se confondait avec la surface plus sombre encore sur laquelle il marchait.

Quelque chose l'intriguait : à chaque pas, l'ombre s'épaississait autour de lui. Étonné, il se retourna. Le disque de Trilorne était terne et sombre, comme s'il le voyait à travers une vitre teintée. Avec un serrement de cœur, il prit conscience d'un autre phénomène – *Trilorne était plus petit que le soleil qu'il avait connu toute sa vie.*

Dans un geste de défi rageur, il secoua la tête. De telles choses n'existaient pas; elles n'étaient que le fruit de son imagination. D'ailleurs, elles étaient tellement étrangères à toute expérience vécue qu'il se sentit bizarrement rassuré et poursuivit hardiment sa route après un dernier coup d'œil en arrière.

Lorsque Trilorne ne fut plus qu'un point à l'horizon et qu'il se vit plongé dans une obscurité totale, il dut se rendre à l'évidence. Un homme plus sensé eût aussitôt rebroussé chemin et Shervane, horrifié, se vit soudain égaré dans cette pénombre sans fin entre ciel et terre, incapable de retrouver le chemin qui le ramènerait en lieu sûr. Puis il se souvint que, aussi longtemps qu'il verrait Trilorne, il serait en sécurité.

D'une démarche plus incertaine, il continua, non sans jeter de fréquents coups d'œil sur la fragile lueur directrice du soleil. L'astre lui-même avait disparu, mais une faible clarté en marquait l'emplacement. Et voici qu'il n'avait même plus besoin d'elle, car devant lui perçait à l'horizon une seconde lumière.

Ce ne fut d'abord qu'un reflet imperceptible, et lorsqu'il fût certain de son existence, il vit que Trilorne n'était déjà plus visible. Mais il sentait renaître son assurance et cette lumière inattendue contribuait largement à dissiper ses craintes.

Quand il se rendit compte qu'il marchait au-devant d'un second soleil et que son disque grossissait, comme un instant auparavant il avait vu se contracter celui de Trilorne, il refoula sa stupeur au plus profond de lui-même. Observer, enregistrer, il était venu pour ça; plus tard, il chercherait à comprendre. Après tout, que son monde possédât deux soleils, un pour chaque hémisphère, cela n'avait rien de si invraisemblable.

Enfin, scrutant l'obscurité, il discerna la ligne noire qui indiquait l'autre arête du Mur. Bientôt, il serait le premier homme depuis des milliers d'années, depuis le commencement, peut-être, à contempler ces terres qu'un obstacle avait coupées du reste du monde. Seraient-elles aussi fécondes que les siennes? Y aurait-il des gens pour l'accueillir chaleureusement?

Des gens, oui, il y en aurait, et plus anxieux encore de le voir apparaître qu'il ne l'avait rêvé.

Grayle étendit la main et tâtonna pour s'emparer d'une grande feuille de papier posée sur un meuble voisin. Brayldon le regardait en silence.

– Combien de fois, poursuivit le vieillard, n'avons-nous pas tous débattu de la taille de l'Univers et de ses improbables frontières? L'espace nous semble illimité, pourtant notre esprit se rebelle à l'idée de l'infini. Certains philosophes ont imaginé que l'espace était limité par une courbure dans une autre dimension – cette théorie t'est sans doute familière. C'est peut-être vrai pour d'autres univers, mais pour le nôtre, la réponse est plus subtile.

» Le long du Mur, Brayldon, notre Univers prend fin et continue en même temps. Avant la construction du Mur, aucune barrière n'empêchait le voyageur de poursuivre sa route. Le Mur lui-même n'est qu'une création de l'homme, partageant les propriétés de l'espace dans lequel il se trouve. Ces propriétés existaient de toute éternité, et le Mur ne leur a rien ajouté.

Il tint la feuille de papier devant Brayldon et la fit lentement tourner.

– Voici, dit-il, une simple feuille. Naturellement, elle possède deux faces. *Peux-tu imaginer qu'il en soit autrement?*

Ébahi, Brayldon le dévisagea.

– Bien sûr que non – c'est impossible!

– En es-tu certain? murmura Grayle.

A nouveau, il tendit la main. A l'aveuglette, ses doigts fouillèrent dans le meuble. Ils en ramenèrent une mince bande de papier flexible. Ses yeux morts se fixèrent sur Brayldon.

– Nous ne pouvons nous mesurer aux grands esprits de la Première Dynastie, mais nous pouvons aborder par analogie ce qu'ils appréhendaient directement. Ce simple tour, si banal en apparence, t'aidera peut-être à entrevoir la vérité.

Il promena ses doigts le long du ruban de papier dont il joignit les deux extrémités pour former une boucle circulaire.

– Cette figure ne t'est pas inconnue – il s'agit d'une section cylindrique. Je fais glisser mon doigt le long de la face interne – puis de la face externe. Elles sont parfaitement distinctes : tu ne peux passer de l'une à l'autre qu'en franchissant l'épaisseur du papier. D'accord?

– Évidemment, dit Brayldon. Qu'est-ce que cela prouve?

– Rien. A présent, regarde...

Ce soleil, songea Shervane, était le jumeau de Trilorne. L'obscurité s'était totalement dissipée, et avec elle la sensation, inexplicable, de marcher sur une surface illimitée.

Il avançait plus lentement, redoutant d'arriver trop brutalement au bord de ce gouffre vertigineux. Bientôt, il distingua, se découpant sur l'horizon, une lointaine chaîne de collines, aussi nues et désolées que celles qu'il avait laissées derrière lui. Il fut déçu, mais sans excès. Au premier coup d'œil, son pays natal n'offrirait pas un spectacle plus attrayant.

Il continua donc, et lorsqu'une étreinte glacée emprisonna son cœur, il ne s'arrêta pas, comme l'eût fait un homme moins vaillant. Sans fléchir, il regarda le paysage horriblement familier surgir autour de lui, jusqu'à ce qu'il reconnût la plaine dont il était parti, puis le gigantesque escalier et enfin, levé vers lui, le visage angoissé de Brayldon.

A nouveau, Grayle joignit les deux extrémités du ruban de papier, mais cette fois, il lui avait imprimé une demi-torsion, si bien que la boucle était tortillée. Il la présenta à Brayldon.

– Fais donc glisser ton doigt le long de la bande, dit-il.

Brayldon n'en fit rien. Il avait compris la leçon.

– Il n'y a plus deux surfaces distinctes, fit-il à voix basse, mais une feuille unique et continue – *à un seul côté* – quelque chose qui semblait impossible à première vue.

– Oui, répondit Grayle, très doucement. Je me doutais que tu comprendrais. Une surface à un seul côté. Peut-être saisis-tu à présent pourquoi le symbole de la boucle tordue est si répandu dans les anciennes religions, bien que son sens se soit complètement égaré? Il ne s'agit que d'une grossière analogie, un exemple en deux dimensions de ce qui doit en réalité se produire avec une troisième. Mais il nous conduit aussi près de la vérité que pourront jamais y parvenir nos esprits.

Il y eut un long silence morose. Puis Grayle émit un profond soupir et se tourna vers Brayldon comme s'il pouvait encore distinguer ses traits.

– Pourquoi es-tu revenu avant Shervane? demanda-t-il, alors qu'il connaissait déjà la réponse.

– Il fallait en passer par là, dit tristement Brayldon, mais je ne tenais pas à voir mon œuvre réduite en poussière.

Grayle hocha la tête avec compassion.

– Je comprends.

Shervane promena son regard le long de l'interminable volée de marches sur laquelle nul pied ne se poserait désormais. Il n'avait que peu de regret : il avait essayé, et personne n'aurait pu faire davantage. On ne triomphe pas de l'impossible.

Lentement, il leva la main pour donner le signal. De la même manière qu'il avait absorbé les autres sons, le Mur engloutit l'explosion. Avec une gracieuse lenteur, les ouvrages de maçonnerie s'affaissèrent, puis s'écroulèrent, et ce spectacle se grava dans la mémoire de Shervane. L'espace d'un instant, il eut la vision fugitive et poignante d'un autre escalier se disloquant, sous le regard d'un autre Shervane, en ruines identiques, de l'autre côté du Mur.

Mirage insensé. Mieux que personne, en effet, il savait que le Mur ne possédait qu'un seul côté.

Bishop's Lydeard, Somerset
Août 1946

PAS DE LENDEMAIN

Depuis longtemps, les récits de catastrophe cosmique constituent la matière première de la science-fiction. Aujourd'hui, ils inondent le marché. Celui-ci, pourtant, n'est pas tout à fait comme les autres : si mes souvenirs ne m'abusent pas, il est le seul à parler avec humour *de la fin du monde.*

– Mais c'est terrible ! s'écria le Technicien Suprême. On doit certainement pouvoir faire *quelque chose.*

– Oui, Votre Érudition, mais ce sera extrêmement difficile. La planète se trouve à plus de cinq cents années-lumière, et nous avons toutes les peines du monde à maintenir le contact. Nous croyons cependant être en mesure d'établir une tête de pont. Malheureusement, ce n'est pas le seul problème. Jusqu'ici, il nous a été impossible d'entrer en relation avec ces créatures. Leurs pouvoirs télépathiques sont extrêmement rudimentaires; peut-être même font-ils totalement défaut. Et si nous ne pouvons communiquer avec eux, comment pourrions-nous leur venir en aide?

Il y eut un long silence méditatif. Le Technicien Suprême analysa la situation et, comme toujours, parvint à dégager la solution appropriée.

– Toute espèce intelligente doit avoir un *certain* nombre d'individus télépathes, fit-il pensivement. Nous devons envoyer des centaines d'observateurs capables de capter le premier indice d'une pensée égarée. Lorsque vous aurez trouvé un seul esprit réagissant favorablement, concentrez sur lui tous vos efforts. Notre message doit coûte que coûte leur parvenir.

– Bien, Votre Érudition. Ce sera fait.

A travers l'abîme, le gouffre que la lumière elle-même mettait un demi-million d'années à franchir, les intelligences investigatrices de Thaar projetaient leurs ondes de pensées, cherchant désespérément au moins un être humain dont l'esprit pût percevoir leur présence. Par bonheur, elles rencontrèrent Bill Cross.

Du moins sur le moment pensèrent-elles que c'était de la chance. Plus tard, elles en furent beaucoup moins sûres. Quoi qu'il en soit, elles n'avaient guère le choix. Le concours de circonstances qui leur ouvrit l'esprit de Bill ne dura que quelques secondes et ne se reproduirait pas de toute éternité.

Trois éléments entraient dans la composition du miracle, sans que l'on puisse discerner si l'un d'eux prenait le pas sur les autres. Le premier fut un accident topographique. Lorsque les rayons du soleil frappent une bouteille d'eau, cette bouteille peut jouer le rôle de lentille rudimentaire et concentrer la lumière sur une surface limitée. Sur une échelle incommensurablement plus vaste, le noyau dense de la Terre faisait converger les ondes émises depuis Thaar. Généralement, les radiations de la pensée sont insensibles à la matière – elles la traversent sans plus de problème que la lumière traverse le verre. Mais une planète présente une quantité impressionnante de matière, et la Terre entière jouait le rôle d'une gigantesque lentille. Il advint justement qu'elle portait Bill en son foyer, là où les fragiles impulsions télépathiques venues de Thaar étaient concentrées au centuple.

Pourtant, des millions d'autres hommes aussi bien placés ne reçurent aucun message. Mais ils n'avaient pas consacré des années entières à rêver de l'espace, jusqu'à ce qu'il fût devenu partie intégrante de leur être.

Et ils n'étaient pas dans l'état où se trouvait Bill, abruti par l'alcool, en équilibre instable au bord de l'inconscience, cherchant à fuir la réalité pour gagner le monde des rêves où il n'y a ni déception ni revers.

Dans une certaine mesure, il comprenait le point de vue de l'Armée. « On vous paye, docteur Cross, lui avait fait observer le général Potter avec une insistance blessante, pour élaborer des projectiles et non des – hum – des vaisseaux spatiaux. Ce que vous faites pendant votre temps de loisir ne regarde que vous, mais je me vois contraint de vous prier de ne pas mettre nos installations au service de votre marotte. Dorénavant, tous les programmes destinés au service des calculateurs devront être visés par moi. Je n'ai rien à ajouter. »

Ils ne pouvaient pas le flanquer dehors, évidemment. Il était trop utile. Mais il n'était pas certain de vouloir rester. En fait, il n'était sûr de rien, sinon que son boulot lui avait valu un sacré choc en retour et que Brenda l'avait définitivement plaqué pour Johnny Gardner – pour situer les événements dans leur ordre d'importance.

Fatigué de tanguer, Bill amarra son menton dans ses mains et s'absorba dans la contemplation du mur de brique badigeonné à la chaux qui s'élevait en face de lui, de l'autre côté de la table. Seules tentatives de décoration : un calendrier de Lockeed et une épreuve glacée en dix-huit vingt-quatre, cadeau de l'Aerojet, représentant le décollage spectaculaire de Mark I *Lill Abner*. L'œil morose, Bill regarda fixement un point situé à distance égale des deux photographies et fit le vide dans son esprit. Les barrières s'écroulèrent.

A ce moment, les intelligences éminentes concentrées sur Thaar poussèrent un cri de triomphe silencieux. Lentement, le mur qui se trouvait devant Bill se dissipa en une brume tournoyante. Il eut l'impression de plonger son regard dans un tunnel qui s'étendait jusqu'à l'infini. C'était exactement ce qu'il était en train de faire.

Bill étudia le phénomène avec un intérêt limité. Il présentait une certaine originalité, mais rien de comparable aux hallucinations précédentes. Et lorsque la voix commença à parler dans son esprit, Bill laissa s'écouler un moment avant de réagir d'une manière quelconque. Même ivre mort, il conservait un vieux préjugé contre le soliloque.

– Bill, commença la voix, écoutez-nous attentivement. Nous avons eu de grandes difficultés à entrer en contact avec vous, et ce que nous avons à vous dire est de la plus haute importance.

Par principe, Bill douta de cette importance. Plus rien n'était important.

– Nous nous adressons à vous d'une planète très lointaine, poursuivit la voix sur un ton amical et pressant. Vous êtes le seul être vivant que nous ayons pu joindre, aussi devez-vous *comprendre* ce que nous avons à vous dire.

Bill éprouva une vague inquiétude, bien que de nature impersonnelle, car il lui était maintenant difficile de se concentrer sur ses propres problèmes. Est-on vraiment mal en point, se demanda-t-il, lorsqu'on commence à entendre des voix? Le mieux était de garder la tête froide. « C'est à prendre ou à laisser, docteur Cross, se dit-il. Accepte d'écouter jusqu'à ce que cela devienne vraiment assommant. »

– O. K., répondit-il avec une indifférence ennuyée. Allez-y, je vous écoute. Je vous écouterai aussi longtemps que ce sera intéressant.

Il y eut un silence. Puis la voix reprit, légèrement soucieuse :

– Nous ne comprenons pas. Notre *message* n'est pas seulement *intéressant*. Il est vital pour votre race tout entière et vous devez avertir votre gouvernement sans délai.

– J'attends, dit Bill. Ça fait passer le temps.

A cinq cents années-lumière de là, les Thaars conférèrent en toute hâte. Quelque chose n'était pas normal, sans qu'ils puissent exactement dire quoi. Nul doute qu'ils eussent établi un contact, pourtant ceci n'était pas du tout le genre de réaction escomptée. Ils ne pouvaient toutefois que continuer, en espérant que tout irait pour le mieux.

– Écoutez, Bill, reprirent-ils. Nos savants ont découvert que votre soleil était sur le point d'exploser. Cela se produira dans trois jours – soixante-quatorze heures pour être précis. L'explosion est irrémédiable, mais il n'y a pas de quoi vous alarmer. Nous pouvons vous sauver, si vous suivez nos instructions.

– Allez-y, dit Bill. (Ingénieuse, cette hallucination.)

– Nous pouvons établir ce que nous appelons un pont – une sorte de tunnel à travers l'espace, comme celui dans lequel vous regardez en ce moment. La théorie serait beaucoup trop complexe à expliquer, même à l'un de vos mathématiciens.

– Minute ! protesta Bill. Je suis moi-même mathématicien, et plutôt fameux, même quand je suis sobre. J'ai lu tout ce qui concernait ce genre de trucs dans les revues de science-fiction. Sans doute faites-vous allusion à une sorte de raccourci à travers une dimension supérieure de l'espace ? C'est de l'histoire ancienne, ça ! D'avant Einstein !

Une sensation de surprise caractérisée s'infiltra dans le cerveau de Bill.

– Nous étions loin d'imaginer que vous étiez mathématiquement si avancés, dirent les Thaars. Mais le temps nous manque pour parler théorie. Une seule chose importe : si vous pénétriez dans l'ouverture en face de vous, vous seriez instantanément transporté sur une autre planète. C'est un raccourci, comme vous dites, et dans ce cas-ci à travers la trente-septième dimension.

– Et il conduit à votre monde ?

– Oh, non ! Ici, vous ne pourriez pas vivre. Mais il existe dans l'Univers un grand nombre de planètes comme la Terre. Nous en avons trouvé une qui vous conviendra. Nous établirons des ponts semblables sur toute la Terre, afin que vous n'ayez qu'à les franchir pour être sauvés. Évidemment, il vous faudra rebâtir une civilisation lorsque vous aurez atteint votre nouveau foyer, mais c'est votre seule chance. C'est à vous, Bill, qu'il appartient de transmettre ce message et de dire à vos semblables ce qu'ils doivent faire.

– Je les vois d'ici en train de m'écouter, dit Bill. Pourquoi ne vous adressez-vous pas directement au Président ?

– Parce que votre esprit est le seul que nous ayons pu joindre. Sans que nous sachions pourquoi, les autres semblaient imperméables à nos radiations.

– Je pourrais vous le dire, fit Bill en lorgnant la bouteille presque vide posée devant lui.

Il en avait certainement pour son argent. Quelle chose remarquable que l'esprit humain ! En effet, il n'y avait dans ce dialogue rien de bien original. Il n'était pas difficile de voir d'où provenaient les idées : pas plus tard que la semaine passée, il avait lu un récit sur la fin du monde. Il sautait aux yeux que toutes ces aimables spéculations sur les ponts et autres tunnels jetés à travers l'espace n'étaient qu'une compensation pour qui avait consacré cinq ans de sa vie à lutter avec des fusées récalcitrantes.

– Si le soleil explose, demanda Bill à brûle-pourpoint, essayant de prendre ses hallucinations par surprise, que se passera-t-il ?

– Votre planète fondrait aussitôt, ainsi que toutes les autres, y compris Jupiter.

Bill dut reconnaître que c'était là une conception tout à fait grandiose. Il laissa son esprit caresser cette pensée. Plus il la considérait, plus elle lui plaisait.

– Chères hallucinations ! s'écria-t-il sur un ton compatissant. Si je vous croyais, savez-vous ce que je dirais ?

– Mais il *faut* nous croire ! fut la réponse désespérée qui lui parvint à travers les années-lumière.

Tout échauffé à la perspective de développer son sujet, Bill n'en tint aucun compte.

– Je vais vous dire ceci : *ce serait la meilleure chose qui pourrait nous arriver.* Elle nous épargnerait une montagne de soucis. Fini de se tourmenter au sujet des Russes, de la bombe atomique ou du coût de la vie ! Quelle délivrance ! Au fond, c'est exactement ce que désire chacun d'entre nous. C'est très gentil à vous de nous prévenir, mais vous pouvez aussi bien rentrer chez vous en emportant votre vieux pont.

Sur Thaar, la consternation fut générale. Le cerveau du Technicien Suprême, flottant telle une grande masse de corail dans son réservoir rempli d'une solution nutritive, vira au jaune sur les bords – ce qui ne s'était pas produit depuis l'invasion des Xantils, cinq mille ans auparavant. Quinze psychologues, au moins, furent victimes de dépressions nerveuses et ne s'en remirent jamais. Le calculateur principal du Collège de Cosmophysique entreprit de diviser par zéro tous les nombres stockés dans ses circuits et fit sans tarder sauter tous ses fusibles.

Pendant ce temps, sur Terre, Bill continuait sur sa lancée.

– Regardez-moi, dit-il, pointant sur sa poitrine un index hésitant. J'ai passé des années à faire en sorte que les fusées soient utiles à quelque chose, et ils viennent me dire que mon seul droit est de construire des missiles téléguidés afin que nous puissions tous nous faire sauter ! Le soleil y parviendra beaucoup mieux que nous, et si vous nous donniez une autre planète, nous recommencerions le même gâchis. (Il s'arrêta pour mettre de l'ordre dans ses pensées morbides.) Et maintenant, Brenda déserte le domicile conjugal sans même me laisser un mot. Alors vous voudrez bien pardonner mon manque d'enthousiasme pour votre B. A.

Bill se rendit compte qu'il lui eût été impossible de prononcer « enthousiasme » à voix haute. Mais il pouvait toujours le penser, ce qui représentait une découverte scientifique non négligeable. En sombrant plus profondément dans l'ivresse, ses cogitations – houla ! ce mot-là l'avait presque désarçonné – le ramèneraient-elles peu à peu à des monosyllabes ?

Dans un ultime effort, les Thaars projetèrent leurs pensées au fond du tunnel entre les étoiles.

– Vous ne pouvez pas parler sérieusement, Bill ! Tous les êtres humains sont-ils comme vous ?

Passionnante interrogation philosophique ! Bill la considéra avec attention – avec toute l'attention dont il était capable, compte tenu de la douce chaleur qui commençait à l'envelopper. Après tout, les choses auraient pu aller plus mal. Il pouvait toujours se trouver un autre emploi, ne serait-ce que pour le plaisir de faire savoir au général Potter ce qu'il pourrait faire de ses trois étoiles. Quant à Brenda, eh bien, les femmes avaient ceci de commun avec les tramways qu'il s'en présentait sans cesse de nouvelles.

Mais surtout, il y avait une seconde bouteille de whisky planquée dans le classeur Ultra-Secret. Ô, jour fabuleux ! Il se hissa péniblement sur ses pieds et zizzagua à travers la pièce.

Une dernière fois, Thaar s'adressa à la Terre.

– Bill ! répéta désespérément la voix. Il est impossible que tous les humains soient comme vous !

Bill pivota et plongea son regard dans le tunnel tourbillonnant. Bizarre – il semblait parsemé de lueurs scintillantes et c'était vraiment un spectacle agréable. Il pouvait être fier de lui : bien peu de gens étaient capables d'imaginer *cela*.

– Comme moi? dit-il. Non, bien sûr que non. (Il gratifia les années-lumière d'un sourire béat d'auto-satisfaction. Une vague d'euphorie le soulevait au-dessus de son accablement.) Maintenant que j'y songe, il existe une foule de gens plus mal partagés que moi. Oui, tous comptes faits, je suis plutôt au nombre des privilégiés.

De stupeur, il cligna des yeux car le tunnel s'était soudain refermé et le mur blafard reprenait la place qu'il avait toujours occupé. Thaar savait reconnaître sa défaite.

« Suffit pour cette hallucination, pensa Bill. D'ailleurs elle commençait à m'agacer. Voyons à quoi ressemble la suivante. »

Or, il n'y eut jamais de suivante, car cinq secondes plus tard, il tournait de l'œil, juste au moment où il formait la combinaison du tiroir secret.

Les deux jours suivants, ses yeux injectés de sang ne lui donnèrent de la réalité qu'un aperçu extrêmement flou. Il oublia tout de l'entretien.

Le troisième jour, quelque chose le tourmenta au fond de son esprit : peut-être se serait-il souvenu si Brenda n'avait reparu et ne l'eût harcelé pour lui arracher son pardon.

Et naturellement, il n'y eut pas de quatrième jour.

Londres,
Août 1953

L'ÉTERNEL RETOUR

A présent, le Soleil était si proche que l'ouragan de radiations allait contraindre l'Essaim à se rejeter dans la nuit noire de l'espace. Bientôt, il lui serait impossible de se rapprocher davantage. Il ne pouvait affronter, si près de leur source, les tempêtes de lumière sur lesquelles il chevauchait d'étoile en étoile. S'il ne trouvait pas rapidement une planète afin de pouvoir s'échouer dans la paix et la tranquillité de son ombre, il lui faudrait abandonner ce soleil, comme tant d'autres auparavant.

Déjà, six mondes extérieurs glacés avaient été sondés et éliminés. Soit ils étaient gelés au-delà de tout espoir qu'une vie organique pût s'y développer, soit ils abritaient des créatures d'un type inutile à l'Essaim. Pour survivre, il devait découvrir des hôtes plus ou moins semblables à ceux qu'il avait laissés sur son foyer lointain et condamné. Il y avait de cela des millions d'années, l'Essaim s'était mis en route, propulsé vers les étoiles par les feux de l'explosion de son propre soleil. Pourtant, aujourd'hui encore, le souvenir de son foyer perdu restait vivace et précis, et cette douleur-là ne s'éteindrait jamais.

Il aperçut une planète qui balançait son cône d'ombre dans la nuit enflammée. Les sens qu'il avait développés au cours de son long voyage se projetèrent sur ce monde tout proche. Ils le trouvèrent favorable.

Impitoyables, les coups de boutoir des radiations cessèrent lorsque le disque de la planète éclipsa le soleil. S'abandonnant sans contrainte à la gravité, l'Essaim tomba rapidement jusqu'à percuter la couche supérieure de l'atmosphère. La première fois qu'il avait atterri sur une planète, il s'en était fallu de peu qu'il ne fût anéanti. Mais cette fois, avec l'adresse inconsciente qui résultait d'une longue pratique, il contracta sa substance ténue jusqu'à former une sphère petite et dense. Doucement, sa vitesse diminua. Enfin, parfaitement immobile, il put flotter entre ciel et terre.

Pendant de nombreuses années, il dériva d'un Pôle à l'autre au gré des vents de la stratosphère ou se laissa rejeter à l'ouest du soleil levant par les salves silencieuses de l'aurore. Partout, il trouva la vie, mais nulle part l'intelligence. Il observa des êtres qui rampaient, ou volaient, ou bondissaient, mais n'en vit aucun qui sût parler, ou bâtir. Dans dix millions d'années, peut-être y aurait-il sur ce monde des créatures dont l'Essaim pourrait posséder et modeler l'esprit à sa convenance. Pour le moment, rien ne le laissait présager. Comment deviner laquelle de ces innombrables espèces serait l'héritière de l'avenir? Et privé d'un tel hôte, l'Essaim était sans ressources : un simple conglomérat de charges électriques, une matrice ordonnée et consciente dans un univers chaotique. Livré à lui-même, l'Essaim ne pouvait exercer aucun contrôle sur la matière, mais s'il parvenait à investir l'esprit d'une race intelligente, alors ses pouvoirs étaient illimités.

Ce n'était pas la première fois que cette planète était soumise à l'examen d'un visiteur venu de l'espace, et ce ne serait pas la dernière. Mais jusqu'ici, aucun ne s'était trouvé dans une situation si étrange et si désespérée. L'Essaim se trouvait devant un cruel dilemme. Il pouvait reprendre son fastidieux périple avec l'espoir de trouver finalement les conditions qu'il cherchait, ou attendre ici son heure, jusqu'à ce qu'une race se développât qui fût conforme à ses desseins.

Nuage de brume, il flottait à travers les ombres, s'abandonnant aux caprices des vents. Jamais les reptiles maladroits et informes qui peuplaient ce monde ne s'aperçurent de sa présence, mais lui les observait, enregistrant, analysant, s'efforçant de prévoir l'avenir. Ces créatures offraient si peu de possibilités ! Pas une chez qui il décelât ne fût-ce que les premières lueurs d'un esprit conscient. Mais s'il reprenait sa quête, il s'exposait à sillonner en vain l'Univers, jusqu'à la fin des temps.

Enfin, il prit une décision. Par sa nature même, il pouvait opter pour les deux termes de l'alternative. La plus grande partie de l'Essaim continuerait sa course à travers les étoiles, tandis que l'autre resterait sur ce monde, telle une graine plantée dans l'espoir d'une moisson future.

Il se mit à tourbillonner autour de son axe. Son corps ténu s'aplatit pour former un disque qui oscilla aux frontières de la visibilité. Pâle fantôme, fragile feu follet, il se scinda en deux fragments inégaux. Le tournoiement cessa peu à peu : l'Essaim était devenu deux entités. Chacune conservait les souvenirs, les désirs, les besoins de l'original.

Il y eut un dernier échange de pensées entre le parent et l'enfant qui étaient aussi des jumeaux. Si tout allait bien pour l'un et pour l'autre, ils devaient se retrouver dans un lointain futur, au creux de cette même vallée de montagne. A intervalles réguliers au cours des âges, celui qui restait reviendrait en ce lieu; l'autre poursuivrait ses recherches et enverrait un émissaire s'il trouvait un monde meilleur. Alors ils se réuniraient à nouveau et cesseraient d'être des exilés errant vainement parmi les étoiles indifférentes.

Les lueurs de l'aube embrasaient la crête acérée

des jeunes montagnes lorsque l'Essaim-géniteur s'éleva à la rencontre du soleil. A la lisière de l'atmosphère, des tornades de radiations s'emparèrent de lui et l'attirèrent irrésistiblement au-delà des planètes pour y reprendre son interminable quête.

Pour celui qui restait, la tâche était presque aussi écrasante. Il lui fallait un animal qui ne fût ni trop rare, afin que l'espèce survécût à la maladie ou à toute autre éventualité, ni trop chétif qu'il ne pût jamais acquérir de pouvoir sur le monde physique. Enfin, il devait se reproduire rapidement; ainsi seulement son évolution pourrait être dirigée et contrôlée dans les plus brefs délais.

La recherche fut longue et le choix difficile, mais l'Essaim finit par jeter son dévolu sur un hôte. Telle une pluie s'infiltrant dans un sol assoiffé, il se logea dans le corps de certains petits lézards et devint le maître de leur destin.

C'était une tâche immense, même pour un être immortel. Plusieurs générations de lézards furent engloutics dans le passé avant que se manifestât dans la race une légère amélioration. Et toujours, à l'heure convenue, l'Essaim était fidèle à son rendez-vous dans les montagnes. En vain. Jamais il n'y trouva de messager des étoiles apportant la promesse d'une meilleure fortune sur quelque autre monde.

Les siècles se muèrent en millénaires, et ceux-ci en ères. Selon les normes du temps géologique, les lézards évoluaient rapidement. Bientôt, de lézards ils devinrent des créatures à sang chaud, recouvertes de poils, mettant au monde une progéniture vivante. Ils étaient toujours petits et faibles, dotés de cerveaux rudimentaires, mais en eux se développaient les germes d'une grandeur future.

Au fil du temps, cependant, les créatures vivantes n'étaient pas les seules à se transformer. Des continents entiers se scindaient et sous l'effet d'une pluie inlassable, les montagnes s'usaient. En dépit de ces bouleversements, l'Essaim poursuivait son but et toujours, aux époques convenues, il s'acheminait vers le lieu de rendez-vous naguère choisi, attendait patiemment et s'en retournait. Peut-être l'Essaim-géniteur n'avait-il rien trouvé encore. A moins – c'était là une pensée horrible et inconcevable – à moins qu'il eût été terrassé par un destin inconnu et s'en fût allé, comme la race qu'il avait naguère dominée. Attendre, il n'y avait rien d'autre à faire, et voir si la matière vivante qui s'obstinait sur cette planète pouvait être conduite sur la voie de l'intelligence.

Ainsi les ères succédaient aux ères...

Quelque part dans le labyrinthe de l'évolution, l'Essaim commit l'erreur qui devait lui être fatale. Il laissa s'échapper le tournant de l'histoire. Cent millions d'années s'étaient écoulées depuis sa venue sur Terre, et il était las. S'il ne pouvait pas mourir, il pouvait dégénérer. Le souvenir de son ancien foyer et de son destin s'estompait; son intelligence faiblissait tandis que ses hôtes gravissaient la longue pente qui les conduirait à la conscience.

Par une ironie cosmique, en donnant à ce monde l'impulsion qui devait lui apporter l'intelligence, l'Essaim s'était vidé de ses forces. Il avait atteint le dernier stade du parasitisme : séparé de ses hôtes, il n'existait plus. Jamais plus il ne flotterait au-dessus du monde, au gré du vent et du soleil. Pour accomplir le pèlerinage à l'ancien lieu de rendez-vous, il devait voyager lentement et péniblement dans un millier de petits corps. Pourtant, poussé par le désir de la réunion qui le brûlait d'autant plus qu'il connaissait aujourd'hui l'amertume de l'échec, il perpétuait la coutume immémoriale. Ce n'était que lorsque l'Essaim-géniteur reviendrait pour le réabsorber qu'il retrouverait vie et puissance.

La planète subit le flux et le reflux des glaciers. Par

miracle, les petites bêtes qui abritaient l'intelligence étrangère défaillante échappèrent à l'étreinte impitoyable du froid. Les océans submergèrent la terre et, là encore, l'espèce survécut. Même, elle se multiplia, mais c'était tout ce qu'elle pouvait faire. Ce monde ne serait jamais son héritage. Car très loin, au cœur d'un autre continent, un certain singe était descendu des arbres et levait vers les étoiles un regard où brillaient les premières lueurs de la curiosité.

L'esprit de l'Essaim se dispersait, s'éparpillait dans des millions de corps minuscules, incapable désormais de s'unir et d'affermir sa volonté. Il avait perdu toute cohésion; sa mémoire lui faisait de plus en plus défaut. Dans un million d'années, tout au plus, il n'aurait plus aucun souvenir.

Une seule chose demeurait – l'impulsion aveugle qui le poussait, à des intervalles qu'une étrange aberration raccourcissait de plus en plus, à aller chercher son destin au fond d'une vallée engloutie depuis longtemps.

Le paquebot glissait paisiblement sur le sillage argenté de la lune. Il passa au large de l'île dominée par son phare clignotant et entra dans le fjord. La nuit était calme et belle. A l'ouest, Vénus se couchait derrière les îles Féroé et loin devant, les lumières du port se reflétaient en frissonnant imperceptiblement dans les eaux tranquilles.

Nils et Christina nageaient en plein bonheur. Debout côte à côte contre la lisse, doigts entrelacés, ils contemplaient les pentes boisées qui défilaient en silence. Les grands arbres étaient immobiles sous la lune : aucun souffle d'air ne faisait bruisser leur feuillage. Silhouettes blanches et élancées, leurs troncs jaillissaient des flaques d'ombre. Le monde entier était assoupi; seul le paresseux glissement du navire osait rompre le charme qui envoûtait la nuit.

Soudain, Christina laissa s'échapper une exclamation étouffée et Nils sentit ses doigts se crisper dans les siens. Il suivit son regard. Au-delà de la mer, elle scrutait les sentinelles silencieuses de la forêt.

– Que se passe-t-il, chérie? demanda-t-il, inquiet.

– Regarde! fit-elle dans un murmure à peine audible. Là-bas, sous les pins!

Nils regarda. Ce fut alors que se dissipa lentement la beauté de la nuit, cédant la place aux terreurs ancestrales qui revenaient en rampant d'un lointain exil. Car sous les arbres, la terre était vivante : une marée d'un brun moucheté dévalait les flancs de la colline pour s'engloutir dans les eaux noires. A un certain endroit, une trouée laissait pénétrer à flots le clair de lune. Comme il regardait, cela se modifia. La surface de la terre semblait ondoyer, semblable à une lente cascade allant à la rencontre de la mer.

Alors, Nils partit d'un éclat de rire et le monde retrouva son innocence. Intriguée et rassurée à la fois, Christina se tourna vers lui.

– Tu ne te souviens pas? s'exclama-t-il. Nous avons lu quelque chose à ce sujet dans le journal, ce matin. Ça leur arrive tous les deux ou trois ans, et toujours de nuit. Cela dure déjà depuis plusieurs jours.

Il la taquinait, espérant ainsi dissiper la tension des dernières minutes. Christina lui rendit son regard. Lentement, son visage s'éclaira.

– Bien sûr! dit-elle. Suis-je bête! (Puis elle se tourna vers la côte. Une expression de tristesse altéra ses traits, car elle était très compatissante.) Pauvres petits! soupira-t-elle. Pourquoi font-ils ça, je me le demande.

– Nul ne le sait, répondit-il. C'est encore un de ces mystères. N'y pense plus, si cela te tourmente. Regarde : bientôt, nous serons au port!

Ils se tournèrent vers les lumières scintillantes qui éclairaient leur avenir. Une dernière fois, Christina regarda le flot tragique et inconscient qui continuait de s'écouler sous la lune.

Obéissant à une volonté qu'ils n'avaient jamais comprise, les légions condamnées des lemmings trouvaient enfin l'oubli sous les ondes.

Londres
Juin 1951

LA MORT ET LE SÉNATEUR

Jamais Washington n'avait connu printemps plus souriant. Et ce printemps, songea tristement le Sénateur Steelman, était pour lui le dernier. Même à présent, en dépit de ce qu'avait pu lui dire le Dr Jordan, il se refusait à admettre totalement la vérité. Jusqu'alors, une issue s'était toujours présentée, pour rendre provisoire la défaite. Lorsque des hommes l'avaient trahi, il les avait congédiés, acculant certains à la ruine pour que le châtiment eût valeur d'exemple. Et voici que la félonie avait pris racine à l'intérieur de son propre corps; déjà, il lui semblait sentir les battements laborieux du cœur qui bientôt se tairait. A quoi bon se bercer d'illusions sur les Présidentielles de 76... Peut-être ne vivrait-il pas jusqu'aux investitures.

Ainsi s'achevaient ses rêves et son ambition. Il en était de même pour tout le monde, un jour ou l'autre. Piètre consolation... Pour lui, la fin était prématurée. Il songea à Cecil Rhodes, depuis toujours un de ses héros, qui, sur son lit de mort, s'était écrié, « La tâche est immense, et si bref le temps qui nous est imparti ! » Il n'avait pas encore cinquante ans. Steelman, lui, était plus âgé, et infiniment plus modeste l'œuvre qu'il avait accomplie.

La voiture l'emmenait loin du Capitole. Cruel symbole sur lequel il préféra glisser. Il arrivait à la hauteur du New Smithsonian, gigantesque musée qu'il n'avait jamais eu le temps de visiter, bien qu'il l'eût regardé s'étendre le long du Mall, au fil de toutes ces années passées à Washington. Que n'avait-il manqué, se répéta-t-il amèrement, dans sa course effrénée au pouvoir ! Le monde des arts et de la culture lui était demeuré pratiquement fermé, et encore n'était-ce là qu'une partie du prix qu'il avait payé. Il était devenu un étranger pour les siens et pour ses amis d'autrefois. L'affection avait été sacrifiée sur l'autel de l'ambition. Vain sacrifice. Y aurait-il quelqu'un au monde pour verser des larmes sur sa disparition ?

Oui, justement. Son désespoir s'atténua. Il tendit la main vers le téléphone et se sentit honteux de devoir appeler son bureau pour obtenir ce numéro alors qu'une foule de choses moins importantes encombraient sa mémoire.

Il passa devant la Maison-Blanche, éblouissante sous le soleil. Pour la première fois de sa vie, il ne lui accorda qu'un seul regard. Déjà, elle appartenait à un autre monde – un monde qui lui était désormais inaccessible.

Le téléphone de la voiture ne possédait pas d'écran, mais il n'en avait nul besoin pour deviner la surprise modérée d'Irène et sa joie encore plus tiède.

– Hello, Irène , comment se porte ta petite famille ?

– Très bien, papa. Quand comptes-tu passer nous voir ?

C'était la formule polie qu'employait toujours sa fille à l'occasion de ses rares coups de fil. Et invariablement, à l'exception des fêtes de Noël et des anniversaires, il lui répondait par la vague promesse de faire un saut à une date ultérieure indéterminée.

– Je me demandais, fit-il lentement, s'excusant presque, si je pouvais t'emprunter les enfants pour un après-midi. Il y a un siècle que je ne me suis promené avec eux et j'ai envie de m'offrir des vacances.

– Mais naturellement, répondit Irène, la voix vibrante

de plaisir. Ils seront ravis. Quand passes-tu les prendre ?

– Disons demain. Je serai chez vous vers midi. Nous irons au zoo, ou au Smithsonian, ou là où ils décideront d'aller.

Irène était sidérée. Son père, elle ne l'ignorait pas, était l'un des hommes les plus occupés de Washington, avec un emploi du temps arrêté plusieurs semaines à l'avance. Elle serait intriguée sans aucun doute; un instant, il craignit qu'elle ne devinât la vérité, mais pourquoi l'eût-elle fait ? Même sa secrétaire ignorait tout des douleurs aiguës qui l'avaient amené à subir ce long check-up dont le besoin se faisait sentir depuis longtemps.

– C'est une idée formidable ! Pas plus tard qu'hier, ils parlaient de toi et semblaient impatients de te voir.

Ses yeux s'embuèrent. Dieu merci, Irène ne pouvait pas le voir.

– Je serai là à midi, se hâta-t-il d'ajouter en s'efforçant de maîtriser sa voix. Embrasse tout le monde.

Il coupa la communication avant qu'elle pût répondre et se renversa contre le capitonnage du dossier. Un soupir de soulagement lui échappa. Spontanément, ou presque, sans préméditation aucune, il avait pris la première mesure qui s'imposait pour donner à sa vie un cours nouveau. Ses propres enfants étaient définitivement hors d'atteinte, mais le pont qui enjambait les générations demeurait intact. A défaut d'autre chose, il devait préserver et fortifier ce lien pendant ses mois de sursis.

Emmener au Musée d'Histoire Naturelle deux enfants turbulents et questionneurs eût sans doute été la dernière chose que lui aurait recommandée le médecin, mais tel était son bon plaisir. Joey et Susan avaient bien grandi depuis leur dernière rencontre, et il se rendit compte qu'il devrait faire preuve d'une agilité physique et mentale consommée s'il ne voulait pas être dépassé par les événements. A peine furent-ils dans la rotonde que les enfants s'échappèrent pour galoper vers l'énorme éléphant dont la masse dominait la grande salle de marbre.

– Qu'est-ce que c'est que ça? glapit Joey.

– Un éléphant, idiot, répliqua Susan du haut de ses sept ans.

– Je sais que c'est un *éléphant*, rispota Joey, mais comment il s'appelle?

Le Sénateur Steelman consulta l'écriteau; en vain. Il décida que c'était l'occasion ou jamais de s'en remettre au proverbe hasardeux « Qui ne risque rien n'a rien. »

– Il s'appelait... hum! Jumbo, fit-il. Regarde ces défenses!

– Il n'a jamais eu de rage de dents?

– Oh, non.

– Mais comment il faisait pour se brosser les dents? M'man dit que si j'oublie de brosser les miennes...

Comprenant le danger où l'entraînait cette irréfutable logique, Steelman préféra changer de sujet.

– Il y a beaucoup d'autres choses à voir à l'intérieur. Par quoi voulez-vous commencer – oiseaux, serpents, poissons, mammifères?

– Les serpents! s'écria Susan. Je voulais en garder un dans une boîte, mais P'pa n'a pas voulu. Tu crois qu'il changera d'avis, si c'est toi qui le lui demandes?

Avant que Steelman eût le temps d'imaginer une réponse à cette question, une autre fusait déjà.

– C'est quoi, un mammifère? demanda Joey.

– Viens, dit fermement son grand-père. Je vais te montrer.

Tandis qu'il arpentait salles et galeries avec les enfants qui couraient d'une vitrine à l'autre, il se sentit gagner par une paix profonde. Rien de tel qu'un musée pour apaiser le tumulte de l'esprit et réduire à leurs véritables dimensions les problèmes quotidiens. Là, confronté à l'infinie variété des merveilles de la Nature, il retrouva des vérités oubliées. Il n'était qu'une créature parmi les millions et les millions d'autres qui peuplaient cette planète. La race humaine tout entière, avec son cortège d'espoirs et de craintes, ses triomphes et ses folies, ne serait peut-être qu'un incident dans le cours de son histoire. Debout devant le monstrueux squelette du Diplodocus (jusqu'aux enfants qui restaient plongés dans un silence pétrifié), il sentit passer sur son âme le souffle de l'Éternité. Comment, dorénavant, pourrait-il considérer avec autant de sérieux la morsure de l'ambition ou la certitude qu'il représentait pour cette nation l'homme providentiel? Quelle *nation,* à ce compte-là? L'été prochain, on fêterait le bicentenaire de la Déclaration de l'Indépendance; mais ce vieil Américain avait séjourné dans les rochers de l'Utah pendant cent millions d'années...

Il était las lorsqu'ils atteignirent la Salle de Biologie marine dont les pensionnaires rappelaient dramatiquement que certains animaux vivants ne craignaient pas la concurrence de leurs ancêtres sur le plan de la taille. La baleine bleue de plus de trente mètres de long et tous les grands prédateurs marins lui rappelaient ces heures naguère passées sur un pont exigu et miroitant dominé par le gonflement d'une voile blanche. Des heures de plénitude, troublées seulement par le giclement de l'eau que fendait l'étrave et par les soupirs du vent dans le gréement. Il n'avait plus fait de voile depuis trente ans. Autre plaisir sacrifié sur l'autel de l'ambition.

– J'aime pas les poissons, geignit Susan. Quand arriverons-nous aux serpents?

– On y va, dit-il. Mais pourquoi nous presser? Nous avons tout le temps.

Ces mots lui avaient échappé. Il ralentit; les enfants,

eux, se précipitèrent dans la salle suivante. Alors, un sourire détendit ses traits. D'une certaine façon, c'était vrai. Il avait tout le temps. Chaque jour, chaque heure, si on savait les utiliser, pouvaient être riches d'expérience. Il lui restait quelques semaines pour réapprendre à vivre.

Au bureau, personne encore ne se doutait de quoi que ce fût. Même son escapade avec les enfants n'avait pas éveillé les soupçons. Il lui était déjà arrivé d'annuler brusquement tous ses rendez-vous et de laisser à son secrétariat le soin de recoller les morceaux. Son comportement ne s'était pas encore fondamentalement modifié, mais dans quelques jours, il deviendrait évident pour ses assistants que tout n'allait pas pour le mieux. Le moins qu'il leur devait, ainsi qu'au parti, était de rendre sans tarder la nouvelle publique. Avant de trahir son secret, toutefois, il devait mettre de l'ordre dans sa vie personnelle afin de se trouver en paix avec sa conscience. Ensuite, il pourrait s'attaquer à la liquidation de ses affaires

Il y avait une autre raison à ses hésitations. Au cours de sa longue carrière, rares étaient les batailles qu'il avait perdues et dans l'ardeur du combat politique, il n'avait jamais fait de quartier. Aujourd'hui, à la veille de son ultime défaite, il redoutait la compassion et les condoléances dont ses nombreux ennemis s'empresseraient de l'accabler. Attitude absurde, il en était conscient, vestige d'un orgueil obstiné, trop inhérent à son caractère pour se dissiper même sous la menace de la mort.

Pendant deux semaines, il promena son secret d'une salle de conférence à une autre, de la Maison-Blanche au Capitole, à travers les labyrinthes de la société washingtonienne. Cette performance était la plus remarquable de sa carrière, mais nul ne s'en rendait compte. Ce délai écoulé, il avait pris ses dispositions :

il ne lui restait plus qu'à envoyer quelques lettres écrites de sa main et à appeler sa femme.

Non sans mal, le bureau finit par la retrouver à Rome. Elle n'avait rien perdu de son charme, songea-t-il lorsque son visage apparut sur l'écran. Elle eût été une parfaite Première Dame, et d'une certaine façon, ce triomphe l'eût dédommagée de toutes ces années perdues. Pour autant qu'il le sût, elle attendait ce couronnement avec impatience, mais avait-il jamais pris la peine de comprendre ce qu'elle voulait réellement?

– Hello, Martin, dit-elle. J'étais certaine que tu donnerais signe de vie. Tu vas me demander de rentrer, c'est bien ça?

– En as-tu envie? demanda-t-il calmement.

Visiblement, la douceur inhabituelle de sa voix la prenait au dépourvu.

– Je serais sotte de refuser, n'est-ce pas? Mais mettons-nous bien d'accord : si tu n'es pas élu, je reprends mon indépendance.

– Je ne serai jamais Président; je ne serai pas même candidat. Tu es la première à l'apprendre, Diana. Dans six mois, je serai mort.

Cette brutalité n'était pas sans objet. Il ne fallut qu'une fraction de seconde aux ondes radio pour atteindre le satellite et être retransmises vers la Terre. Une éternité. Pour une fois, le beau masque impassible se fendilla. L'incrédulité lui écarquilla les yeux; elle porta la main à ses lèvres.

– Tu plaisantes?

– Sur ce sujet? C'est la vérité, Diana. Mon cœur est à bout de souffle. Le Dr Jordan me l'a révélé, il y a une quinzaine de jours. C'est ma faute, naturellement, mais le problème n'est pas là.

– Je comprends à présent pourquoi tu as passé l'après-midi avec les enfants. Je me demandais quelle mouche t'avait piqué.

Irène avait averti sa mère, il aurait dû s'en douter.

Cruelle révélation. Ainsi, le simple fait de manifester de l'intérêt pour ses petits-enfants suscitait un mouvement de curiosité.

– Oui, reconnut-il. Je m'y prends un peu tard, je le crains. J'essaie de rattraper le temps perdu. Le reste n'a plus beaucoup d'importance, désormais.

En silence, ils se regardèrent par-dessus la courbe de la Terre et le fossé de tant d'années perdues. Enfin, d'une voix mal assurée, Diana murmura : « Je boucle mes valises. »

A présent que la nouvelle était connue, il ressentit un profond soulagement. Même la compassion de ses ennemis lui était moins pénible que prévu. Car du jour au lendemain, d'ennemis, il ne s'en trouva plus. Des hommes qui ne lui avaient pas adressé la parole depuis des années, sauf sous forme d'invectives, lui envoyèrent des messages de sympathie dont la sincérité ne pouvait être mise en doute. De vieilles querelles s'évanouirent comme par enchantement ou se muèrent en malentendus. Il était malheureux qu'on dût être au seuil de la mort pour s'en rendre compte...

Il apprit aussi que pour un homme d'affaires, mourir était une lourde tâche. Il fallait désigner des successeurs, démêler des embrouilles légales et financières, liquider des comités...

L'œuvre de toute une vie aussi active ne pouvait pas s'achever brusquement, comme on souffle une chandelle. Sur ses épaules pesaient un nombre ahurissant de responsabilités et il avait un mal fou à s'en débarrasser. Depuis toujours, il avait hésité à déléguer ses pouvoirs (une faiblesse impardonnable, affirmaient certains critiques, chez un homme qui se destinait à être Chef de l'Exécutif), mais il était réduit à en passer par là, avant que ces pouvoirs ne lui échappent définitivement.

On eût dit une grande horloge qui s'arrêtait sans

que personne pût la remonter. Tandis qu'il distribuait ses livres, relisait et détruisait de vieilles lettres, fermait des comptes et des dossiers inutiles, dictait ses instructions finales et rédigeait des lettres d'adieu, il lui arrivait de se croire en plein rêve. Il ne ressentait aucune douleur, et rien ne lui rappelait qu'il n'avait pas devant lui de nombreuses années de vie active. Rien, sinon le tracé d'un électrocardiogramme, tel un barrage en travers de son avenir – ou une malédiction écrite dans une langue étrange que seuls pouvaient déchiffrer les médecins.

Chaque jour, Diana, Irène ou son mari lui amenaient les enfants. Jusqu'alors, Bill et lui n'avaient jamais trouvé grand-chose à se dire, mais Steelman se savait seul responsable de ce malaise. Vous ne pouvez pas exiger d'un gendre qu'il remplace un fils, et il était injuste de reprocher à Bill de ne pas correspondre à l'image de Martin Steelman Jr. Bill avait sa propre personnalité; il avait su rendre Irène heureuse, et les enfants l'adoraient. Si le manque d'ambition était un crime, l'heure était venue de le lui pardonner.

Jusqu'au souvenir de son propre fils qui avait cessé de lui être douloureux. Il l'avait précédé dans ce dernier combat et gisait, croix blanche parmi tant d'autres, dans le cimetière des Nations-Unies de Capetown. Jamais il n'était allé se recueillir sur la tombe de Martin, car à l'époque où il avait du temps disponible, les hommes blancs n'étaient pas les bienvenus dans ce qui restait de l'Afrique du Sud. A présent qu'il était libre d'y aller, il n'était pas certain de devoir imposer à Diana ce cruel pèlerinage. Ses propres souvenirs ne le tourmenteraient pas bien longtemps, mais elle continuerait à porter ce lourd fardeau.

Pourtant, il en avait envie et, il le sentait, il en avait le devoir. En outre, ce serait son dernier cadeau aux enfants pour qui ce voyage ne serait qu'un séjour dans un pays exotique, sans une once de chagrin au souvenir d'un oncle qu'ils n'avaient jamais connu. Il avait commencé à prendre ses dispositions quand, pour la seconde fois en un mois, le monde bascula autour de lui.

Aujourd'hui encore, une douzaine de personnes faisaient antichambre lorsqu'il arrivait chaque matin à son bureau. Rien de comparable avec l'époque héroïque, mais tout de même, il y avait là de quoi remplir une salle d'attente. Jamais il n'aurait imaginé, cependant, trouver le Dr Harkness au nombre de ces visiteurs.

A la vue de cette longue silhouette décharnée, il perdit momentanément son sang-froid. Ses joues s'empourprèrent, son pouls s'accéléra au souvenir d'anciennes batailles qui les avaient opposés par-dessus les tables de conférence, et des violentes prises de bec, si souvent retransmises sur les ondes. Puis, il se détendit. Tout ceci était de l'histoire ancienne.

Harkness se leva. Gauchement, il s'avança vers lui. Le Sénateur Steelman reconnut cet embarras initial pour l'avoir maintes fois observé au cours de ces dernières semaines. Ses interlocuteurs se trouvaient désavantagés : toujours sur le qui-vive, ils s'efforçaient d'éviter le sujet tabou.

– Docteur, quelle surprise ! s'exclama-t-il. Jamais je ne me serais attendu à votre visite.

Cette pique lui avait échappé. Non sans satisfaction, il se rendit compte que le coup avait porté. L'autre ébaucha un sourire. Toute hostilité, entre eux, avait disparu.

– Sénateur, commença Harkness, d'une voix si basse que Steelman dut se pencher pour l'entendre, j'ai une information de la plus haute importance à vous communiquer. Pouvez-vous m'accorder un entretien ? Cela ne prendra qu'un instant.

Steelman accepta; il se réservait le droit de décider de ce qui avait désormais de l'importance et ne ressentait qu'un intérêt mitigé pour les raisons qui avaient incité le savant à lui rendre cette visite. Harkness donnait l'impression d'avoir beaucoup changé depuis leur dernière rencontre, sept ans auparavant. Plus résolu, plus sûr de lui, il s'était débarrassé de cette préciosité nerveuse qui avait tant nui à sa crédibilité.

– Sénateur, commença-t-il lorsqu'ils furent seuls dans le bureau, la nouvelle que j'apporte risque de vous causer un choc. J'ai la conviction que vous pouvez être guéri.

Steelman s'affaissa lourdement dans son fauteuil. Il s'était attendu à tout, sauf à cela. Dès le début, il s'était refusé à nourrir de vaines illusions. Seul un imbécile se rebellait contre l'inévitable, et il avait accepté son destin. L'espace d'un instant, il ne put proférer un seul mot, puis il leva les yeux sur son vieil ennemi et haleta :

– Qui vous l'a dit ? Tous mes médecins...

– Oubliez-les. Ce n'est guère leur faute s'ils ont dix ans de retard. Jetez un coup d'œil là-dessus.

– Qu'est-ce que cela veut dire ? Je ne lis pas le russe.

– C'est le dernier numéro de la revue soviétique *Médecine Spatiale*. Il est arrivé il y a quelques jours, et comme d'habitude, nous en avons effectué la traduction. Cette note-ci – celle que j'ai soulignée – fait référence à de récents travaux réalisés à la Station Mechnikov.

– Qu'est-ce que la Station Mechnikov ?

– Vous l'*ignorez* donc ? Eh bien, c'est leur satellite-hôpital, celui qu'ils ont construit juste sous la Ceinture de Radiation.

– Continuez, dit Steelman d'une voix brusquement devenue sèche et dure. (Il avait espéré pouvoir finir ses jours en paix, mais voici que le passé revenait le hanter.)

– La note elle-même est plutôt succincte, mais ce qui transparaît entre les lignes en dit beaucoup plus long. C'est une de ces annonces de pré-publication que les savants rendent publiques lorsqu'ils n'ont pas encore eu le temps de rédiger un rapport complet, afin de pouvoir se réclamer ensuite de l'antériorité. Elle est intitulée : *Effets Thérapeutiques de la Gravité Zéro sur les Affections Circulatoires.* Après avoir injecté artificiellement une maladie de cœur chez des lapins et des hamsters, ils les ont amenés à la station orbitale. Là-haut, naturellement, le corps est en état d'apesanteur si bien que le cœur et les autres muscles n'ont pratiquement plus rien à faire. Le résultat obtenu correspond exactement à ce que j'essayais de vous faire comprendre, il y a des années. Tous les maux peuvent être enrayés, et la plupart d'entre eux guéris.

Le petit bureau lambrissé qui avait été le centre de son univers, le théâtre d'innombrables conférences, le lieu de naissance de multiples stratégies s'estompa devant le souvenir vivace de ces auditions, à l'automne 1969, lorsque le bilan d'activité des dix premières années d'existence de la NASA avait été soumis au feu roulant de la critique.

Il n'avait jamais été président de la Commission sénatoriale de l'Astronautique, mais de tous ses membres, il avait été le plus actif, et le plus agressif. Ce fut à cette occasion qu'il acquit sa réputation de gardien intransigeant des deniers publics et de dur à cuire qui ne s'en laisse pas compter par les savants idéalistes. Il avait fait du bon boulot, et dès lors il était devenu un des hommes les plus en vue de la vie politique américaine. Non qu'il ressentît pour l'espace ou la science un intérêt particulier, mais il savait reconnaître une occasion quand il s'en présentait une. Comme une bande enregistrée se déroulant dans son esprit, le passé surgit de l'oubli...

– Docteur Harkness, vous êtes directeur technique de la *National Aeronautics and Space Administration?*

– C'est exact.

– J'ai sous les yeux le montant des dépenses de la NASA pour la période 1959-1969. Impressionnant. Le total atteint à ce jour 82 547 540 000 dollars, et les estimations pour l'année fiscale 69-70 dépassent les dix milliards. Peut-être pourriez-vous nous fournir quelques éclaircissements sur la manière dont sera dépensée cette somme?

– Très volontiers, Sénateur.

C'était ainsi que tout avait commencé, sur un ton ferme, mais cordial. L'hostilité était venue plus tard. Ses critiques étaient injustifiées, et Steelman le savait mieux que tout autre. Toute organisation de cette envergure connaît des temps morts et des échecs. Lorsqu'on veut, littéralement ou presque, décrocher la Lune, on ne doit pas s'attendre à autre chose qu'à des demi-succès. Dès le début, on s'était rendu compte que la conquête de l'espace serait au moins aussi meurtrière que la conquête de l'air. En dix ans, près de cent personnes étaient mortes – sur Terre, dans l'espace, et sur la surface stérile de la Lune. A présent que l'engouement du début des années 60 s'était apaisé, le public réclamait des comptes et Steelman était assez rusé pour se faire le porte-parole de son scepticisme. Obéissant à un mobile froid et calculateur, il avait compris la nécessité de trouver un bouc émissaire, et le Dr Harkness avait eu la malchance d'être désigné pour ce rôle ingrat.

– Oui, docteur, je comprends tout le bénéfice que nous avons retiré de la recherche spatiale, notamment dans les domaines des communications et de la météorologie, et je suis convaincu que ces résultats sont présents à l'esprit de tous. Mais dans leur majorité, ils ont été obtenus à l'aide d'appareils entièrement automatiques. Ce qui me préoccupe davantage – ce qui préoccupe davantage les citoyens – c'est le gouffre financier que représente le programme de vol habité, compte tenu de son utilité très marginale. Depuis les premiers projets Dyna-Soar et Apollo, il y a presque dix ans de cela, ce sont des milliards de dollars qui se sont volatilisés dans l'espace. Et pourquoi, je vous le demande? Pour qu'une poignée d'hommes puissent passer quelques heures inconfortables au-delà de l'atmosphère, sans rien faire que des caméras de télévision ne puissent accomplir beaucoup mieux et à bien meilleur marché. Et toutes ces vies perdues! Nul n'oubliera jamais les hurlements que nous a transmis la radio lorsque le X-21 a grillé en réintégrant l'atmosphère. Avons-nous le droit d'exposer des hommes à une mort aussi affreuse?

Il se souvenait encore du silence total qui avait accueilli ces paroles. Les questions qu'il soulevait étaient sensées et méritaient qu'on prît la peine d'y répondre. Ce qui était intolérable, c'était l'emphase avec laquelle le problème était posé, et surtout, le fait que ces questions fussent adressées à un homme qui n'était pas en mesure de riposter efficacement. Jamais Steelman ne se serait risqué à ce petit jeu en face d'un Braun, ou d'un Rickover; ils lui auraient rendu la monnaie de sa pièce. Mais Harkness n'était pas un orateur. S'il savait à quoi s'en tenir sur le manège de Steelman, il préféra garder ses sentiments pour lui. Excellent ingénieur, administrateur compétent, il faisait un piètre témoin. Autant essayer de faire passer un éléphant dans un couloir. Les journalistes s'en étaient donné à cœur joie. Jamais Harkness n'avait su lequel, le premier, l'avait surnommé « Acre Harkness ».

– Venons-en à votre projet, docteur. Un laboratoire spatial de cinquante membres... à *combien* estimez-vous son prix de revient?

– Je le répète – un peu moins d'un milliard et demi.

– Et les frais annuels d'entretien ?

– Pas plus de deux cent cinquante millions.

– Quand on sait ce qu'il est advenu des estimations précédentes, on a le droit de se montrer sceptique. Mais admettons que ces chiffres soient exacts, qu'obtiendrons-nous en retour ?

– Pour la première fois, nous serons en mesure d'établir sur une grande échelle une station de recherche orbitale. Jusqu'à présent, nous avons dû nous contenter, pour effectuer nos expériences, de locaux exigus à bord de satellites mal adaptés et occupés à d'autres missions. La mise en orbite d'un laboratoire habité est fondamentale. Sans cela, autant dire que nous tournons le dos au progrès. L'astrobiologie restera au point mort...

– L'astro-quoi ?

– L'astrobiologie, l'étude des organismes vivants dans l'espace. Les Russes ont fait leur premier pas dans ce domaine lorsqu'ils ont placé la chienne Laika à bord de Spoutnik II et ils conservent sur nous une bonne longueur d'avance. Mais aucun travail sérieux n'a encore été réalisé sur les insectes et les invertébrés, ni d'ailleurs sur aucun animal en dehors du chien, de la souris et du singe.

– Je vois. Est-ce que je me trompe en affirmant que vous venez nous demander des crédits pour construire un zoo dans l'espace ?

L'hilarité générale avait contribué à faire avorter le projet. Aujourd'hui, Steelman se rendait compte qu'il avait pratiquement signé son arrêt de mort.

Il ne pouvait s'en prendre à nul autre qu'à lui-même, car à sa façon peu convaincante, Harkness avait tenté de présenter les avantages d'un laboratoire orbital. Il avait particulièrement insisté sur l'aspect médical du projet, sans rien promettre, mais en attirant l'attention de l'auditoire sur les possibilités offertes. Ainsi, profitant d'un environnement où les organes ne pèseraient plus rien, les chirurgiens mettraient au point de nouvelles techniques; une fois délivrés de l'usure de la gravité, les hommes pourraient vivre plus longtemps car l'effort imposé aux muscles, et notamment au cœur, serait considérablement réduit. Oui, il avait fait mention des affections cardiaques, mais cela n'avait pas ébranlé le Sénateur Steelman, alors en pleine possession de ses moyens physiques, ambitieux avant tout soucieux de son image de marque.

– Pourquoi êtes-vous venu me relancer? fit-il d'une voix morne. Ne pouviez-vous me laisser mourir en paix?

– Précisément, rétorqua Harkness avec impatience, il ne faut pas perdre espoir.

– Parce que les Russes ont guéri quelques hamsters et autant de lapins?

– Ils ont fait beaucoup mieux. L'article que je vous ai montré ne parle que des résultats préliminaires; il a déjà un an de retard. Ils veulent éviter de susciter de vains espoirs, c'est pourquoi ils se montrent si discrets.

– Comment le savez-vous?

Harkness le considéra avec surprise.

– J'ai tout simplement appelé le Pr Stanyukovitch, mon homologue soviétique. J'ai appris qu'il avait effectué un séjour à la station Mechnikov, ce qui prouve assez l'importance que revêt ce programme à leurs yeux. C'est un vieil ami, et j'ai pris la liberté de mentionner votre cas.

Sentir renaître l'espoir, lorsqu'on s'y attend le moins, est aussi éprouvant que le sentir vous abandonner. Steelman suffoquait, et l'espace d'un instant, il se demanda avec épouvante si une attaque n'allait pas le terrasser. Mais ce n'était que l'émotion. L'étau qui broyait sa poitrine se desserra et le bourdonnement décrût dans ses oreilles. Il perçut, lointaine, la voix de Harkness.

– Il m'a demandé si vous étiez disposé à venir sur-le-champ à Astrograd. C'est la raison pour laquelle je suis ici. Si vous acceptez, le prochain vol quitte New York à 10 h 30, demain matin.

Demain, il avait promis d'emmener les enfants au zoo, et pour la première fois, il leur ferait faux-bond. Il en éprouva une brève sensation de culpabilité.

– Oui, répondit-il avec effort. J'accepte.

Il ne vit rien de Moscou pendant les quelques minutes que mit le gros Jet intercontinental à plonger hors de la stratosphère. On avait éteint les écrans car la vue du sol montant à l'assaut de l'appareil au moment où il piquait à la verticale sur ses fusées d'atterrissage risquait de troubler les passagers.

A Moscou, on le fit monter dans un vieux turboréacteur confortable, mais démodé. Il faisait nuit noire lorsque l'avion s'enfonça vers l'est. Alors, seulement, il trouva le temps de mettre de l'ordre dans ses pensées. La question était insolite, mais éprouvait-il au fond de lui-même une réelle satisfaction de se retrouver plongé dans l'incertitude? Sa vie, toute tracée il y avait quelques heures encore, venait d'être à nouveau bouleversée. Des possibilités avaient surgi, qu'il avait appris à écarter. Le Dr Johnson avait raison : rien de tel pour apaiser l'esprit que la certitude qu'on sera pendu à l'aube. Le contraire, Steelman s'en rendait compte, ne faisait aucun doute : rien de tel pour semer le désarroi que l'espoir d'une grâce.

Il dormait lorsque l'appareil se posa à Astrograd, grand centre spatial soviétique. Lorsque le choc léger le tira de son sommeil, il ne comprit pas tout de suite où il se trouvait. Avait-il rêvé qu'il survolait la moitié de la planète en quête de la vie? Non, ce n'était pas un rêve, mais cette poursuite risquait d'être vaine.

Douze heures plus tard, il attendait toujours la réponse. Le dernier diagramme avait été relevé, et sur l'écran du cardiographe, les spots avaient cessé leur danse fatale. La routine de l'examen médical, les voix douces et compétentes des médecins et des infirmières avaient largement contribué à apaiser le trouble de son esprit. Silence, lumières tamisées, la salle où on l'avait prié d'attendre le verdict était reposante. Seuls, les revues en langue russe et quelques portraits hirsutes des pionniers de la médecine soviétique lui rappelaient qu'il n'était pas dans son propre pays.

D'autres patients attendaient avec lui. Assis le long des murs, ils feuilletaient des revues et s'efforçaient de ne rien laisser paraître de leur anxiété. Nul ne parlait ou n'essayait de croiser le regard d'un voisin. Chacun, dans cette assistance, restait confiné dans son univers personnel, suspendu entre la vie et la mort. Si une détresse commune les unissait, ces gens la partageaient en silence. Coupé du reste du monde, chaque malade semblait déjà s'élancer à travers le vide cosmique où résidait son ultime espoir.

Là-bas, dans le coin le plus reculé de la salle, il y avait pourtant une exception. Deux jeunes gens – ni l'un ni l'autre ne devaient avoir plus de vingt-cinq ans – se tenaient pelotonnés l'un contre l'autre dans une attitude si misérable que Steelman en conçut tout d'abord de l'agacement. Quel que soit leur drame personnel, songea-t-il avec sévérité, les gens devraient montrer plus de discrétion. Ils pourraient faire l'effort de dissimuler leurs émotions, surtout dans un lieu comme celui-ci, où cela risque d'importuner les autres.

Très vite, cependant, son agacement se mua en pitié, car nul ne peut rester longtemps indifférent au spectacle des souffrances d'un amour sincère. Les minutes s'écoulaient, à peine troublées par le froissement des journaux et le grincement des chaises. Sa pitié grandit jusqu'à l'obsession.

D'où venaient-ils? Qui étaient-ils? Le garçon avait une physionomie sensible et intelligente : il aurait pu être artiste, ingénieur, ou musicien – comment savoir? La fille était enceinte; elle avait un visage quelconque, aux traits rudes, si répandu chez les femmes russes. Mais sous l'effet de l'amour et de la souffrance, cette figure sans attrait se parait d'une douceur lumineuse. Malgré lui, Steelman ne pouvait en détacher son regard. D'une certaine façon, en effet, et bien qu'il n'existât pas entre elles l'ombre d'une ressemblance, cette femme lui rappelait Diana. Trente ans auparavant, lorsqu'ils étaient sortis côte à côte de l'église, il avait vu briller dans les yeux de sa femme une lueur identique. Aujourd'hui, il l'avait presque oubliée. Était-ce sa faute, ou celle de Diana, si elle s'était trop vite éteinte?

Soudain, il sentit son siège vibrer. Un bref frisson avait secoué l'immeuble, comme si, à plusieurs kilomètres de là, un pilon géant s'était écrasé sur le sol. Un séisme? Steelman était perplexe. Puis il se souvint du lieu où il était et commença à compter les secondes.

A soixante, il abandonna; l'insonorisation devait être si efficace que le son diffusé par l'air, moins rapide, ne lui avait pas été perceptible. Seule, l'onde de choc qui s'était propagée à travers le sol témoignait qu'un millier de tonnes venaient de s'arracher au sol. Alors se fit entendre, faiblement mais distinctement, un bruit semblable au fracas d'un orage roulant à la lisière du monde. C'était encore plus loin qu'il ne se l'était imaginé. Sur l'aire de lancement, le bruit devait être inconcevable.

Pourtant, il savait que le tonnerre ne le gênerait pas

lorsqu'à son tour, il s'élancerait dans le ciel de toute la vitesse de la fusée. Et la poussée de l'accélération épargnerait son corps, plongé dans un bain d'eau chaude plus agréable encore que ce fauteuil confortablement rembourré.

Du fond de l'espace se répercutait toujours le lointain grondement lorsqu'une infirmière ouvrit la porte et lui fit signe d'approcher. Il se savait le point de mire de tous les regards, mais sans se retourner une seule fois, il s'avança pour recevoir sa sentence.

Le voyage de retour fut constamment troublé par les appels des journalistes et des reporters auxquels il refusa de répondre. « Dites-leur que je dors et que je ne dois pas être dérangé », confia-t-il à l'hôtesse. Il se demanda qui avait pu leur donner le tuyau et cette violation de son intimité l'irrita profondément. Mais depuis des années, Steelman avait délibérément fui l'intimité; il avait fallu ce drame pour qu'il recommençât à l'apprécier. On ne pouvait guère en vouloir aux journalistes de croire qu'il était redevenu lui-même.

Tous l'attendaient lorsque le Jet se posa à Washington. Il connaissait la plupart d'entre eux par leur nom et certains étaient de vieux amis sincèrement heureux des nouvelles qui avaient précédé son arrivée.

– Quelle impression cela fait-il, Sénateur, demanda Macauley, du *Times,* de savoir qu'on va pouvoir reprendre du collier? C'est donc vrai – les Russes peuvent vous guérir?

– Ils espèrent y parvenir, fit-il avec circonspection. C'est un nouvel horizon ouvert à la médecine et on ne peut rien promettre encore.

– Quand rejoignez-vous le satellite?

– D'ici à une semaine. Le temps de régler certaines affaires.

– Et quand pensez-vous revenir – si ça marche?

– Difficile à dire. Même si tout se passe bien, je resterai là-haut pour une période de six mois, au moins.

Involontairement, il jeta un coup d'œil « là-haut ». A l'aube ou au crépuscule, même pendant la journée si on savait où regarder, la station Mechnikov offrait un spectacle étonnant, car son éclat éclipsait celui de toutes les étoiles. Mais si nombreux étaient les satellites qui gravitaient autour de la Terre que seul un expert aurait pu les distinguer les uns des autres.

– Six mois, fit observer un journaliste, autant dire que vous ne serez pas dans la course pour 76.

– Mais bien placé pour 1980 ! lança un autre.

– Et 1984 ! renchérit un troisième.

Cette boutade fut saluée par un éclat de rire général. Déjà, on plaisantait sur 1984 alors que peu de temps auparavant, cette échéance semblait encore si lointaine. Bientôt, avec un peu de chance, 1984 serait une date comme les autres.

Les représentants de la presse tendaient vers lui une forêt de micros. On attendait sa réponse. Debout au pied de la passerelle, il sentit qu'il était redevenu un objet de curiosité et d'attention et une chaleur familière se mit à circuler dans ses veines. Un homme neuf venu de l'espace... quel retour fracassant sur la scène politique ! Son prestige serait immense; les autres candidats ne feraient pas le poids. Un semblable destin avait quelque chose d'olympien, de divin, presque. Déjà, il imaginait les slogans qui rythmeraient sa campagne.

– J'ai besoin de réflexion, dit-il. Laissez-moi le temps de m'habituer à cette nouvelle. Mais je vous promets une déclaration avant de quitter la Terre.

Avant de quitter la Terre. Très efficace. La formule était dramatique à souhait. Il en savourait encore le balancement lorsque Diana surgit du bâtiment de l'aéroport et s'avança vers lui. Son regard avait repris une expression de froideur et de lassitude. Comme lui, elle avait changé. Plus explicitement que tous les mots, ses yeux demandaient : « Tout va-t-il donc recommencer? » Malgré la tiédeur du temps, il se sentit soudain transi de froid, comme si le vent de la steppe sibérienne lui collait encore à la peau.

Mais semblables à eux-mêmes, Joey et Susan se précipitèrent sur lui. Il les prit dans ses bras et enfouit son visage dans leurs cheveux, de peur que les photographes n'enregistrent les larmes qui avaient jailli de ses yeux. Comme ils restaient suspendus à son cou, avec l'ardeur innocente de leur âge, il comprit quelle devait être sa décision.

Eux seuls l'avaient connu alors qu'il était momentanément libéré de sa soif de pouvoir; cette image était celle qu'ils devaient conserver de leur grand-père, si jamais ils se souvenaient de lui.

– Votre communication, monsieur Steelman, annonça sa secrétaire. Je la transmets sur votre écran.

Il fit pivoter son fauteuil pour faire face au panneau mural qui se scinda verticalement en deux parties égales. Sur celle de droite, on voyait un bureau semblable au sien, duquel il ne se trouvait séparé que par une distance de quelques kilomètres. Mais de l'autre côté...

Vêtu simplement d'un short et d'un maillot de corps, le Pr Stanyukovitch flottait à plusieurs dizaines de centimètres au-dessus de son siège. Lorsqu'il se rendit compte que Steelman était en ligne, il agrippa les bras du fauteuil, se força à redescendre et ceignit sa taille d'une sangle. Derrière lui, on apercevait des rangées d'appareils de communication au-delà desquels, Steelman le savait, commençait l'espace.

Ce fut le Dr Harkness qui, le premier, rompit le silence.

– Nous attendions que vous vous manifestiez,

Sénateur. Le Pr Stanyukovitch m'a fait savoir que tout était prêt.

– Le prochain vaisseau de ravitaillement sera là dans deux jours, dit le Russe. Il me ramènera sur Terre, mais j'espère avoir l'occasion de vous rencontrer avant de quitter la station.

Sa voix était bizarrement haut perchée, en raison de l'atmosphère à oxyhélium raréfié qu'il respirait. Mis à part ce détail, la distance n'était pas perceptible et il n'y avait aucune interférence. Stanyukovitch se trouvait à des milliers de kilomètres et filait à travers l'espace à la vitesse de six kilomètres/seconde, mais il aurait aussi bien pu se trouver dans le même bureau. Steelman pouvait même entendre le faible vrombissement provenant des installations électriques placées derrière lui.

– Professeur, répondit Steelman, avant de partir, il y a quelques questions que j'aimerais vous poser.

– Je vous en prie.

A présent, il se rendait compte de la distance qui les séparait, car sa réponse lui parvint après un sérieux décalage. La station devait survoler l'autre hémisphère.

– Au cours de mon séjour à Astrograd, je me suis trouvé à la clinique en même temps que de nombreux autres malades. Puis-je vous demander selon quels critères vous les sélectionnez pour le traitement?

Cette fois, le délai dépassa largement le retard dû à la lenteur des ondes radio. Enfin, la réponse lui parvint :

– Eh bien, selon leurs chances de guérison, naturellement.

– Mais vos installations doivent être très réduites, et je suis loin d'être le seul candidat.

– Je ne saisis pas très bien... commença le Dr Harkness d'une voix soucieuse.

Steelman déplaça son regard sur la partie droite

de l'écran. Comment reconnaître en cet homme dont le regard se rivait au sien l'adversaire malheureux qu'il avait mis au supplice quelques années auparavant? En lui donnant son baptême du feu politique, la leçon avait trempé Harkness. Steelman lui avait ouvert les yeux, et l'élève avait fait bon usage du savoir durement acquis.

Dès le début, Steelman avait su à quoi s'en tenir sur son mobile. Harkness eût été bien différent de ses semblables s'il n'avait savouré l'occasion de revanche offerte par le triomphe de ses convictions. En tant que Directeur de l'Administration Spatiale, il savait aussi que la moitié de ses combats budgétaires n'auraient plus lieu d'être livrés lorsque le monde entier apprendrait qu'un Président potentiel des États-Unis se faisait soigner dans un hôpital spatial soviétique... parce que son propre pays ne possédait pas de telles installations.

– Docteur Harkness, fit Steelman avec courtoisie, ce problème ne concerne que *moi*. J'attends votre réponse, professeur.

Malgré l'importance de l'enjeu, il goûtait pleinement l'ironie de la situation. Les deux savants, naturellement, défendaient dans cette affaire un intérêt identique. Stanyukovitch avait lui aussi ses problèmes à résoudre. Steelman imaginait sans peine les débats qui s'étaient déroulés à Astrograd et à Moscou et comprenait l'empressement des astronautes soviétiques à saisir cette chance – largement méritée, d'ailleurs.

Douze ans auparavant, cette collaboration eût été impensable. Et voilà que la NASA et la Commission Astronautique Soviétique travaillaient main dans la main, se servant de lui comme d'un pion au service de leur intérêt mutuel. Il ne leur en tenait pas rigueur car à leur place, il eût agi de même, mais il répugnait à jouer le rôle du pion. Il était un homme, et dans une certaine mesure, encore maître de son destin.

– Il est vrai, dit Stanyukovitch avec beaucoup de réticence, que la capacité d'accueil de Mechnikov est très limitée. De toute façon, la station est un laboratoire de recherche, et non un hôpital.

– Combien de malades pouvez-vous accueillir? insista Steelman.

– Eh bien... moins de dix, reconnut Stanyukovitch de très mauvaise grâce.

Le dilemme était vieux comme le monde, mais jamais il n'aurait pensé qu'il pût un jour s'appliquer à son propre cas. Des profondeurs de sa mémoire surgit un article qu'il avait parcouru bien des années auparavant. Lorsqu'on avait découvert la pénicilline, elle était tellement rare que si Roosevelt et Churchill en avaient eu besoin au même moment, un seul aurait pu être sauvé...

Moins de dix. Douze autres malades s'étaient trouvés avec lui à Astrograd, et combien y en avait-il, de par le monde? Pour la centième fois, il revit le jeune couple pathétique qu'il avait remarqué dans la salle d'attente. Peut-être ne pouvait-il rien pour eux. Mais il n'en aurait jamais la certitude.

Ce dont il était conscient, en revanche, c'était l'écrasante responsabilité qui pesait sur lui. Certes, nul ne peut prévoir l'avenir, et les conséquences lointaines de nos décisions nous demeurent inaccessibles, mais sans son entêtement, peut-être son pays aurait-il aujourd'hui son propre hôpital spatial gravitant au-delà de l'atmosphère. Combien de vies américaines avait-il sur la conscience? Pouvait-il accepter l'aide qu'il avait refusée aux autres? Naguère, peut-être eût-il répondu oui... mais plus maintenant.

– Messieurs, dit-il, je peux vous parler franchement à tous deux, car vos intérêts sont ici les mêmes. (Cette légère pointe ne passa inaperçue ni à l'un ni à l'autre.) J'apprécie votre aide et je vous remercie de la peine que vous avez prise. Je regrette que ce soit en vain. Non – laissez-moi terminer. Il ne s'agit nullement d'une décision subite prise sur un généreux coup de tête. Si j'avais dix ans de moins, peut-être agirais-je différemment. Mais dans les circonstances actuelles, et compte tenu de mes antécédents (son regard intercepta le sourire crispé du Dr Harkness) je pense qu'un autre malade doit profiter de cette chance. J'ai d'autres raisons, d'ordre plus personnel, et ma décision est irrévocable. Ce n'est, croyez-le bien, ni de la désinvolture ni de l'ingratitude, mais je souhaite que nous en restions là. Merci encore, et adieu.

Il coupa la communication. Les visages stupéfaits des deux savants s'estompèrent sur l'écran. Il était à nouveau en paix avec lui-même.

Imperceptiblement, le printemps céda la place à l'été. Les fêtes tant attendues du Bicentenaire ne furent bientôt plus qu'un souvenir; pour la première fois depuis des années, il put apprécier la Fête Nationale en tant que simple citoyen. Son tour était venu de regarder les autres effectuer leurs numéros – ou de les ignorer, s'il le désirait.

Parce qu'on ne rompt pas si facilement avec les habitudes d'une vie entière et que l'occasion ne se représenterait plus, il passa de longues heures devant sa télévision à regarder les deux Conventions et à écouter les commentaires des journalistes. A présent qu'il considérait le monde sous l'angle de l'éternité, il pouvait se permettre le luxe de l'objectivité. L'enjeu était de taille et les débats passionnants, mais déjà son détachement était semblable à celui d'un observateur venu d'une autre planète. Les minuscules silhouettes qui vociféraient sur l'écran étaient d'amusantes marionnettes et le spectacle ne manquait pas d'intérêt, mais pour lui, désormais, tout cela n'avait aucune importance.

Un jour, cependant, ses petits-enfants se produiraient à leur tour dans ce spectacle. Il ne l'avait pas oublié. Ils représentaient sa contribution à l'avenir, quel qu'il fût. Et pour comprendre l'avenir, il fallait connaître le passé.

Tandis que la voiture filait le long de Memorial Drive, il les emmenait dans le passé. Diana était au volant, à côté d'Irène. Il partageait la banquette arrière avec les enfants, désignant à leur attention certains aspects du paysage familier. Familier à ses yeux, bien sûr, mais non aux leurs. Et même s'ils n'étaient pas assez grands pour comprendre tout ce qu'ils voyaient, il espérait qu'ils se souviendraient.

Ils dépassèrent la tranquillité de marbre d'Arlington (une fois encore il évoqua le souvenir de Martin qui reposait de l'autre côté du monde) et la voiture monta à l'assaut des collines. Derrière eux, tel un mirage, Washington dansait et frémissait dans la brume estivale. Enfin, un méandre de la route déroba la ville à leurs regards.

Tout était calme à Mount Vernon; on était en début de semaine et les visiteurs étaient peu nombreux. Ils descendirent de voiture et se dirigèrent vers la maison. Steelman se demandait qu'elles eussent été les pensées du premier Président des Etats-Unis en voyant l'état actuel de sa demeure. Impeccablement conservée, elle entrait dans son second siècle : îlot de pérennité contre lequel venait s'échouer la rivière du temps.

Ils déambulèrent sans hâte à travers les salles aux dimensions harmonieuses en s'efforçant de répondre de leur mieux aux questions continuelles des enfants, tout en s'imprégnant de l'atmosphère simple et paisible d'un mode de vie oublié. (Mais avait-il semblé aussi simple et paisible à ceux qui l'avaient connu?) Il était si difficile d'imaginer un monde sans électricité, sans radio, sans autre énergie que celles des muscles, du vent et de l'eau. Un monde où rien n'allait plus vite qu'un cheval au galop et où la plupart des gens mouraient à quelques kilomètres seulement de leur lieu de naissance.

La chaleur, l'exercice et le flot incessant des questions se révélèrent plus fatigants que ne l'avait prévu Steelman. Lorsqu'ils eurent parcouru la Salle de Musique, il décida de se reposer. Des bancs accueillants étaient disposés sous le porche. Là, il pourrait s'asseoir au frais et contempler avec délice le vert profond de la pelouse.

– Rejoignez-moi à l'extérieur, dit-il à Diana, lorsque vous aurez vu la cuisine et les écuries. J'aimerais m'asseoir un moment.

– Tu te sens bien, tu en es sûr? demanda-t-elle, inquiète.

– Parfaitement bien, mais je ne veux pas me surmener. D'autre part, les gosses ont épuisé mes ressources : je serais incapable de fournir une seule autre réponse. A toi de faire travailler ton imagination; d'ailleurs, la cuisine, c'est ton rayon.

Diana eut un pâle sourire.

– Je n'ai jamais été ce qu'on appelle un cordon-bleu, n'est-ce pas? Mais je ferai de mon mieux. Cela ne devrait pas nous retenir plus d'une demi-heure.

Lorsqu'ils se furent éloignés, il sortit lentement pour faire quelques pas sur la pelouse. En contrebas, le Potomac serpentait vers son embouchure. Deux siècles auparavant, Washington avait dû se tenir à cet endroit. Quelques mois plus tard, Martin Steelman, trente-huitième Président des États-Unis en eût fait autant, si le destin en avait décidé autrement.

Des regrets, il en avait quelques-uns, naturellement. Certains hommes pouvaient satisfaire leur rêve de puissance tout en restant heureux, mais ce bonheur-là lui était interdit. Tôt ou tard, son ambition l'eût consumé. Au cours de ces dernières semaines, il avait connu la sérénité et pour ce répit, aucun prix n'était trop élevé.

Il l'avait échappé belle, aucun doute là-dessus. Il se le répétait encore lorsque son temps expira et que la Mort descendit sans hâte du ciel radieux.

Colombo
Juillet 1960

ESPRIT, ES-TU LÀ?

Lorsque je reçus l'appel de *Control*, j'étais en train de rédiger mon rapport quotidien dans la Coupole d'Observation, le bureau à dôme transparent qui surgit de l'axe de la station comme le moyeu d'une roue. Ce n'est pas l'endroit idéal pour travailler, car le spectacle est irrésistible. A quelques mètres seulement de là se déroulait le lent ballet de l'équipe de constructeurs qui assemblaient la station comme un gigantesque Meccano. Derrière eux, à trente mille kilomètres en contrebas, le globe d'un vert bleuté de la Terre se découpait dans toute sa splendeur contre la poussière d'étoiles de la Voie Lactée.

– Ici le Coordonnateur de Station, répondis-je. Que se passe-t-il?

– Notre radar renvoie un petit écho à trois kilomètres de distance, presque stationnaire. Position : cinq degrés environ à l'ouest de Sirius. Pouvez-vous nous en donner la description?

Il était peu vraisemblable qu'un objet accompagnant si précisément notre orbite fût un météore. Sans doute s'agissait-il de quelque chose que nous avions laissé tomber, un accessoire mal fixé, peut-être, qui se serait détaché de la station. Tel était mon avis, mais lorsque je sortis mes jumelles et fouillai le ciel dans le voisinage d'Orion, je m'aperçus vite de mon erreur. Ce voyageur spatial avait bien été fabriqué par l'homme, mais il n'avait aucun rapport avec nous.

– Je l'ai trouvé, dis-je. C'est un satellite expérimental; il est de forme conique, avec quatre antennes et un système de lentilles dans la partie inférieure. *U.S. Air Force,* début des années soixante à en juger par sa forme. Je savais qu'ils en avaient égaré quelques-uns, à la suite de la défaillance d'émetteurs. Avant qu'on puisse atteindre cette orbite, de nombreuses tentatives ont échoué.

Après avoir brièvement consulté le fichier, *Control* fut en mesure de confirmer cette hypothèse. Il nous fallut davantage de temps pour apprendre qu'à Washington, on n'était pas le moins du monde intéressé par la découverte d'une épave vieille de vingt ans et qu'on nous recommandait implicitement de l'abandonner à son errance.

– On ne peut pas se contenter de le laisser là, déclara *Control.* Même si personne n'en veut, ce machin représente une menace pour la navigation. Il faut que quelqu'un aille le chercher et le hisse à bord.

Ce quelqu'un, je m'en rendis compte aussitôt, ne pouvait être que moi. Je n'osais pas priver l'équipe de constructeurs de l'un de ses membres, tous étroitement soudés. Nous n'étions déjà pas en avance, et dans ce genre de boulot, un seul jour de retard coûte un million de dollars. Sur toute la Terre, les réseaux de télévision et de radio attendaient impatiemment de pouvoir acheminer leurs programmes par notre intermédiaire afin de desservir le globe d'un pôle à l'autre.

– Je vais aller le récupérer, dis-je.

Je fis claquer un élastique autour de mes documents de peur que le courant d'air provenant du système de ventilation ne les disperse à travers la pièce. Je faisais de mon mieux pour leur donner à tous l'impression que c'était pour moi une corvée, alors qu'en réalité, la perspective de faire une sortie me réjouissait. Cela ne m'était pas arrivé depuis quinze jours, au moins, et j'en avais par-dessus la tête des inventaires, rapports de surveillance et autres ingrédients savoureux qui sont le lot quotidien d'un coordonnateur de station spatiale.

L'unique membre de l'équipage que je croisai en me dirigeant vers le sas fut le chat Tommy, notre nouvelle mascotte. Les animaux sont de précieux compagnons lorsqu'on se trouve à des milliers de kilomètres de la Terre, mais rares sont ceux qui parviennent à s'adapter à l'apesanteur. Tommy émit un miaulement plaintif en me regardant m'introduire dans ma combinaison, mais j'étais trop pressé pour jouer avec lui.

A ce stade du récit, peut-être serait-il utile de préciser que les scaphandres utilisés sur la station n'ont rien de commun avec ces combinaisons flexibles dont étaient affublés les hommes lorsqu'ils allaient se promener sur la Lune. Ce sont en fait de véritables mini-vaisseaux, juste assez grands pour contenir un seul passager. Ils ont l'aspect de cylindres rigides de sept pieds de long, dotés de réacteurs à faible puissance et, à l'extrémité supérieure, d'une paire de manches en accordéon pour les bras de l'opérateur. Mais généralement, on garde ses mains sur le dispositif de commande placé devant soi.

A peine installé dans mon petit domaine, je mis le contact et vérifiai les jauges sur mon minuscule tableau de bord. « CORB » : c'est le mot magique que murmure invariablement tout astronaute lorsqu'il se glisse dans son scaphandre. Grâce à lui, il ne s'embarque jamais sans avoir vérifié carburant, oxygène, radio et batteries. Mes aiguilles indiquaient que tout était en ordre, aussi j'abaissai sur ma tête l'hémisphère transparent et fermai les ouvertures. Pour un aussi bref séjour dans l'espace, je négligeai de m'assurer du contenu des compartiments internes du scaphandre destinés à recevoir la nourriture et les accessoires en vue de missions prolongées.

La bande transporteuse me déposa dans le sas, tel un bébé indien sur le dos de sa mère. Puis les pompes abaissèrent la pression jusqu'à zéro, la porte s'ouvrit et les derniers vestiges d'air m'expulsèrent dans les étoiles en tournoyant lentement sur moi-même.

La station n'était qu'à quelques mètres, pourtant j'étais devenu une planète indépendante, un petit monde autonome. J'étais bouclé dans un mince cylindre mobile qui m'offrait une vue incomparable de l'Univers, mais à l'intérieur duquel je n'avais pratiquement aucune liberté de mouvement. Le siège rembourré et les ceintures de sécurité m'empêchaient de me retourner, bien que toutes les commandes et les compartiments fussent à portée de mes mains ou de mes pieds.

Dans l'espace, le pire ennemi est le soleil. En quelques secondes, il peut vous rendre aveugle. Avec d'infinies précautions, je levai les filtres sombres sur le côté de ma combinaison qui était plongé dans la nuit et tournai la tête pour contempler les étoiles. Simultanément, je mis sur l'automatique le pare-soleil extérieur. Ainsi, de quelque côté que se tourne le scaphandre, mes yeux seraient protégés de l'intolérable clarté.

Je ne tardai pas à repérer mon objectif, tache argentée dont l'éclat métallique le distinguait sans erreur possible des étoiles environnantes. J'écrasai la pédale d'arrivée des gaz et sentit la légère impulsion de l'accélération au moment où les réacteurs à faible puissance creusaient l'écart avec la station. Après dix secondes d'une poussée régulière, j'estimai que ma vitesse était suffisante et coupai les gaz. Il me faudrait cinq minutes pour couvrir le reste du trajet et pas davantage pour revenir avec mon épave.

Au moment précis où je me lançai dans l'abîme, je pris conscience d'une terrifiante anomalie.

Le silence n'est jamais absolu à l'intérieur d'un scaphandre spatial; on perçoit toujours le faible chuintement de l'oxygène, le léger vrombissement des ventilateurs et des moteurs, le murmure de sa propre respiration... et si l'on est attentif, le battement cadencé de son cœur. Incapables de s'échapper dans le vide, ces différents bruits sont répercutés par les parois du scaphandre. Inaperçus la plupart du temps, ils constituent le fond sonore de la vie dans l'espace et c'est seulement lorsqu'ils changent que l'astronaute prend conscience de leur existence.

Ils avaient changé. Un autre son que je ne parvenais pas à identifier s'était joint aux autres. Il s'agissait d'un bruit mat et intermittent qu'accompagnait parfois un léger grincement semblable à celui que produisent deux pièces de métal frottées l'une contre l'autre.

Je me figeai. Retenant mon souffle, je tendis l'oreille pour tenter de localiser ce bruit insolite. En vain, je consultai les cadrans du tableau de bord. Imperturbables, les aiguilles demeuraient à leur place et je ne vis s'allumer aucun de ces clignotants rouges qui annoncent une catastrophe imminente. J'aurais dû m'en trouver rassuré, mais ce ne fut pas le cas. Depuis longtemps, j'ai appris à me fier à mon seul instinct pour ce genre de choses, et ces signaux d'alarme flamboyaient, m'enjoignant de rejoindre la station avant qu'il ne fût trop tard.

Aujourd'hui encore, je répugne à évoquer les quelques minutes qui suivirent. Mon esprit cédait à la panique. Tel un flot dévastateur, elle submergeait les barrières que le bon sens et la logique élèvent naturellement contre l'énigme de l'Univers.

Pour la première fois, j'affrontais la démence. Aucune explication rationnelle ne s'accordait avec les faits.

Car il fallait se rendre à l'évidence : il n'était plus possible d'incriminer quelque mécanisme défectueux. Malgré mon isolement absolu, loin de tout être humain et de tout objet, je n'étais plus seul. Du vide insondable me parvenaient, imperceptibles mais sans possibilité de méprise, les balbutiements de la vie.

Mon cœur cessa de battre. J'eus l'impression que quelque chose d'invisible tentait de s'insinuer dans mon scaphandre pour y chercher refuge contre le vide impitoyable de l'espace. Je me tortillai éperdument dans mon harnais afin de jeter un regard circulaire, évitant toutefois le cône éblouissant en direction du soleil. Naturellement, il n'y avait rien. Le contraire eût été impossible. Pourtant, le grattement résolu avait repris de plus belle.

Contrairement à toutes les idioties qui ont pu être écrites sur notre compte, les astronautes ne sont pas superstitieux. Mais comprenez-moi bien : ma raison était à bout de ressource; soudain, je me souvins des circonstances au cours desquelles Bernie Summers avait trouvé la mort. Comme moi, il se trouvait non loin de la station.

Un accident « inconcevable », comme ils le sont toujours. Trois choses s'étaient détraquées simultanément. Son doseur d'oxygène avait flanché et la pression était montée en flèche, la soupape de sûreté ne s'était pas ouverte – enfin, un joint défectueux avait cédé. En l'espace d'une fraction de seconde, son scaphandre s'était ouvert au vide.

Bernie et moi ne nous étions jamais vus, mais son destin revêtit soudain à mes yeux une importance démesurée. Un horrible pressentiment s'était fait jour dans mon esprit. C'est un sujet tabou, mais un scaphandre endommagé est trop précieux pour qu'on s'en débarrasse, même s'il est responsable de la mort de celui qui le portait. On le répare, on le renumérote et on l'attribue à quelqu'un d'autre.

Que devient l'âme d'un homme lorsqu'il rend son dernier soupir au milieu des étoiles, loin de son monde natal? Es-tu toujours là, Bernie, cramponné au dernier objet qui te rattache encore à ton foyer perdu?

Tout en luttant contre les cauchemars qui m'assaillaient de toutes parts – on eût dit, en effet, que les grattements et les tapements étouffés provenaient de plusieurs directions à la fois –, je m'agrippais à un dernier espoir. Pour préserver ma santé mentale, je devais m'assurer que ce n'était pas le scaphandre de Bernie, que jamais les parois métalliques qui m'enveloppaient si étroitement n'avaient servi de cercueil à un autre homme.

Après plusieurs tentatives, je parvins à presser le bon bouton et à émettre sur la longueur d'onde de secours.

– Station! haletai-je, j'ai des ennuis! Faites des recherches pour vérifier l'origine de mon scaphandre et...

Je n'allai pas plus loin. Il paraît que mon hurlement déchira le micro. Mais quel homme, prisonnier de l'absolue solitude de son scaphandre spatial, n'eût crié, si quelque chose lui avait doucement frappé la nuque?

J'ai dû me jeter en avant, malgré le harnais de sécurité, et aller donner contre l'angle supérieur du tableau de bord. Lorsque l'équipe de sauvetage m'atteignit quelques minutes plus tard, je n'avais pas repris connaissance. Mon front était orné d'une superbe contusion.

Je fus la dernière personne à apprendre ce qui s'était réellement passé. Lorsqu'au bout d'une heure je retrouvai mes esprits, toute notre équipe médicale était rassemblée autour de mon lit, mais un certain temps s'écoula avant que l'on consentît à s'intéresser à moi. Ils étaient bien trop occupés à jouer avec les trois adorables chatons que notre Tommy, le mal nommé, avait élevé dans le secret du compartiment à ravitaillement N° 5 de mon scaphandre.

Dallas
Février 1958.

AVANT L'EDEN

A l'instar de « Je me souviens de Babylone », ce récit était destiné à servir d'avertissement. Mais, comme toujours, Wells fut le premier à aborder le problème de la contamination planétaire avec La Guerre des Mondes.

Aujourd'hui, cette préoccupation est à l'origine de la création d'un comité international (le CETEX), l'état-major de la NASA compte parmi ses membres un officier spécialiste de « Quarantaine planétaire », et Sir Bernard Lovell accuse les Soviétiques d'avoir envoyé sur Vénus des sondes non stérilisées.

Depuis l'URSS a réagi en affirmant que sa première sonde vénusienne était convenablement stérilisée. Si c'est un mensonge, les événements contenus dans cette nouvelle se sont peut-être déjà produits.

– Il me semble, dit Jerry Garfield en coupant le contact, que nous arrivons au terminus.

Avec un doux soupir, les réacteurs inférieurs expirèrent; privé de son coussin d'air, le véhicule de reconnaissance *Rambling Wreck* s'affaissa sur les roches chaotiques du Plateau des Hespérides.

Pas moyen de continuer. Ni à l'aide de ses réacteurs, ni sur ses chenilles, le S.5 – tel était le nom officiel du *Rambling Wreck* – ne pouvait faire l'ascension de l'escarpement qui se dressait devant lui. Le Pôle Sud de Vénus n'était qu'à une cinquantaine de kilomètres, mais il aurait aussi bien pu se trouver sur une autre planète. Il leur fallait rebrousser chemin et refaire six cents kilomètres à travers ce paysage de cauchemar.

Le temps était d'une clarté extraordinaire, avec une visibilité de près d'un kilomètre. Nul besoin du radar pour discerner les falaises qui barraient leur route; pour une fois, l'œil nu suffisait. L'aurore verte filtrant à travers les nuages amoncelés depuis un million d'années conférait au paysage l'aspect d'une vue sous-marine, encore accentué par la brume qui noyait tous les lointains. Il leur était facile d'imaginer qu'ils suivaient le fond plat de la mer et, plus d'une fois, Jerry crut voir des poissons filer au-dessus de lui.

– Dois-je appeler le vaisseau et les prévenir que nous faisons demi-tour? demanda-t-il.

– Pas encore, dit le Dr Hutchins. Laissez-moi réfléchir.

Jerry jeta un coup d'œil implorant au troisième membre de l'expédition. Coleman resta de marbre. Lui et Hutchins ne cessaient de se chamailler, mais tous deux étaient des savants et, par conséquent, du point de vue de leur ingénieur-navigateur, des citoyens pas tout à fait responsables. Si Cole et Hutch étaient déterminés à aller de l'avant, les protestations de Jerry resteraient vaines.

Hutchins arpentait la cabine exiguë, consultant cartes et instruments. Soudain, il braqua les projecteurs du S.5 sur les falaises et entreprit de les examiner attentivement à la jumelle. « S'il s'imagine que je vais grimper là-haut, songea Jerry, il se trompe. Le S.5 était une chenillette sur coussin d'air, pas un chevreau de montagne ».

Hutchins fit soudain une découverte. Il poussa une exclamation puis, se tournant vers Coleman :

– Regardez ! lui intima-t-il d'une voix vibrante, juste à gauche de la tache noire ! Dites-moi ce que vous voyez.

Il lui tendit les jumelles. A son tour, Coleman écarquilla les yeux.

– Ça alors ! s'écria-t-il enfin. Vous aviez raison. Il y a bien des rivières sur Vénus. C'est une cascade asséchée.

– Vous me devez donc un dîner au *Beau Gourmet* dès notre retour à Cambridge. Au champagne.

– Je sais, je sais. D'ailleurs, autant dire que c'est pour rien. Mais en ce qui concerne le reste de vos absurdes théories, cela ne prouve abs...

– Un instant, intervint Jerry. Que signifient ces histoires de rivières et de cascades ? Sur Vénus, cela n'existe pas, tout le monde le sait. Il ne fait jamais suffisamment froid dans ce fichu bain de vapeur pour permettre aux nuages de se condenser.

– Avez-vous jeté un coup d'œil sur le thermomètre, récemment ? demanda Hutchins sur le ton que l'on emploie pour s'adresser à un enfant un peu lent.

– A vrai dire, je n'en ai guère eu le temps.

– Alors, préparez-vous à un choc. Il est tombé à 110°, et il continue de descendre. N'oubliez pas que nous sommes presque au Pôle, à dix mille mètres d'altitude, et que c'est l'hiver. L'air est sensiblement piquant. Encore quelques degrés de moins et nous aurons de la pluie. De l'eau bouillante, certes, mais de l'eau tout de même. Et bien que George se refuse à l'admettre, cela bouleverse toutes les données reçues sur cette planète.

– Pourquoi ? demanda Jerry, bien qu'il eût déjà deviné la réponse.

– Là où il y a de l'eau, la vie est possible. Trop vite,

nous avons décrété que Vénus était stérile, simplement parce que sa température moyenne est de 250°. Ici, il fait beaucoup plus froid et c'est la raison pour laquelle je tenais tellement à aller au Pôle. Il y a des lacs sur ces plateaux, et je tiens à les voir.

– Mais ce sont des lacs d'eau bouillante, protesta Coleman, rien ne pourrait y vivre.

– Sur Terre, certaines algues y parviennent. Et si notre exploration des planètes nous a appris quelque chose, c'est que la vie apparaît dès qu'elle a la moindre chance de subsister.

– Je regrette que nous ne puissions vérifier votre théorie, mais vous le constatez vous-même : cette falaise est infranchissable.

– Avec ce véhicule, il ne faut pas y songer, mais peut-être pouvons-nous escalader ces rochers, malgré le poids de nos combinaisons isothermiques. Encore quelques kilomètres et nous y serons. D'après les cartes radar, c'est un plateau pratiquement horizontal, une fois atteint le sommet des falaises. Nous devrions y parvenir en douze heures. Chacun de nous est parfois resté dehors pour des durées plus longues et dans des conditions bien pires.

C'était parfaitement exact. Conçues pour résister aux températures des basses terres vénusiennes, les combinaisons verraient leur tâche singulièrement facilitée sur ce plateau où il ne faisait guère que cinquante degrés de plus que dans la Vallée de la Mort, en plein été.

– D'accord, dit Coleman. Mais le règlement nous interdit d'y aller seul et quelqu'un doit demeurer ici pour garder le contact avec le vaisseau. Que proposez-vous, échecs ou cartes ?

– Les échecs prennent trop de temps, surtout avec vous deux. (Il farfouilla dans le compartiment des plans et en ramena un jeu de cartes tout écorné). A vous de couper, Jerry.

– Dix de pique. J'espère que vous ferez mieux, George.

– Moi aussi. Cinq de carreau ! Dommage... saluez les Vénusiens de ma part !

Malgré les assurances de Hutchins, l'ascension se révéla plus laborieuse que prévu. La pente n'était pas trop raide, mais la gravité très basse – inférieure de trente pour cent à celle de la Terre – ne leur était pas d'un grand secours pour compenser le poids des appareils à oxygène, combinaisons réfrigérantes et matériel scientifique qui dépassait cinquante kilos par personne. Ils gravirent péniblement des éboulis, s'arrêtant de temps à autre sur des corniches pour reprendre leur souffle avant de recommencer à grimper dans le crépuscule sous-marin. La lumière émeraude qui baignait le paysage était plus intense que celle de la pleine Lune. A quoi bon une lune sur Vénus, songea Jerry. Jamais sa clarté n'aurait pu traverser les nuages pour atteindre la surface et il n'y avait pas d'océans dont elle eût pu régulariser les marées. D'ailleurs cette aurore permanente était une source de lumière bien plus constante.

Ils avaient ainsi escaladé plus de six cents mètres lorsque la pente s'atténua. Elle était creusée de rigoles visiblement dues au passage d'une eau courante. Ils finirent par trouver une ravine assez large et profonde pour mériter le nom de lit de rivière et la suivirent.

– Au fait, dit Jerry au bout de deux cents mètres, que se passera-t-il si une tempête se lève ? Ça ne me dit rien d'affronter un raz de marée d'eau bouillante.

– Si une tempête se lève, répliqua Hutchins impatiemment, nous l'entendrons. Nous aurons tout le temps de nous mettre à l'abri.

Il avait raison, bien sûr, pourtant Jerry ne se sentait nullement réconforté. Ils suivaient toujours la pente faiblement inclinée du cours d'eau. Son inquiétude remontait à l'instant où ils avaient franchi le bord de la falaise, perdant ainsi tout contact radio avec le S.5. A cette époque, perdre le contact avec le reste de l'humanité constituait une expérience unique et angoissante. De sa vie entière, Jerry n'avait connu semblable isolement; même à bord du *Morning Star*, lorsqu'ils étaient à quelque deux cents millions de kilomètres de la Terre, il pouvait toujours envoyer un message à sa famille et recevoir une réponse dans les minutes qui suivaient. Et voici que quelques mètres de rochers l'avaient coupé des autres hommes. Si quelque chose leur arrivait, on ne le saurait jamais, à moins qu'une autre expédition ne découvrît leurs corps. Il était convenu que George attendrait un certain nombre d'heures : passé ce délai, il reprendrait, seul, le chemin du vaisseau. Je n'ai vraiment pas la trempe d'un explorateur, songea Jerry avec amertume. Il adorait être aux commandes d'engins compliqués, et c'était la raison pour laquelle il s'était un jour retrouvé dans un vaisseau spatial. Depuis toujours, il était conscient de ce que cela pouvait impliquer, mais il était un peu tard pour changer d'avis.

Lorsqu'ils eurent longé les méandres de la rivière asséchée pendant cinq kilomètres environ, toujours dans la direction du Pôle, Hutchins s'arrêta pour faire quelques observations et prélever des échantillons.

– Le thermomètre a encore baissé, annonça-t-il. 92° ! De loin la température la plus froide jamais enregistrée sur Vénus. Dommage que je ne puisse le faire savoir à George !

Jerry essaya toutes les bandes. Il tenta même de repérer le vaisseau, car les variations imprévisibles de l'ionosphère vénusienne permettaient parfois des réceptions à longue distance, mais il ne perçut pas le moindre frémissement d'onde porteuse couvrant le crépitement des orages.

– De mieux en mieux ! s'écria Hutchins d'une voix où perçait un réel enthousiasme. Le taux d'oxygène ne cesse d'augmenter ! Il atteint quinze millionièmes, contre cinq autour du véhicule, sans parler des basses terres où il existe en quantité indécelable.

– Mais qu'est-ce que quinze millionièmes ? répliqua Jerry. Aucun organisme ne peut survivre en respirant un *air* pareil !

– Votre raisonnement est faux, expliqua Hutchins. Personne ne le respire, mais quelque chose le *fabrique*. A votre avis, d'où provient l'oxygène que nous respirons sur Terre ? De la vie – de la vie végétale. Avant l'apparition des végétaux, l'atmosphère de la Terre était semblable à celle-ci : un mélange d'anhydride carbonique, d'ammoniac et de méthane. Puis les végétaux sont venus et peu à peu, ils ont rendu l'atmosphère respirable pour les animaux.

– Je vois. Et vous pensez qu'un processus identique a commencé ici ?

– Ça m'en a tout l'air. Non loin d'ici, *quelque chose* produit de l'oxygène... vraisemblablement une forme quelconque de vie végétale.

– Et là où il y a des végétaux, fit pensivement observer Jerry, les animaux ne sont plus loin.

– En effet, dit Hutchins. (Il boucla son sac et se remit en route.) Mais il faut compter des centaines de millions d'années. J'espère que nous ne sommes pas trop en avance.

– Tout cela est très joli, répondit Jerry, mais supposez un instant que nous tombions sur une créature qui n'apprécie pas notre présence ? Nous ne sommes pas armés.

Hutchins émit un grognement écœuré.

– A quoi bon ? Vous êtes-vous jamais demandé de quoi nous avions l'air ? A notre vue, n'importe quel animal détalerait aussitôt.

Il y avait là-dedans une bonne part de vérité. Comme des armures étincelantes, leurs combinaisons de métal réfléchissant les couvraient de la tête aux pieds. Nul insecte ne pouvait se vanter d'avoir des antennes plus complexes que celles qui surmontaient leurs casques et leurs paquetages, et les épaisses lentilles à travers lesquelles ils observaient le monde avaient l'aspect de monstrueux yeux vides. Peu d'animaux terrestres se fussent risqués à affronter semblables apparitions, mais leurs homologues vénusiens raisonnaient peut-être différemment.

Jerry en était encore à peser le pour et le contre lorsque le lac surgit à leurs yeux. Au premier regard, le miroir ténébreux, serti au creux des collines, évoqua pour eux, non la vie qu'ils cherchaient, mais plutôt la mort; une brume permanente dissimulait sa rive opposée et des colonnes de vapeur fantomatiques montaient en tourbillonnant de sa surface. Il n'y manquait que la barque de Charon, gardien du Royaume des Ombres, ou le Cygne de Tuonela glissant majestueusement sur les eaux noires...

En dépit de cette impression sinistre, ce qu'ils avaient sous les yeux était un miracle : la première étendue d'eau jamais découverte sur Vénus. Déjà, Hutchins était tombé à genoux, dans une attitude de vénération, pour recueillir quelques gouttes du précieux liquide qu'il examina ensuite sous son microscope de poche.

– Alors? s'enquit anxieusement Jerry.

Hutchins secoua la tête.

– S'il y a quelque chose, cet instrument n'est pas assez précis pour le révéler. Nous en saurons sans doute davantage lorsque nous serons de retour au vaisseau.

Il scella une éprouvette et la rangea dans son sac aussi tendrement qu'un prospecteur une pépite d'or. Ce n'était sans doute que de l'eau, mais peut-être s'agissait-il d'un univers peuplé de créatures inconnues au premier stade de la longue évolution qui, dans un milliard d'années, déboucherait sur l'intelligence.

Hutchins n'avait pas fait plus de dix pas sur la rive du lac lorsqu'il se figea sur place, si brusquement que Jerry faillit se heurter à lui.

– Que se passe-t-il? demanda-t-il. Vous avez vu quelque chose?

– Cette plaque rocheuse noire, là-bas. Je l'avais remarquée avant même que nous nous arrêtions.

– Et alors? C'est un rocher tout à fait ordinaire.

– *Je crois qu'il a grandi.*

Jamais Jerry ne devait oublier cet instant. Pour une obscure raison, il ne douta pas de l'affirmation de Hutchins; à ce stade, il était prêt à tout, même à croire que les rochers grandissaient. Le sentiment de solitude et de mystère, la présence de cette nappe d'eau sombre, le grondement incessant des orages lointains et le scintillement verdâtre de l'aurore avaient contribué à ébranler son esprit. Il était prêt à accepter n'importe quoi. Pourtant, il ne ressentait aucune peur; pas encore.

Il considéra le rocher. Il devait se trouver à cent cinquante mètres environ, bien qu'avec cette lueur crépusculaire, il fût difficile d'évaluer dimensions et distances. Le rocher – si rocher il y avait – était une plate-forme de couleur presque noire, située non loin de la crête d'un talus. A faible distance se trouvait une plaque analogue, mais beaucoup plus petite. Jerry tenta d'évaluer l'intervalle qui les séparait de façon à pouvoir se rendre compte d'un éventuel changement.

Même lorsqu'il vit lentement se réduire l'écart, il ne ressentit aucune crainte, juste une profonde stupeur. Ce ne fut que lorsque cet espace eut entièrement disparu qu'il comprit combien ses yeux l'avaient trompé. Alors, comme une étreinte de fer, l'épouvante lui broya le cœur.

Il n'était plus question de rochers mouvants; ce qu'ils avaient sous les yeux était une noire marée, un tapis rampant qui, avec une inexorable lenteur, avançait dans leur direction.

Ce moment de panique incontrôlée s'apaisa, heureusement, aussi vite qu'il était venu. Dès qu'il en eut compris la cause, Garfield put maîtriser sa terreur. Avec une odieuse précision, cette marée qui approchait lui avait rappelé la description d'une invasion de fourmis en Amazonie et la façon dont elles détruisaient tout sur leur passage...

Quelle que fût la nature exacte de cette marée, cependant, elle se déplaçait trop lentement pour représenter une menace, à moins de leur couper la retraite. Hutchins, l'unique paire de jumelles vissée sur les yeux, regardait intensément. Le biologiste qu'il était ne ressentait, semblait-il, aucune crainte. De quoi aurais-je l'air, se dit Jerry, en prenant mes jambes à mon cou?

Le tapis mouvant n'était plus qu'à une centaine de mètres. Hutchins ne desserrait toujours pas les dents. N'y tenant plus, Jerry se risqua à poser la question qui lui brûlait les lèvres.

– Mais enfin, *qu'est-ce que c'est?*

Hutchins s'anima soudain, telle une statue qui s'éveille à la vie.

– Excusez-moi, mon vieux, je vous avais complètement oublié. Un végétal, naturellement. Tout au moins, c'est encore ce nom-là qui lui convient le mieux.

– Mais, cela *bouge !*

– Et alors? Sur Terre également, les plantes bougent. Vous n'avez jamais vu un film accéléré sur la croissance du lierre?

– Mais le lierre ne se balade pas dans le paysage.

– Et le plancton? Il nage, figurez-vous.

Jerry se le tint pour dit. D'ailleurs, la vue de cette chose extravagante qui avançait lui ôtait toute envie de parler.

Il continuait de la considérer comme un tapis – un tapis moelleux, aux bords frangés. Selon les ondulations que lui imprimait sa progression, son épaisseur allait de quelques millimètres à plus de trente centimètres. Lorsqu'il se fut rapproché, la comparaison avec du velours noir s'imposa à l'esprit de Jerry. Il se demanda s'il était doux au toucher, puis se rappela qu'en tout état de cause, ce contact lui brûlerait les doigts. « S'il existe des Vénusiens, nous ne pourrons jamais échanger de poignées de main. Ils nous brûleraient les doigts et nous leur donnerions des engelures », pensa-t-il, en proie à l'insouciance nerveuse qui succède souvent à un choc brutal.

Jusqu'à présent, la chose ne semblait pas s'être aperçue de leur présence. Elle s'était contentée de progresser vers eux, telle une marée inconsciente. Si elle n'avait escaladé les petits obstacles dressés en travers de sa route, on aurait pu croire qu'il s'agissait d'une nappe liquide.

Soudain, arrivé à trois mètres d'eux, le tapis velouté ralentit. Sur la droite et sur la gauche, il continua de grignoter du terrain, mais la partie centrale s'immobilisa.

– Il nous encercle, dit Jerry, inquiet. Nous ferions aussi bien de reculer en attendant d'être certain qu'il n'y a aucun danger.

A son grand soulagement, Hutchins recula aussitôt. Après une brève hésitation, la créature reprit sa lente progression et la partie en creux regagna le terrain perdu.

Hutchins, alors, fit un pas en avant – et la chose se replia sans hâte. Il recula, elle avança. Une demi-douzaine de fois, le biologiste recommença le même manège, obtenant toujours le même résultat. C'est bien la première fois, songea Jerry, que je vois un homme valser avec une plante.

– Thermophobie, déclara Hutchins. Un réflexe purement automatique. Nous dégageons de la chaleur, et c'est cela que lui déplaît.

– De la chaleur ! s'exclama Jerry. Mais comparés à elle, nous sommes de véritables glaçons.

– Bien sûr. Mais pas nos combinaisons, et c'est tout ce qu'elle connaît de nous.

Naturellement, songea Jerry. On baigne dans la fraîcheur de notre combinaison et on oublie que le système de réfrigération que l'on porte sur son dos expulse dans l'air ambiant un souffle brûlant. Rien d'étonnant à ce que la plante vénusienne se soit écartée.

– Voyons comment elle réagit à la lumière.

Hutchins alluma son projecteur de poitrine et un flot de lumière blafarde balaya la pénombre verte. Avant l'arrivée de l'homme, aucun rayon de lumière blanche n'avait atteint la surface de Vénus, même en plein jour. Comme dans les fonds sous-marins, il n'y avait qu'un crépuscule verdâtre qui fonçait progressivement jusqu'au noir le plus absolu.

La métamorphose fut si ahurissante qu'elle leur arracha un cri de stupeur. En un éclair, le noir intense de l'épais tapis de velours avait disparu. A sa place, aussi loin que portaient leurs projecteurs, s'offrait à leurs regards une symphonie éblouissante de rouges ardents où se mêlait ici et là l'éclat subtil d'un filet d'or. Nul monarque persan ne possédât jamais tapis si somptueux, et pourtant cette merveille n'était que le produit accidentel de forces biologiques. En fait, jusqu'au moment où leurs projecteurs avaient déversé cette lumière inconnue, ces couleurs incomparables n'avaient jamais existé, et elles s'évanouiraient dès que la lumière venue de la Terre cesserait de les arracher au néant.

– Tikov avait raison, murmura Hutchins. Dommage qu'il ne soit pas là pour le voir.

– Comment cela, raison ? demanda Jerry, bien qu'il lui semblât presque sacrilège de parler en présence d'une telle splendeur.

– En Russie, il y a cinquante ans, Tikov découvrit que les plantes vivant dans des climats très froids tiraient sur le bleu ou le violet, tandis que celles des climats chauds étaient rouges ou orange. Il en conclut que la végétation martienne serait violette et que s'il existait des plantes sur Vénus, elles seraient rouges. Il avait raison dans l'un et l'autre cas. Mais nous ne pouvons rester plantés là. Le travail ne manque pas.

– Vous êtes sûr qu'il n'y a aucun danger ? demanda Jerry avec un regain de méfiance.

– Certain. Même si elle le voulait, elle ne pourrait pas toucher nos combinaisons. D'ailleurs, elle s'éloigne déjà.

Il avait raison. Ils discernaient maintenant que, dans sa totalité, la créature – s'il s'agissait d'une plante unique et non d'une colonie – couvrait une surface vaguement circulaire de cinquante mètres de diamètre environ. Elle glissait sur le sol comme l'ombre d'un nuage poussé par le vent. Après son passage, les rochers étaient piqués d'innombrables orifices comme s'ils avaient été attaqué par l'acide.

– Oui, dit Hutchins, après que Jerry lui eut fait remarquer ce phénomène. C'est ainsi que certains lichens se nourrissent. Ils sécrètent un acide qui dissout la roche. Mais ne me posez plus de questions – pas avant que nous soyons de retour au vaisseau. Il ne nous reste que deux heures pour accomplir un immense travail.

C'était de la botanique au pas de course... Le bord sensible de l'immense plante pouvait avoir des mouvements d'une rapidité surprenante lorsqu'il tentait de se soustraire à leur approche. On eût dit une gigantesque crêpe vivante, d'un demi-hectare de superficie. En dehors de ce recul instinctif provoqué par la chaleur qu'ils dégageaient, il n'y avait aucune réaction lorsque Hutchins prélevait des échantillons ou introduisait des sondes. Guidée par un étrange instinct végétal, la créature poursuivait imperturbablement sa progression par monts et par vaux. Peut-être suivait-elle une veine d'un minéral dont elle était friande; seuls les géologues pourraient répondre à cette question lorsqu'ils auraient analysé les échantillons de rochers que Hutchins avait prélevés avant et après le passage de la tapisserie vivante.

Le temps leur manquait pour envisager, ou même ébaucher, les innombrables questions soulevées par leur découverte. Ces créatures devaient être assez répandues pour qu'ils les aient si vite découvertes. Comment se reproduisaient-elles? Par pousse, spores, division ou tout autre moyen? D'où tiraient-elles leur énergie? Avaient-elles des cousins, des rivaux, des parasites? Il était impossible qu'elles fussent l'unique forme de vie de la planète; là où il y a une espèce, en effet, il y en a des milliers...

La faim et l'épuisement les contraignirent finalement à s'arrêter. La créature vénusienne pouvait se rassasier tout en faisant le tour de la planète – selon Hutchins, cependant, elle ne s'éloignait jamais du lac; de temps à autre, elle s'en rapprochait pour y plonger une longue vrille tubulaire – mais les animaux venus de la Terre devaient, eux, se reposer.

Ils gonflèrent la tente pressurisée, y pénétrèrent par le sas et purent enfin s'offrir le luxe de quitter leurs combinaisons isothermiques. Pour la première fois, alors qu'ils se détendaient, protégés par le petit hémisphère de plastique, ils prirent conscience de l'extraordinaire portée de leur découverte. Le monde sur lequel ils se trouvaient ne serait plus jamais le même. Vénus n'était plus stérile : elle avait rejoint la Terre et Mars.

A travers les gouffres de l'espace, la vie appelle la vie. Tout ce qui poussait ou se mouvait à la surface de n'importe quelle planète était le présage, la promesse que l'Homme n'était plus seul dans cet Univers de soleils flamboyants et de nébuleuses tourbillonnantes.

S'il n'avait encore découvert aucun compagnon avec lequel il pût parler, cela n'était pas surprenant, car il lui restait à explorer les ères et les années-lumière futures. En attendant, il devait protéger et choyer toutes les formes de vie, que ce fût-ce sur Terre, Mars ou Vénus.

Telles étaient les pensées de Graham Hutchins, le biologiste le plus heureux de tout le Système Solaire, alors qu'il aidait Garfield à rassembler leurs déchets dans un sac en plastique à fermeture hermétique.

Après avoir dégonflé la tente, ils se remirent en route, sans plus voir aucun signe de la créature qu'ils avaient examinée. Cela valait sans doute mieux : ils eussent été tentés de s'attarder pour entreprendre d'autres expériences et le temps qui leur était imparti approchait dangereusement de sa fin.

Aucune importance. Dans quelques mois, ils seraient de retour avec un groupe d'assistants, infiniment mieux équipés, et le monde entier aurait les yeux fixés sur eux. Pendant un milliard d'années, l'évolution avait œuvré pour rendre possible cette rencontre; dans ces conditions, que représentaient quelques mois de plus ou de moins?

L'espace d'un moment, rien ne bougea dans le paysage nimbé de brume verte; on n'y voyait plus ni homme ni tapis écarlate. Puis, ruisselant des collines ciselées par le vent, la créature réapparut. Ou peut-être s'agissait-il d'une autre créature de la même espèce, nul ne le saurait jamais. Elle coula jusqu'au petit tumulus de pierres où Hutchins et Garfield avaient enterré leurs ordures. Là, elle s'arrêta.

Elle ne ressentit aucune surprise, car elle était incapable d'émotion. Mais les exigences chimiques qui la poussaient à sillonner sans répit le plateau polaire criaient famine. Car, tout près, se trouvait la plus précieuse des nourritures : le phosphore, sans lequel ne jaillirait jamais l'étincelle de la vie. Elle commença à sonder le rocher, à s'insinuer dans les fissures et les anfractuosités, à gratter, à fouiller avec ses vrilles. Rien de tout cela n'était au-dessus de la capacité d'une plante ou d'un arbre terrestre, mais ses mouvements étaient mille fois plus rapides, et quelques minutes lui suffirent pour atteindre son objectif et perforer la pellicule de plastique.

Alors, elle se reput d'une nourriture plus concentrée que toutes celles qu'elle eût jamais absorbées. Elle engloutit les hydrates de carbone, les protéines, les phosphates, la nicotine des mégots de cigarettes, la cellulose des gobelets et des cuillères. Elle broya tous ses éléments et les assimila dans son corps étrange. Sans difficulté, et sans dommage.

Autrement dit, elle absorba tout un microcosme de créatures vivantes, bactéries et virus dont l'évolution sur une planète plus ancienne avait donné naissance à mille variétés mortelles. Bien que seul un petit nombre pût survivre dans cette chaleur et cette atmosphère, cela suffisait. Lorsqu'elle retourna au lac, la créature était porteuse du mal qui devait contaminer un monde entier.

Avant même que le Morning Star *eût regagné son lointain foyer, Vénus agonisait. Les films, les photographies, les échantillons qu'Hutchins ramenait triomphalement étaient plus précieux encore qu'il ne le pensait. Ils constituaient l'unique et dernier témoignage de la troisième tentative de la vie pour prendre pied dans le Système Solaire.*

Sous la couche de nuages qui enveloppait Vénus, l'histoire de la Création venait de s'achever.

Colombo
Mai 1960.

SUPÉRIORITÉ

Les lecteurs férus de la Seconde Guerre mondiale reconnaîtront l'inspiration de cette nouvelle. J'espère que nul ne sera troublé par le fait que sa lecture a été recommandée dans un cours d'engineering du M. I. T.

D'emblée, je tiens à préciser qu'en faisant la présente déclaration – de mon libre consentement – je ne tiens nullement à attirer la sympathie, ni n'espère aucune atténuation de la peine que la Cour prononcera contre moi. En écrivant ces lignes, mon seul but est de réfuter certaines rumeurs mensongères diffusées à la radio de la prison et publiées dans les journaux que j'ai été autorisé à lire. Elles contribuent à donner des causes réelles de notre défaite une version totalement fausse; aussi, en tant que chef des forces armées de ma race au moment de la fin des hostilités, il est de mon devoir de protester contre semblables diffamations portées contre ceux qui ont servi sous mes ordres. J'espère aussi que cette déclaration expliquera les raisons de la requête que j'ai à deux reprises adressée à la Cour, et l'incitera à accéder à une demande à laquelle je ne vois aucune raison valable d'opposer un refus.

La cause profonde de notre défaite est extrêmement simple : malgré toutes les affirmations contraires, il ne faut l'attribuer ni à un manque de bravoure de la part de nos hommes ni à aucune erreur de la Flotte. Un seul facteur fut déterminant : la science inférieure de nos ennemis. Je dis bien la science *inférieure* de nos ennemis.

Lorsque la guerre éclata, nous ne doutions pas de notre victoire finale. Les flottes combinées de nos alliés excédaient largement, en nombre et en armement, celles que nos ennemis pouvaient mobiliser contre nous, et nous leur étions supérieurs dans presque toutes les branches de la science militaire. Cette supériorité, nous étions certains de pouvoir la conserver. Cette conviction ne se révéla, hélas, que trop bien fondée.

Au début du conflit, nos armes principales étaient les torpilles automatiques à longue portée, les boules-éclairs dirigeables et les différentes modifications du rayon Klydon. Chaque unité de la Flotte en était équipée et bien que l'ennemi possédât des armes similaires, leurs installations étaient généralement d'un potentiel inférieur. En outre, nous avions derrière nous un service de la Recherche Militaire infiniment plus développé, et grâce à cet avantage initial, la victoire nous était promise.

La campagne se déroula comme prévu jusqu'à la Bataille des Cinq Soleils. Nous fûmes victorieux, bien sûr, mais la résistance adverse se révéla d'une ténacité inattendue. Nous prîmes alors conscience que la victoire risquait d'être plus difficile et plus longue à obtenir. La décision fut prise de convoquer une réunion des Commandants Suprêmes pour discuter de notre stratégie future.

Le Général Professeur Norden assistait pour la première fois à l'un de nos conseils de guerre. Norden était le nouveau chef du Service de la Recherche, poste auquel il venait juste d'être nommé pour combler le vide laissé par la mort de Malvar, notre savant le plus éminent. Plus que tout autre facteur isolé, les qualités de chef de Malvar étaient à l'origine de la supériorité et de l'efficacité de notre armement. Sa perte avait été pour nous un coup sérieux, mais nul ne mettait en doute les compétences de son successeur – quoi que nombreux fussent ceux qui contestèrent le choix, à un poste d'une importance aussi vitale, d'un pur théoricien. On passa outre à nos objections.

Je me souviens encore de l'impression produite par Norden à cette conférence. Les conseillers militaires étaient inquiets, et comme toujours, ils firent appel aux scientifiques. Serait-il possible d'améliorer nos armes actuelles afin de pouvoir pousser plus loin notre avantage?

La réponse de Norden nous stupéfia. A maintes reprises, Malvar s'était entendu poser la même question, et il avait toujours fait ce que nous lui demandions.

– Franchement, messieurs, commença Norden, j'en doute. Nos armes actuelles ont pratiquement atteint la perfection. Je ne veux critiquer ici ni mes prédécesseurs ni l'excellent travail fourni par le Service de la Recherche depuis quelques générations, mais vous rendez-vous compte que depuis un siècle, notre armement n'a pas fondamentalement évolué? Ceci est la conséquence d'une tradition prisonnière du conservatisme. Trop longtemps, le Service s'est appliqué à perfectionner des armes anciennes au lieu d'en mettre au point de nouvelles. Par chance, nos ennemis se sont montrés aussi timorés, mais nous ne saurions présumer qu'il en sera toujours ainsi...

Ce discours produisit sur l'assistance l'effet désagréable recherché. Norden en profita pour porter son attaque au cœur de notre perplexité.

– Nous voulons des armes nouvelles, radicalement différentes de toutes celles utilisées jusqu'à aujourd'hui. Un tel bouleversement est possible; il demandera du temps, bien sûr, mais depuis mon entrée en fonction, j'ai remplacé certains des savants de la vieille génération par des hommes plus jeunes et j'ai orienté les recherches vers des sphères inexplorées qui offrent de grandes perspectives. En fait, je crois que nous assisterons sous peu à une révolution dans l'art de la guerre.

Nous étions sceptiques. Ce ton emphatique rendait son assurance suspecte. Nous ignorions encore qu'il n'avançait jamais un projet qui ne fût déjà pratiquement mis au point en laboratoire. *En laboratoire :* tels étaient les mots magiques.

Moins d'un mois plus tard, Norden fit ses preuves en nous présentant la Sphère Annihilante qui provoquait une désintégration de la matière sur un rayon de plusieurs centaines de mètres. La puissance de cette arme nouvelle nous transporta littéralement, au point d'en oublier son défaut essentiel, à savoir qu'il s'agissait d'une *sphère,* et que par conséquent elle détruisait son dispositif d'amorçage d'une grande complexité au moment de sa formation. Il était donc impossible de l'utiliser sur des vaisseaux de guerre, mais uniquement à partir de projectiles téléguidés. Un vaste programme fut aussitôt mis en route afin de modifier toutes nos torpilles automatiques de telle sorte qu'elles fussent en mesure de transporter cette arme ultra-moderne. Pendant un certain temps, toute nouvelle offensive contre l'ennemi fut suspendue.

Aujourd'hui, nous nous rendons compte que ce fut là notre première erreur. Je persiste à penser qu'elle était parfaitement naturelle. Il nous semblait alors que toutes nos armes anciennes étaient subitement tombées en désuétude et nous les considérions déjà comme des reliques. Ce qui nous échappa fut l'ampleur de la tâche que nous nous proposions d'entreprendre et le temps nécessaire pour rendre opérationnelle cette arme révolutionnaire. Rien de tel ne s'était produit depuis plus d'un siècle et nulle expérience passée ne pouvait guider nos décisions.

Le problème de la transformation des torpilles se révéla infiniment plus difficile que prévu. Le modèle courant était en effet trop petit et nous dûmes mettre au point un projectile d'un type nouveau. Il en résultait que seuls les vaisseaux de grande taille pourraient lancer nos nouvelles torpilles, mais nous étions disposés à accepter ce handicap. Six mois plus tard, les unités lourdes de la Flotte étaient équipées de Sphères Annihilantes. Les manœuvres d'entraînement et les essais nous avaient rassurés quant à leur fonctionnement et nous étions prêts à reprendre le combat. Déjà, nous acclamions en Norden l'artisan de notre victoire et celui-ci laissait entendre qu'il travaillait sur des armes plus spectaculaires encore.

Deux événements se produisirent alors. Un de nos vaisseaux se désintégra au cours d'un vol d'essai, et une enquête établit que, dans certaines conditions, les radars à longue distance pouvaient amorcer l'explosion de la Sphère au moment où était lancée la torpille porteuse. Les aménagements nécessaires pour corriger cette imperfection étaient insignifiants, mais ils nous coûtèrent un nouveau mois de retard et provoquèrent un certain tirage entre l'état-major de la Flotte et les chercheurs. Nous étions enfin prêts à reprendre le combat lorsque Norden annonça que le rayon d'action de la Sphère venait d'être décuplé, multipliant du même coup par mille les chances d'annihiler un vaisseau ennemi.

Les travaux reprirent de plus belle, mais tous étaient d'avis que ce nouveau délai en valait la peine. Entretemps, toutefois, enhardi par l'absence de nouvelles attaques, l'ennemi avait lancé une offensive surprise. Nos vaisseaux manquaient de torpilles car les usines de production ne pouvaient faire face à la demande et nous perdîmes le système de Kyrane et de Floranus ainsi que la forteresse planétaire de Rhamsandron.

C'était un coup ennuyeux, mais sans gravité, car les systèmes repris par l'ennemi s'étaient révélés hostiles à notre égard et difficilement gouvernables. Nous étions certains de pouvoir nous rendre à nouveau maîtres du terrain dans un proche avenir, lorsque l'arme nouvelle pourrait être utilisée.

Ces espoirs ne se réalisèrent qu'en partie. Lorsque nous lançâmes notre nouvelle offensive, nous avions à notre disposition moins de Sphères Annihilantes que prévu; ce fut une des raisons de notre demi-succès. L'autre raison, par contre, était beaucoup plus sérieuse.

Tandis que nous équipions le plus grand nombre possible de vaisseaux de cette nouvelle arme irrésistible, l'ennemi, lui, n'avait cessé de renforcer sa flotte à un rythme accéléré. Ses vaisseaux étaient certes d'un modèle ancien, dotés d'armes désuètes, mais leur supériorité numérique était écrasante.

Dès le début des combats, nous nous aperçûmes que souvent l'ennemi pouvait aligner contre nous cent fois plus de bâtiments que prévu, provoquant une confusion dans le repérage des cibles par nos armes automatiques. Nos pertes dépassèrent de beaucoup nos estimations. Celles de l'ennemi furent plus lourdes encore, car une fois que la Sphère avait atteint son objectif, la destruction était certaine, mais la victoire fut loin de nous être aussi favorable que nous l'avions escompté.

Bien plus, profitant de l'engagement des flottes principales, l'ennemi avait déclenché une offensive audacieuse contre les systèmes faiblement défendus de Eriston, Duranus, Carmanidora et Pharanidon, qu'il reprit sans difficulté. Désormais, la menace n'était plus qu'à cinquante années-lumière de nos planètes.

Lorsque s'ouvrit le Conseil suivant, Norden dut affronter un feu nourri de reproches et de récriminations. Le grand amiral Taxaris n'hésita pas à proclamer que grâce à notre arme soi-disant irrésistible, notre position s'était considérablement dégradée. Nous aurions dû continuer à équiper notre flotte de bâtiments courants, affirma-t-il, évitant ainsi la perte de notre supériorité numérique.

Norden répliqua sur le même ton et traita les membres de l'état-major d'incapables et de velléitaires. Mais je me rendis compte qu'il était inquiet, comme nous tous, de la tournure inattendue prise par les événements. Il laissa entendre qu'il pourrait y avoir un moyen rapide de remédier à cette situation.

Nous savons aujourd'hui que la Recherche travaillait depuis des années sur l'Analyseur de Combat, mais à ce moment-là, ce fut pour nous une véritable révélation et peut-être nous laissâmes-nous trop facilement emporter par notre enthousiasme. Mais l'argumentation de Norden fut extrêmement convaincante. Qu'importait que l'ennemi disposât de deux fois plus de vaisseaux, déclara-t-il, si nous pouvions doubler, voire tripler l'efficacité des nôtres? Depuis des décennies, le principal obstacle stratégique n'était plus mécanique, mais biologique. Il était de plus en plus difficile pour tout cerveau isolé, ou groupe de cerveaux, de faire face à l'évolution rapide et complexe du combat dans un univers tridimensionnel. Les mathématiciens de Norden avaient analysé certains des engagements classiques du passé; ils avaient établi que, même au cours de combats victorieux, il nous était souvent arrivé de n'utiliser nos unités qu'à moins de la moitié de leur efficacité théorique.

L'Analyseur de Combat allait remédier à cela en remplaçant le commandement des opérations par des calculatrices électroniques. L'idée n'était pas nouvelle, mais jusqu'à présent, elle n'avait jamais dépassé le stade de l'utopie. Et nombreux furent ceux d'entre nous qui trouvèrent difficile d'admettre qu'elle n'était plus un rêve. Après avoir assisté à plusieurs engagements fictifs, plus complexes les uns que les autres, nous nous laissâmes convaincre.

Il fut décidé d'installer l'Analyseur sur quatre de nos bâtiments les plus lourds, afin que chacune des flottes principales ait le sien. A ce stade, les ennuis commencèrent, bien que, sur le moment, nous ne nous en rendîmes pas compte.

L'Analyseur contenait un peu moins de mille tubes à vide et cinq cents hommes étaient nécessaires pour en assurer le fonctionnement et l'entretien. Il était impossible de loger tout ce personnel supplémentaire à bord d'un vaisseau de combat, aussi les quatre unités durent-elles être accompagnées d'un vaisseau de ligne aménagé pour l'accueil des techniciens qui n'étaient pas en service. Ces transformations constituèrent une tâche longue et pénible, mais au prix d'un effort gigantesque, tout fut terminé en six mois.

A notre consternation, nous dûmes alors faire face à une nouvelle crise. Près de cinq mille combattants hautement qualifiés avaient été sélectionnés pour le service de l'Analyseur et avaient reçu un entraînement intensif dans des Écoles Techniques. Sept mois plus tard, dix pour cent d'entre eux furent victimes de dépressions nerveuses et seulement quarante pour cent se tirèrent brillamment de l'épreuve.

A nouveau, chacun se mit à en rejeter le blâme sur son voisin. Norden, naturellement, déclara que le Service de la Recherche déclinait toute responsabilité et encourut ainsi l'inimitié du Service du Personnel et de la Formation. En fin de compte, on décida de n'utiliser que deux Analyseurs au lieu des quatre prévus et de ne mettre les autres en service que lorsque le personnel qualifié serait disponible. Il n'y avait plus de temps à perdre car l'ennemi précisait sa menace et son moral montait en flèche.

La première flotte dotée d'un Analyseur reçut l'ordre de reprendre le système d'Ériston. En outre, par un des hasards de la guerre, le vaisseau transportant les techniciens percuta une mine dérivante. Un bâtiment de guerre aurait survécu, mais le vaisseau de ligne, avec sa précieuse cargaison, fut anéanti. L'expédition dut être abandonnée.

La seconde débuta plus favorablement. Nul doute que l'Analyseur confirmerait les prévisions de ses créateurs et de fait, au cours du premier engagement, l'ennemi essuya de lourdes pertes. Il battit en retraite, abandonnant entre nos mains Saphran, Leucon et Hexanerax. Mais son service de renseignement n'était pas sans avoir remarqué notre changement de tactique et la présence inexplicable d'un vaisseau de ligne au milieu de notre flotte de combat. Il s'était également rendu compte que notre première flotte avait été accompagnée d'un vaisseau du même type, et qu'elle s'était retirée après la destruction de celui-ci.

Au cours de l'affrontement suivant, l'ennemi profita de sa supériorité numérique pour lancer une attaque formidable contre le vaisseau porteur de l'Analyseur et son escorte non armée. Cette offensive fut conduite par l'ennemi au mépris total de ses propres pertes (les deux bâtiments étaient bien sûr très fortement protégés), et elle atteignit son objectif. Notre flotte était virtuellement décapitée car une reprise effective des anciennes méthodes de combat était impossible. Nous refluâmes sous un feu nourri en laissant l'ennemi maître du terrain reconquis ainsi que des systèmes de Lormya, Ismarnus, Beronis, Alphanidon et Sideneus.

A ce stade, le grand amiral Taxaris exprima sa désapprobation en se donnant la mort et je lui succédai au titre de commandant suprême.

La situation était grave et exaspérante. Avec un conservatisme obstiné et une absence totale d'imagination, l'ennemi continuait de progresser grâce à ses engins inefficaces et périmés. Si seulement nous avions construit d'autres unités, sans épuiser nos forces à chercher de nouvelles armes révolutionnaires, nous nous serions trouvés dans une situation bien plus avantageuse. Cette conviction portait un rude coup à notre moral. Il y eut de nombreuses réunions orageuses au cours desquelles Norden prit, contre tous, la défense des chercheurs. Le pire était qu'il avait tenu ses promesses : il avait des excuses indiscutables pour désengager sa responsabilité. Et tout retour en arrière était impossible. La course à l'arme invincible devait se poursuivre inexorablement. Au début, cela avait été un luxe en vue de réduire la durée du conflit. C'était aujourd'hui une nécessité si nous voulions être victorieux.

Nous étions sur la défensive, et Norden également. Plus que jamais, il était déterminé à rétablir son prestige et celui du Service de la Recherche. Mais par deux fois nos espoirs avaient été démentis et nous n'allions pas commettre à nouveau la même erreur. Nul doute que les vingt mille savants de Norden eussent dans leurs cartons d'autres projets grandioses : nous étions décidés à rester de glace.

Nous nous trompions. L'arme suivante fut quelque chose de si extraordinaire que, même à présent, j'ai peine à croire qu'elle ait jamais existé. Son nom innocent, modeste à souhait – le Champ Exponentiel – ne permettait guère d'en deviner les possibilités réelles. Sa découverte était due à certains des mathématiciens de Norden qui en avaient eu l'intuition au cours de recherches purement théoriques sur les propriétés de l'espace. A la stupeur générale, on s'aperçut que les résultats de leurs travaux pouvaient être appliqués.

Il n'est pas facile d'expliquer le fonctionnement de ce Champ à un profane. Selon la description technique, « il crée une condition exponentielle de l'espace, de telle façon qu'une distance finie du dit espace normal et linéaire devient infinie dans le pseudo-espace. » Norden proposa une analogie que certains d'entre nous trouvèrent éclairante. Prenez un disque de caoutchouc plat représentant une portion de l'espace normal, et étirez-en le centre à l'infini : la circonférence du disque demeurerait inchangée, mais son diamètre tendrait vers l'infini. Le générateur du champ produisait un effet analogue sur l'espace dans lequel il se trouvait.

A titre d'exemple, supposons qu'un vaisseau porteur du générateur soit cerné par des engins hostiles. Si l'on active le générateur, *chaque* vaisseau ennemi aurait l'impression, ainsi que les appareils situés au bord du cercle, qu'il vient subitement de reculer dans le néant. Pourtant la circonférence resterait inchangée; seul le trajet vers le centre serait d'une durée infinie, car plus l'on s'avancerait, plus s'allongeraient les distances en fonction de l'altération de l'« échelle » de l'espace.

C'était cauchemardesque, mais d'une utilité remarquable. Rien ne pouvait atteindre un vaisseau porteur du Champ : il pouvait se voir assiégé par une flotte ennemie et demeurer aussi inaccessible que s'il se trouvait à l'autre bout de l'Univers. En retour, naturellement, il ne pouvait contre-attaquer sans couper son Champ Exponentiel, mais malgré cela, il conservait un énorme avantage, non seulement pour la défensive, mais également pour l'offensive, car tout vaisseau protégé par le Champ pouvait s'approcher d'une flotte ennemie sans être aperçu et apparaître soudain au milieu de celle-ci.

Cette fois, l'arme nouvelle semblait infaillible. Inutile de dire que nous avions cherché toutes les failles imaginables avant de nous engager à nouveau. Heureusement, l'installation était d'une extrême simplicité et n'exigeait pas un personnel abondant.

Après bien des atermoiements, nous décidâmes d'en commencer en hâte la fabrication car le temps nous talonnait et le conflit tournait à notre désavantage. Nous avions reperdu toutes nos conquêtes initiales et l'ennemi avait effectué plusieurs incursions dans notre propre Système Solaire.

Nous réussîmes à contenir l'adversaire le temps nécessaire pour équiper notre flotte et mettre au point de nouvelles techniques de combat. Pour que le Champ fût opérationnel, nous devions déterminer la position d'une formation ennemie, établir notre trajectoire de façon à l'intercepter et mettre en marche le générateur pour une durée donnée. Si les calculs étaient exacts, en coupant le Champ nous devions nous trouver au milieu de la flotte ennemie et provoquer des dégâts considérables pendant la confusion qui s'ensuivrait. Si besoin était, nous pouvions nous retirer de la même façon.

Les premières manœuvres d'essai se révélèrent concluantes et les installations semblaient d'un fonctionnement sûr. De nombreux simulacres d'attaque furent faits et les équipages se familiarisèrent avec cette nouvelle technique. Je participai à l'un des vols d'essai, et je me souviens avec acuité de mes impressions lorsque le Champ fut activé. Les autres vaisseaux semblèrent se réduire comme s'ils se trouvaient à la surface d'une bulle qui gonflait : l'instant d'après, ils avaient disparu et, avec eux, les étoiles. Cependant, la galaxie demeura visible, tel un anneau de faible lumière autour du vaisseau. Le rayon virtuel de notre pseudo-espace n'était pas réellement infini, mais de quelques centaines de milliers d'années-lumière, aussi la distance qui nous séparait des étoiles les plus éloignées de notre système ne s'était pas considérablement accrue, bien que les plus proches eussent complètement disparu.

Ces manœuvres d'essai durent cependant être

annulées avant leur terme en raison d'une multitude de petits disfonctionnements affectant différentes parties de l'appareillage, notamment dans les circuits de communication. Ils étaient ennuyeux, mais sans gravité; pourtant il fut décidé de rentrer à la Base pour une dernière mise au point.

L'ennemi choisit ce moment pour lancer ce qui devait être une attaque décisive contre la planète-forteresse Iton, aux confins de notre Système. La flotte dut s'engager dans la bataille avant que les ajustements aient pu être effectués.

Nos adversaires durent penser que nous étions parvenus à maîtriser le secret de l'invisibilité – ce qui était exact dans un certain sens. Nos vaisseaux surgirent de nulle part et leur infligèrent, au début du moins, des pertes cuisantes. Ce fut alors que se produisirent une série d'événements aussi déconcertants qu'inexplicables.

Je commandais le vaisseau-amiral *Hircania* lorsque les ennuis commencèrent. Nous avions opéré en unités indépendantes, chacune affrontant un objectif assigné. Nos détecteurs repérèrent soudain une formation ennemie à portée moyenne; les officiers de navigation mesurèrent cette distance avec une grande précision. Nous fîmes route vers eux et activâmes le générateur. Le Champ Exponentiel fut libéré au moment où nous aurions dû faire irruption au centre de la formation ennemie. A notre consternation, nous émergeâmes dans l'espace normal à plusieurs centaines de kilomètres de l'objectif, et lorsque nous fûmes en mesure de le retrouver, nous étions déjà repérés. Nous battîmes en retraite et effectuâmes une seconde tentative. Cette fois, nous débouchâmes si loin de l'ennemi qu'il nous détecta le premier.

Manifestement, quelque chose n'allait pas. Malgré les consignes de silence, il fut décidé d'essayer d'entrer en contact avec les autres vaisseaux afin de savoir s'ils avaient rencontré les mêmes difficultés. Là encore, ce fut un échec, sans que nous puissions en entrevoir la raison car le système de communication semblait en parfait état. Nous en étions réduits à supposer, si fantastique que cela parût, que le reste de la Flotte avait été détruit.

Je passerai sous silence les scènes qui se produisirent lorsque les unités dispersées de notre Flotte réintégrèrent, non sans mal, la Base. En fait, nos pertes avaient été négligeables, mais le moral des équipages était au plus bas. Presque tous les bâtiments s'étaient trouvés dans l'impossibilité d'entrer en contact avec d'autres unités et, comme les nôtres, leurs télémètres avaient commis d'inexplicables erreurs. Il était évident que le Champ Exponentiel était la cause de tout, bien que ces erreurs ne fussent apparentes que lorsqu'il était coupé.

Lorsqu'on trouva enfin l'explication, il était trop tard et la déconfiture irrémédiable de Norden fut un bien piètre réconfort à la perte virtuelle de la guerre. Comme je l'ai dit précédemment, les générateurs du Champ provoquaient une distorsion radiale de l'espace; plus l'on approchait du centre du pseudo-espace, plus les distances s'allongeaient. Dès que le Champ était coupé, tout rentrait dans l'ordre.

Pas tout à fait, cependant. Il était impossible de rétablir *exactement* l'état antérieur. Activer, puis couper le Champ équivalait à une élongation, suivie d'une d'une contraction du vaisseau porteur du générateur; mais il se produisait, d'une certaine façon, un effet d'hystérésis et l'état antérieur n'était jamais parfaitement reproductible en raison des milliers de variations électriques et des mouvements de masse à bord du vaisseau pendant l'activité du Champ. Ces asymétries et distorsions étaient cumulatives; elles dépassaient rarement une fraction de un pour cent, mais c'était suffisant pour dérégler complètement les télémètres de précision et les circuits accordés des appareils de communication.

Aucun vaisseau isolé n'était en mesure de percevoir ces altérations, à moins de comparer ses appareils avec ceux d'un autre bâtiment ou d'essayer d'entrer en communication avec lui.

Il en résulta un chaos indescriptible. Aucun élément d'un vaisseau ne pouvait plus être adapté sur un autre. Jusqu'aux boulons et aux écrous qui n'étaient plus interchangeables et le problème des pièces de rechange devint insurmontable. Avec du temps, peut-être serions-nous parvenus à maîtriser ces difficultés, mais les vaisseaux ennemis nous attaquaient par milliers avec des armes qui paraissaient avoir des siècles de retard sur celles que nous avions inventées. Mutilée par notre propre science, notre magnifique flotte combattit avec courage jusqu'à ce qu'elle eût été écrasée et contrainte de capituler. Les vaisseaux équipés du Champ étaient toujours invulnérables, mais en tant qu'unités de combat, ils étaient pratiquement inopérants. Chaque fois qu'ils activaient leur générateur pour esquiver une attaque ennemie, la distorsion permanente de leurs installations s'aggravait. En un mois, tout fut terminé.

Telles sont les causes réelles de notre défaite que je livre sans préjuger de ma défense devant la Cour. Comme je l'ai déjà dit, cette déclaration n'a d'autre but que de réfuter les propos diffamatoires calomniant les hommes qui ont combattu sous mes ordres et de révéler les véritables raisons de nos échecs. Enfin, ma requête, dont la Cour jugera maintenant qu'elle n'a pas été présentée à la légère, sera, je l'espère, envisagée d'un œil bienveillant.

La Cour se rendra compte que nos conditions de détention, la surveillance constante dont nous sommes l'objet, sont suffisamment pénibles. Pourtant, ce n'est pas ce dont je me plains. Pas plus que du fait du manque de place, nous devions partager à deux nos cellules.

Mais je ne puis répondre de mes actes futurs si l'on me force à partager plus longtemps ma cellule avec le Pr Norden, ex-chef du Service de Recherche de nos forces armées.

Londres
Août 1948

UNE MARCHE DANS LA NUIT

Robert Amstrong venait de parcourir un peu plus de trois kilomètres lorsque sa torche s'éteignit. L'espace d'un moment, il resta immobile, hésitant à croire qu'il pouvait être victime d'une telle infortune. Puis, à demi fou de rage, il lança au loin l'accessoire inutile. La torche atterrit quelque part dans l'obscurité, réduisant en menus éclats le silence de ce petit monde. Un écho métallique rebondit depuis les basses collines et s'éteignit peu à peu. Le silence retomba.

Voilà, pensa Amstrong, le dernier coup du destin. Plus rien, désormais, ne pouvait lui arriver. Il trouva même la force d'égrener un rire amer. Plus jamais il ne devrait se bercer de l'illusion qu'une chance capricieuse pût le favoriser. Qui aurait cru que l'unique tracteur du Camp VI tomberait en panne au moment où il s'apprêtait à partir pour Port Sanderson? Il évoqua la hâte fébrile avec laquelle il avait essayé de le réparer, son soulagement lorsqu'il avait démarré pour la seconde fois et le désastre final, quand la chenille s'était bloquée.

A quoi bon regretter un départ trop tardif? On ne pouvait guère prévoir ces accidents et d'ailleurs le Canopus ne décollerait pas avant quatre bonnes heures. Il *devait* le prendre, coûte que coûte : aucun autre vaisseau ne toucherait ce monde avant un mois.

En dehors de l'urgence de son travail, la perspective de moisir quatre semaines de plus sur cette planète du bout du monde était impensable.

Il n'y avait plus qu'une seule chose à faire. Une chance que Port Sanderson ne fût qu'à une dizaine de kilomètres du Camp – ce n'était pas une longue distance, même à pied. Il avait dû laisser tout son équipement derrière lui, mais ses bagages le suivraient par le prochain vaisseau, et il pouvait s'en passer. La route était médiocre, creusée à même la roche par l'un des bulldozers de cent tonnes du Comité; mais il ne risquait pas de s'égarer.

Même à présent, il ne courait aucun danger, sinon celui d'arriver trop tard pour embarquer. Il avancerait lentement, de peur de quitter la route dans cette région de gorges et de tunnels mystérieux encore inexplorée. Naturellement, on n'y voyait goutte. Ici, aux confins de la Galaxie, les étoiles, rares et dispersées, produisaient une lueur négligeable. L'étrange soleil écarlate de ce monde solitaire ne se lèverait pas avant plusieurs heures, et bien que cinq des petites lunes fussent dans le ciel, c'était à peine si l'on pouvait les discerner à l'œil nu. Aucune ne brillait assez intensément pour produire une ombre.

Amstrong n'était pas homme à se lamenter indéfiniment sur son sort. Il se remit à marcher sans hâte le long de la route, tâtant le sol à chaque pas avant de lui abandonner son poids. Le chemin, il le savait, suivait grosso modo une ligne droite, sauf là où il contournait le Col de Carver. Il regretta de ne pas avoir de bâton, ou quelque chose, qui lui eût permis de reconnaître son chemin; il en était réduit à se guider d'après le relief qu'il sentait sous ses pieds.

Au début, il avançait avec une lenteur désespérante, puis son assurance lui revint peu à peu. Jamais il ne se serait douté qu'il était si difficile de marcher en suivant une ligne droite. Il tentait bien de régler sa marche sur la faible clarté des étoiles, mais sans cesse il se retrouvait en train de trébucher sur les rochers intacts qui bordaient la route grossière. Il progressait par longs zigzags qui le conduisaient d'un côté à l'autre de la route. Son pied heurtait les rochers nus et, à tâtons, il revenait sur la surface durement tassée. Cela devint une habitude; impossible, cependant, d'évaluer la vitesse. Il ne pouvait que s'acharner en espérant qu'il serait récompensé de ses efforts. Encore huit kilomètres – autant dire quatre heures. Cela devait être facile, à moins qu'il ne perdît son chemin, ce qu'il n'osait pas encore envisager.

Lorsqu'il eut mis au point sa technique, il put s'offrir le luxe de penser. Sans aller jusqu'à prétendre qu'il était enchanté de l'expérience, il devait reconnaître qu'il s'était trouvé dans des situations bien plus dangereuses. Aussi longtemps qu'il resterait sur la route, il n'avait rien à craindre. Il avait caressé l'espoir que ses yeux s'accoutumeraient à la lumière parcimonieuse des étoiles, mais bientôt, il dut se rendre à l'évidence : le trajet se ferait à l'aveuglette. Cette déception accentua le sentiment de solitude qu'il éprouvait à se trouver si loin du cœur de la Galaxie. Par une nuit aussi claire, les cieux de n'importe quelle autre planète, ou presque, eussent été constellés d'étoiles. Mais dans cet avant-poste de l'Univers, le ciel ne contenait qu'une centaine de pâles lueurs tremblotantes, aussi dérisoires que les cinq lunes ridicules sur lesquelles nul ne s'était jamais donné la peine de se poser.

Un léger changement de la route interrompit le fil de ses pensées. Y avait-il un tournant, ou s'était-il à nouveau trop déporté sur la droite? Très lentement, il avança le long du bord invisible et mal défini. Pas d'erreur : un tournant s'amorçait sur la gauche. Il essaya de se souvenir de l'aspect de la route en plein jour, mais il ne l'avait vue qu'une seule fois. Était-ce l'indice qu'il approchait du Col? Il l'espérait, car alors il serait à mi-chemin.

Il scruta l'obscurité, mais la ligne déchiquetée de l'horizon demeurait impénétrable. Bientôt, il s'aperçut que la route était repartie toute droite et son courage flancha. Il n'avait pas encore atteint l'entrée du Col : il lui restait au moins sept kilomètres à parcourir.

Sept kilomètres – une distance ridicule ! Combien de temps faudrait-il au *Canopus* pour franchir sept kilomètres? L'homme ne pouvait même pas mesurer un espace de temps aussi bref. Et combien de milliards de milliards de kilomètres avait-il, lui, Robert Amstrong, parcouru dans sa vie? Le total devait être impressionnant car au cours de ces vingt dernières années, il n'était jamais resté plus d'un mois de suite sur un même monde. Cette année-ci, il avait par deux fois traversé la Galaxie. Malgré la propulsion-fantôme, cela représentait toujours un voyage considérable.

Il trébucha sur un caillou et le choc le ramena à la réalité. A quoi bon, dans ces circonstances, songer à des vaisseaux capables de dévorer les années-lumière? Il devait affronter la Nature, sans autre arme que sa force et son adresse.

Bizarrement, il mit un certain temps à identifier la cause réelle de son malaise. Ces quatre dernières semaines avaient été très chargées, et son départ précipité, l'ennui et l'anxiété dus aux pannes du tracteur l'avaient obsédé au point d'en oublier tout le reste. En outre, il s'était toujours vanté d'avoir la tête dure et de manquer d'imagination. Jusqu'à cet instant, le souvenir de sa première soirée à la Base lui était complètement sorti de l'esprit. Ce soir-là, les équipages lui avaient débité les sornettes habituelles, mijotées à l'intention des nouvelles recrues.

C'était alors que le vieil employé de la Base lui avait fait le récit de sa marche nocturne de Port Sanderson au Camp. Quelque chose, affirmait-il, l'avait suivi à la trace tout au long du Col de Carver sans jamais dépasser la limite du rayon de sa lampe. Sur le moment, Amstrong, qui avait entendu ces sortes de fariboles sur une vingtaine de mondes, n'y avait pas prêté attention. D'ailleurs, ne savait-on pas que cette planète était inhabitée? La logique, pourtant, ne pouvait pas trancher la question aussi facilement. Et si, en fin de compte, il y avait une part de vérité dans le conte fantastique du vieil homme?

Cette pensée n'avait rien de rassurant et Amstrong ne tenait pas à la remâcher. Mais s'il l'écartait sans plus de façon, il savait qu'elle continuerait de le harceler. La seule façon de combattre les fantasmes, c'était au contraire de les affronter.

La stérilité complète de ce monde et son absolue désolation constituaient l'argument le plus solide, bien qu'on pût facilement l'ébranler, ainsi que le vieux n'avait pas manqué de le faire. L'homme ne vivait sur cette planète que depuis vingt ans, et elle n'était encore que partiellement explorée. Nul ne pouvait nier que les tunnels creusés dans le désert demeuraient une énigme, mais chacun s'y accordait à n'y voir que des conduits volcaniques. Naturellement, il arrivait que la vie s'insinuât dans de tels endroits. Avec un frisson, il se souvint des polypes géants qui avaient pris au piège les premiers explorateurs de Vargon III.

Tout cela était peu concluant. A supposer, pour le seul plaisir de la discussion, que l'on admette ici l'existence de la vie. Et alors?

Dans leur majorité, les formes de vie dispersées dans l'Univers étaient complètement indifférentes à l'homme. Certaines, comme les créatures gazeuses d'Alcoran ou les complexes ondulatoires errants de Shandaloon, ne pouvaient même pas détecter l'homme et lui passaient au travers ou le contournaient comme s'il n'existait pas. D'autres ne manifestaient qu'une simple curiosité ou révélaient une affection embarrassante. Bien peu eussent attaqué à moins d'être provoquées.

Il n'en demeurait pas moins que le vieux magasinier avait brossé ce soir-là un tableau sinistre. Dans le fumoir confortable et bien éclairé où circulaient les boissons, il avait été facile de balayer ces chimères d'un éclat de rire. Mais ici, dans l'obscurité, loin de tout campement, c'était une autre affaire.

Il fut presque soulagé lorsqu'il trébucha à nouveau sur le bord de la route et dut tâtonner à quatre pattes pour la retrouver. Ce tronçon de route semblait très rugueux; à peine pouvait-il le distinguer des rochers. Au bout de quelques minutes, pourtant, il put repartir.

Non sans agacement, il constata que ses pensées revenaient aussitôt au même sujet inquiétant. Il ne faisait aucun doute que cela le tourmentait plus qu'il ne voulait bien l'admettre.

Un détail, malgré tout, le consolait; manifestement, personne, à la base, n'avait ajouté foi à l'histoire du vieux. Leurs questions et leurs railleries étaient là pour en témoigner. Sur le moment, il avait joint son rire à celui des autres. Après tout, quels étaient les *faits?* Une silhouette indistincte, entr'aperçue dans l'obscurité, qui aurait bien pu n'être qu'un rocher aux formes étranges.

Et ce curieux cliquetis qui avait tant impressionné le vieil homme... dans le noir, tout le monde pouvait s'imaginer entendre de tels sons, pour peu qu'on soit surmené ou nerveux. Si elle était hostile, pourquoi la créature ne s'était-elle pas approchée? « Parce qu'elle avait peur de ma lampe », avait répondu le vieux. C'était plausible. Cela expliquerait pourquoi ces créatures demeuraient invisibles en plein jour. Elles vivaient sous terre, ne sortant qu'à la nuit tombée – bon Dieu, pourquoi prenait-il tellement au sérieux les radotages de ce vieil idiot ! Amstrong recouvra son sang-froid. S'il laissait ses pensées suivre ce cours dangereux, il ne tarderait pas à voir et à entendre toute une ménagerie de monstres.

Quelque chose, bien sûr, réduisait à néant toute cette ridicule histoire. Cela tombait sous le sens; il s'en voulut de ne pas y avoir songé plus tôt. De quoi vivrait une telle créature? Il n'y avait, sur toute la planète, pas la moindre trace de végétation. Il rit de constater à quel point ce récit de croquemitaine était fragile. Au même instant, il regretta de ne pas avoir ri tout haut. S'il était certain de l'infaillibilité de son raisonnement, pourquoi ne pas siffler, ou chanter, ou faire tout autre chose qui lui donnerait du courage? Il se posa franchement la question, comme pour mettre sa bravoure à l'épreuve. A demi honteux, il dut reconnaître qu'il avait encore peur. Peur « parce que, après tout, il pouvait bien y avoir là-dedans quelque chose de vrai ». Malgré tout, cette analyse s'était révélée bénéfique.

Il eût mieux valu qu'il s'en tienne là et accepte de rester à moitié convaincu. Mais une partie de son esprit s'efforçait toujours de mettre en défaut sa démonstration. Il y parvint avec une aisance désespérante et lorsqu'il se souvint des êtres végétaux de Xantil Major, son émotion fut telle qu'il se figea sur place.

En fait, ces êtres n'avaient rien d'horrible. C'était, au contraire, des créatures extrêmement séduisantes. Mais ce qui les rendait déprimantes pour l'infortuné Amstrong, c'était de savoir qu'elles pouvaient vivre pendant un temps infini sans absorber la moindre nourriture. Elles tiraient en effet du rayonnement cosmique toute l'énergie nécessaire à leur étrange existence – et ce rayonnement était ici aussi intense que dans n'importe quelle partie de l'Univers.

A peine avait-il évoqué cet exemple que d'autres se présentèrent à son esprit. Il se souvint de la forme de vie qui existait sur Trantor Beta, la seule, jusqu'à présent, qui fût capable d'utiliser directement l'énergie atomique. Or, Trentor Beta était un monde désolé, presque semblable à celui-ci...

Très vite, l'esprit d'Amstrong se scinda en deux parties distinctes, chacune essayant sans succès de convaincre l'autre. Il ne se rendit pas compte de l'aggravation de son état avant de se surprendre en train de retenir son souffle de peur qu'il ne couvrît un autre bruit, né celui-là de l'obscurité environnante. Furieux, il chassa de son esprit toutes les stupidités qui l'accaparaient et se concentra à nouveau sur le problème du moment.

Il ne faisait aucun doute que la route montait lentement et que l'horizon se profilait plus haut contre le ciel. La route se mit à faire des lacets et, brusquement, il s'aperçut que de grands rochers s'élevaient de part et d'autre du chemin. Bientôt, seul un mince ruban de ciel demeura visible et l'obscurité devint, s'il était possible, plus intense.

D'une certaine façon, les parois rocheuses qui le cernaient lui procuraient un sentiment de sécurité : ses flancs étaient protégés. D'autre part, la route avait été plus soigneusement aplanie et il était plus facile de la suivre. Enfin, et c'était le plus réconfortant, il savait qu'il avait effectué plus de la moitié du trajet.

L'espace d'un moment, il reprit courage. Puis, avec une perversité exaspérante, son esprit revint à ses anciens errements. C'était sur l'autre versant du Col de Carver, il s'en souvenait, qu'avait eu lieu l'aventure du vieil homme – si jamais elle avait eu lieu.

Dans un peu moins d'un kilomètre, il serait à nouveau à découvert, privé de la protection des remparts rocheux. A présent, cette perspective lui semblait d'autant plus horrible et déjà il ressentit une impression pénible de vulnérabilité. Il serait exposé de tous les côtés à la fois et totalement désarmé.

Jusqu'à présent, il était parvenu à se maîtriser en partie en écartant délibérément de ses pensées l'unique fait qui donnait de la vraisemblance au récit du vieux, l'unique preuve qui, en coupant court aux railleries, avait ramené le silence dans la salle bondée. Sentant faiblir sa volonté, Amstrong se souvint avec précision des mots qui avaient jeté sur l'assistance un froid momentané, malgré la tiédeur confortable du lieu.

Le vieil homme avait insisté tout particulièrement sur un point : à aucun moment il n'avait entendu de bruits de poursuite provenant de la forme indistincte, devinée plutôt qu'entrevue, à la limite du cône de lumière. Il n'y avait eu ni grincement de griffes ni claquement de sabots sur la roche, pas même le fracas d'un éboulis de pierres. On eût dit – c'était les mots qu'avait employés le narrateur, à sa façon un peu solennelle – « que la chose qui me suivait pouvait voir dans l'obscurité et était pourvue d'innombrables petites pattes feutrées lui permettant de se déplacer vite et facilement sur les rochers, comme une chenille géante ou une de ces créatures en forme de tapis de Kralkor II. »

Pourtant, bien qu'il n'eût entendu aucun bruit de poursuite, le vieil homme avait perçu à plusieurs reprises un autre son, tellement insolite qu'il en était doublement angoissant. C'était, très faible mais horriblement persistant, une sorte de *cliquetis*.

Le vieux avait su le décrire d'une façon extrêmement vivante, infiniment trop au goût d'Amstrong. « Avez-vous jamais entendu le bruit produit par un gros insecte en train de broyer sa proie ? avait-il dit. Eh bien, c'était exactement ça. J'imagine qu'un crabe fait un bruit identique lorsqu'il claque ses pinces l'une contre l'autre. C'était un bruit – comment dit-on? Un bruit *chitineux.* »

Amstrong était alors parti d'un bruyant éclat de rire. (Curieux comme les détails de la scène lui revenaient, à présent.) Mais cette fois, personne ne lui avait fait écho. Sentant que le climat avait changé, Amstrong s'était calmé et avait prié le vieux de poursuivre son récit. Comme il regrettait maintenant de n'avoir pu contenir sa curiosité.

En peu de mots, tout avait été dit. Le lendemain, une équipe de techniciens sceptiques avaient ratissé la zone qui s'étendait au-delà du Col de Carver. Ils n'étaient pas sceptiques au point de laisser leurs fusils derrière eux, mais ils n'eurent pas l'occasion de s'en servir car ils ne trouvèrent nulle trace d'un être vivant. Comme toujours, ils étaient tombés sur des puits et des tunnels, ces trous luisants contre les parois desquels la lumière des torches rebondissait indéfiniment jusqu'à se perdre dans le lointain. La planète, il est vrai, en était criblée.

Si elle ne décela aucun signe de vie, l'expédition découvrit cependant quelque chose qui ne lui plut guère. Là-bas, dans cette région désolée et inexplorée qui commençait au-delà du Col, ils avaient trouvé un tunnel plus large encore que les autres. Non loin de son ouverture il y avait, à demi enseveli dans le sol, un grand rocher. Et les parois de ce rocher portaient d'étranges traces d'usure. *On eût dit qu'on s'en était servi comme d'une gigantesque pierre à aiguiser.*

Cinq personnes, pas une de moins, avaient vu ce rocher énigmatique. Nul n'était en mesure de donner de son érosion une explication satisfaisante en alléguant un phénomène naturel. Pourtant, ils refusaient toujours d'admettre l'histoire du vieux. Amstrong avait demandé si on avait jamais essayé de la vérifier. Il y avait eu un silence gêné, puis le grand Andrew Hargraves s'était exclamé : « Tu parles ! Qui s'amuserait à aller se balader en pleine nuit du côté du Col ! » L'affaire en était restée là. En fait, personne ne s'était plus aventuré à faire à pied le trajet de Port Sanderson au Camp, ni de nuit ni de jour. Pendant la journée, aucun homme ne pouvait supporter sans protection les rayons de cet énorme soleil blafard qui semblait dévorer la moitié du ciel. Et personne n'aurait accepté de parcourir onze kilomètres, revêtu d'une armure anti-rayonnement, alors que le tracteur était disponible.

Amstrong sentit qu'il dépassait le Col. Les murailles latérales s'écartaient et, sous ses pieds, la route n'était plus aussi ferme, aussi compacte. Il était de nouveau à découvert et quelque part dans l'obscurité, non loin de là, il y avait ce mystérieux pilier sur lequel s'étaient peut-être aiguisés des crocs ou des griffes monstrueux. Cette idée n'avait rien de rassurant, mais il ne pouvait en libérer son esprit.

Conscient de l'inquiétude qui le gagnait, Amstrong fit un effort pour se ressaisir. Il fallait coûte que coûte se raccrocher à la réalité en pensant à ses affaires, au travail qu'il avait fourni au Camp, à tout sauf à ce lieu infernal. Pendant un moment, il y parvint. Mais bientôt, avec une obstination hallucinante, chaque idée le ramenait invariablement au même point. Impossible d'expulser de son esprit l'image de ce rocher inexplicable et des hypothèses terrifiantes qu'il faisait naître. Sans cesse, il se surprenait à se demander à quelle distance il se trouvait, s'il l'avait déjà dépassé, s'il était sur sa droite ou sur sa gauche...

Le sol était redevenu assez plat et la route filait droit comme une flèche. Seule consolation, Port Sanderson ne se trouvait plus qu'à trois kilomètres. Amstrong ignorait depuis combien de temps il était parti. Le cadran de sa montre, malheureusement, n'était pas lumineux et il n'avait qu'une vague idée du temps écoulé. Au pire, le *Canopus* ne décollerait pas avant deux heures. Mais ce n'était qu'une supposition, un espoir, et voici qu'une autre terreur se fit jour dans son esprit – la terreur de voir s'élever rapidement dans le ciel une vaste constellation d'étoiles et de savoir que son supplice avait été vain.

Il marchait plus droit, à présent. Il lui semblait qu'il était capable de deviner le bord de la route avant d'y trébucher. Sans doute avançait-il presque aussi vite que s'il avait eu une lumière et cette pensée le réconfortait un peu. Si tout allait bien, d'ici à trente minutes, il serait à Port Sanderson. Un espace de temps dérisoire. Comme il rirait de ce cauchemar lorsqu'il serait douillettement installé dans sa cabine, déjà réservée, à bord du *Canopus !* Lorsqu'il éprouverait ce frisson particulier à l'instant où la propulsion-fantôme arracherait le grand vaisseau à ce système et le projetterait vers les nuées d'étoiles au cœur de la Galaxie, vers la Terre, qu'il n'avait pas vue depuis tant d'années. Un jour, se dit-il, il faudrait vraiment qu'il visite à nouveau la Terre. Toute sa vie, il s'était fait cette promesse, mais toujours, son accomplissement s'était heurté à la même objection : manque de temps. N'était-il pas étrange qu'une si petite planète eût joué un rôle si considérable dans le développement de l'Univers? Qu'elle fût même parvenue à dominer des mondes de loin plus sages et plus intelligents?

Les pensées d'Amstrong dérivaient vers des cieux plus cléments et il se sentait plus calme. Le fait de savoir qu'il approchait de Port Sanderson le rassurait beaucoup, et délibérément, il centra son intérêt sur des questions familières, de peu d'importance. Le Col de Carver était loin derrière lui, ainsi que cette chose qu'il souhaitait oublier. Un jour, si jamais il reposait le pied sur ce monde, il visiterait le Col à la lumière du soleil et se gausserait de ses frayeurs. Dans moins de vingt minutes, elles auraient rejoint les cauchemars de son enfance.

Il ressentit presque un choc, un des plus agréables de toute son existence, lorsqu'il vit monter à l'horizon les lumières de Port Sanderson. La courbure de ce petit monde était très trompeuse : il semblait impossible qu'une planète dont la gravité était aussi forte que celle de la Terre eût un horizon aussi proche. Il faudrait, un jour, que l'on découvre de quoi était composé le noyau de ce monde pour lui donner une densité aussi élevée. Peut-être les innombrables tunnels faciliteraient-ils la tâche. Sa pensée reprenait un cours dangereux, mais la proximité du but l'avait débarrassé de ses terreurs. Au fond, l'idée qu'il pût réellement courir un danger ajoutait à cette aventure un certain piquant et ne la rendait que plus intéressante. Désormais, alors qu'il n'avait plus que dix minutes de marche et que les lumières de Port Sanderson scintillaient au loin, rien ne pouvait lui arriver.

Quelques minutes plus tard, cette impression euphorique s'éteignait d'un seul coup, comme il atteignait le virage. Il avait oublié la fissure qui était la cause de ce détour et rallongeait le trajet de presque un kilomètre. Et alors ? songea-t-il obstinément. Un kilomètre de plus ou de moins, qu'est-ce que cela changeait ? Il marcherait dix minutes de plus, voilà tout.

Sa déception fut cruelle lorsque les lumières de la cité disparurent à sa vue. Il avait également oublié la colline que contournait la route. Ce n'était peut-être qu'une crête peu élevée, à peine discernable en plein jour. Mais en dérobant les lueurs de Port Sanderson, elle l'avait privé de son plus précieux talisman. Il se retrouvait à la merci de sa peur.

Cédant, malgré les injonctions de son bon sens, à une impulsion déraisonnable, il se mit à penser que ce serait vraiment horrible que quelque chose lui arrive maintenant, si près du but. Il parvint, provisoirement, à contenir ses terreurs les plus folles, en espérant de toutes ses forces que les lumières réapparaîtraient bientôt. Au fil des minutes, il se rendit compte que l'arête devait être plus longue qu'il ne se l'était imaginé. Il tenta de se donner du courage à l'idée que la ville n'en serait que plus proche lorsqu'elle surgirait à nouveau, mais la logique semblait ne plus avoir de prise sur lui. Car il se surprit soudain à faire quelque chose qu'il eût jugé inutile même lorsqu'il traversait la région désolée du Col.

Il s'arrêta, fit volte-face et, retenant son souffle, écouta jusqu'à ce que ses poumons fussent sur le point d'éclater.

Le silence était d'une étrangeté inquiétante, compte tenu de la proximité du port. Aucun bruit ne provenait de l'ombre. Naturellement, se dit-il, furieux, quel bruit pourrait-il y avoir? Il en conçut malgré tout un profond soulagement. Depuis une heure, la pensée de ces cliquetis, faibles et obsédants, n'avait cessé de le hanter.

Le bruit qui résonna dans l'air tranquille provenait d'une autre direction. Il était si sympathique, si familier que, de surprise, il faillit éclater de rire. Sa source ne pouvait être à plus de quinze cent mètres : c'était le grondement d'un tracteur de la piste d'envol, peut-être une des machines qui chargeaient le *Canopus* lui-même.

Encore quelques secondes et il aurait contourné la crête; encore quelques centaines de mètres, et il serait au Port. Le voyage touchait à sa fin. Dans un instant, cette plaine maudite ne serait plus qu'un cauchemar à demi oublié.

Cela semblait d'une terrible injustice. Si peu de temps, une si petite fraction de vie humaine, c'était tout ce dont il avait besoin. Mais les dieux ont toujours manifesté envers l'homme une grande injustice, et maintenant ils se réjouissaient de leur petite plaisanterie. Car aucun doute ne lui fut permis lorsqu'il perçut, surgissant de l'ombre *en face de lui,* le claquement des monstrueuses mandibules.

Stratford-sur-Avon
Avril 1945

L'APPEL DES ÉTOILES

Là-bas, sur Terre, le xxe siècle se meurt. Lorsque je contemple le globe brumeux qui occulte les étoiles, j'y vois scintiller les lumières de centaines de cités en liesse, et je regrette parfois de ne pas me trouver perdu au milieu des foules qui se répandent en chantant dans les rues de Londres, Le Cap, Rome, Paris, Berlin, Madrid... Oui, je peux les embrasser d'un seul regard, toutes ces villes qui brillent comme des lucioles contre les ténèbres de la planète. La ligne d'ombre partage l'Europe en deux tranches symétriques; dans la partie orientale de la Méditerranée, j'aperçois le clignotement intense d'une minuscule étoile : un bateau de plaisance exubérant fouille le ciel de ses projecteurs. J'ai l'impression qu'il les dirige délibérément sur nous; depuis quelques instants, en effet, les éclairs ont été plutôt réguliers et d'une brillance exceptionnelle. J'appelle le centre des communications afin de me renseigner sur l'identité du bâtiment et lui envoie par radio nos propres vœux.

Emporté irrémédiablement au fil du temps, le siècle le plus extraordinaire que le monde ait jamais connu entre dans l'histoire. Commencé avec la conquête de l'air, il a connu à mi-course la fission de l'atome et s'achève avec le franchissement de l'espace.

(Depuis cinq minutes, je me demande quelle mouche a piqué Nairobi : soudain, je comprends qu'ils sont en train de tirer de gigantesques feux d'artifice.

Ici, les fusées alimentées en carburant chimique sont peut-être désuètes, mais cette nuit, on en fait sur Terre une grande consommation.)

C'est la fin d'un siècle... et celle d'un millénaire. Que nous réservent ces cent années qui s'ouvrent avec un deux suivi d'un zéro? En premier lieu, la découverte des planètes; flottant dans l'espace, à moins de deux kilomètres, sont alignés les vaisseaux de la première expédition martienne. Pendant deux ans, je les ai regardés prendre forme, pièce après pièce, alors que la station spatiale elle-même avait été construite par les hommes avec lesquels j'avais travaillé, une génération auparavant.

Les dix vaisseaux sont maintenant fin prêts, avec leurs équipages au grand complet. Ils n'attendent, pour pénétrer dans l'espace, que l'ultime vérification des instruments et le signal du départ. Avant que le soleil du premier jour de ce nouveau siècle arrive à son zénith, ils s'arracheront aux rênes de la Terre pour s'élancer vers ce monde étrange qui deviendra peut-être le second foyer de l'homme.

Je regarde la vaillante petite flotte qui s'apprête à défier l'infini, et mon esprit revient quarante ans en arrière, lorsque furent lancés les premiers satellites et que la Lune nous semblait encore incroyablement lointaine. Et je me souviens – jamais je ne l'oublierai – de l'acharnement de mon père à me maintenir « les pieds sur Terre ».

Il y a bien peu d'arguments qu'il ait omis d'utiliser. Le premier était franchement ridicule : « Naturellement qu'ils y parviendront », avait-il lancé, méprisant, « mais à quoi bon? A quoi bon aller se promener dans l'espace alors qu'il y a tant à faire ici? Il n'y a pas une seule planète du Système Solaire sur laquelle puisse vivre l'homme. La Lune n'est qu'un monceau de scories carbonisées, et partout ailleurs, c'est encore pire. Notre *destin* est de vivre sur Terre, voilà tout. »

Même alors (je ne devais pas avoir plus de dix-huit ans), il me suffisait d'un peu de logique pour le confondre. Je me souviens encore lui avoir fait la réponse suivante : « Comment peux-tu être certain que nous soyons destinés à vivre sur Terre ? Après tout, nous avons vécu un milliard d'années dans l'océan avant de nous décider à nous attaquer à la terre ferme. Nous sommes sur le point d'effectuer le second saut : j'ignore où cela nous conduira, pas plus que ne savait ce que lui réservait l'avenir le premier poisson qui rampa sur la plage et se mit à humer l'air. »

Lorsqu'il vit qu'il ne pourrait me vaincre sur ce terrain, il essaya des moyens de pression plus subtils. Sans cesse, il revenait sur les dangers inhérents aux voyages spatiaux, et sur la courte durée de vie active de quiconque était assez fou pour se lancer dans une telle aventure. En ce temps-là, on brandissait encore le spectre des météores et des radiations cosmiques; tels les dragons des anciens cartographes, ils étaient les monstres des cartes célestes encore vierges. Mais je ne m'en souciais guère; au pire, ils coloraient mes rêves de l'attrait du danger.

Pendant mes années de collège, mon père mit une sourdine à ses critiques. Cette formation me préparait à toutes sortes de professions et il n'y trouvait rien de suspect – bien qu'il ne se privât pas de grommeler à propos de l'argent de poche que je gaspillais en achetant tous les bouquins et revues disponibles sur l'astronautique. Peut-être ne se rendait-il pas compte que cela m'aiderait à suivre la voie que je m'étais tracée.

Au cours de la dernière année, j'avais soigneusement évité de l'entretenir de mes projets. Je m'étais efforcé de donner l'impression (attitude que je déplore aujourd'hui) d'avoir abandonné mon vieux rêve d'aller un jour dans l'espace. Sans rien lui dire, j'envoyai ma demande d'inscription à Astrotech et fus admis sitôt l'obtention de mon diplôme.

L'orage éclata lorsque la longue enveloppe bleue à l'en-tête de l'« Institut de Technologie Astronautique » tomba dans la boîte aux lettres. On m'accusa de trahison et d'ingratitude et jamais je n'ai pardonné à mon père de m'avoir gâché le plaisir que j'aurais dû éprouver d'avoir été choisi pour suivre l'apprentissage le plus éminent et le plus sophistiqué qui eût jamais été proposé à l'homme.

Les vacances étaient un supplice. N'eût été Maman, je ne serais sûrement pas rentré à la maison plus d'une fois par an, et chaque fois, j'abrégeais mon séjour autant que possible. J'avais espéré que mon père s'adoucirait au fur et à mesure que progressait mon instruction et qu'il apprendrait à accepter l'inévitable. En vain.

Enfin arriva l'heure de la séparation, pénible et maladroite, sous un ciel plombé qui déversait des trombes d'eau sur le spatioport, fouettant les flancs lisses de la fusée impatiente de s'élancer vers le soleil éternel, là où l'orage ne l'atteindrait jamais. Je sais aujourd'hui ce qu'il lui en coûta de voir cette machine qu'il haïssait avaler son fils unique. Je comprends tant de choses que j'étais incapable de sentir alors.

Il savait, ce jour-là, qu'il me voyait pour la dernière fois. Pourtant, son orgueil obstiné l'empêcha de prononcer les seuls mots susceptibles de me retenir. J'étais au courant de sa maladie, mais il n'avait dit à personne qu'il était condamné, et je le respecte infiniment d'avoir su garder ce terrible secret.

Serais-je resté, si j'avais su ? Il est encore plus vain de spéculer sur le passé révolu que sur un futur imprévisible; je peux seulement dire que je suis heureux de ne pas avoir eu à choisir. A la fin, il m'avait laissé partir, capitulant devant mon ambition comme, peu après, il devait capituler devant la mort.

Je fis donc mes adieux à la Terre et au père qui

n'avait jamais su exprimer son amour. Il repose là-bas, sur cette planète qu'une seule de mes mains suffit à recouvrir. Il est étrange de penser que du milliard d'êtres humains dont le sang coule dans mes veines, je fus le premier à quitter son monde natal.

Le jour se lève sur l'Asie. Un filament de feu souligne la courbure orientale de la planète. Bientôt, surgissant du Pacifique, le soleil transformera cette ligne en un croissant de lumière. Déjà, l'Europe s'endort, à l'exception des foules joyeuses déterminées à attendre le point du jour.

Et maintenant la navette quitte le vaisseau amiral pour ramener les derniers visiteurs de la station. Voici enfin le message que j'attendais : LE CAPITAINE STEVENS PRÉSENTE SES COMPLIMENTS AU CHEF DE STATION. LE DÉPART AURA LIEU DANS QUATRE-VINGT-DIX HEURES; IL SERAIT HEUREUX DE VOUS ACCUEILLIR À SON BORD.

Père, je sais exactement ce que tu as ressenti ce jour-là. Le temps a bouclé sa boucle. Cependant, j'espère avoir tiré la leçon des erreurs que nous avons tous deux commises. Je penserai à toi en allant sur le vaisseau amiral dire adieu au petit-fils que tu n'as jamais connu.

New York
Janvier 1957

LA SENTINELLE

La sentinelle est le socle sur lequel Stanley Kubrick et moi avons érigé 2001 : Odyssée de l'espace. *Au cours des années qui ont suivi la première publication de cette nouvelle, un certain nombre de chercheurs – ainsi, Carl Sagan – ont considéré avec la plus grande attention son principe de base.*

Peut-être une véritable exoarchéologie naîtra-t-elle lorsque nous atteindrons la Lune, à moins qu'elle ne nous attende sur Mars, comme le suggère la nouvelle intitulée Questions de temps. *Les chances en sont pratiquement nulles, mais si élevée l'éventuelle récompense que cette raison seule suffirait à justifier l'exploration de l'espace.*

S'il n'existe nulle part dans le Système Solaire quelque chose de semblable à La sentinelle – il faut s'en étonner.

La prochaine fois que vous verrez la pleine Lune briller au Sud, examinez attentivement son bord droit et laissez votre regard remonter le long de la courbure du disque. A un angle de 30° au-dessus du diamètre horizontal, vous remarquerez un petit ovale sombre; quiconque possède une vue normale peut le repérer facilement. C'est une grande vallée encaissée, une des plus belles de la Lune, baptisée Mare Crisium, la Mer des Crises. Cinq cents kilomètres de diamètre environ et presque entièrement ceinte d'un cirque de superbes montagnes, elle n'avait jamais été explorée avant que nous y pénétrions en cette fin de l'été 1996.

Notre expédition était lourdement équipée. Deux gros cargos avaient transporté provisions et matériel depuis la base principale de la Mare Serenatis, à huit cents kilomètres de là; nous avions aussi trois petites fusées destinées au transport sur de courtes distances, au-dessus de régions que nos véhicules de surface ne pourraient traverser. Heureusement, la Mare Crisium est presque entièrement plate, dépourvue de ces crevasses si dangereuses que l'on trouve partout ailleurs, avec très peu de cratères et de crêtes. Pour autant qu'il nous fût possible d'en juger, nos puissants tracteurs chenillés n'auraient aucune difficulté à nous conduire là où bon nous semblerait.

J'étais géologue – sélénologue, pour les pédants –, responsable du groupe chargé d'explorer la zone Sud de la Mare. Nous avions déjà parcouru un peu moins de deux cents kilomètres en une semaine, contournant les contreforts des montagnes qui bordaient le rivage de ce qui, quelques millions d'années auparavant, avait été une mer. Lorsque la vie en était sur Terre à ses premiers balbutiements, ici, elle s'éteignait déjà. Les flots se retiraient des flancs de ces formidables falaises pour s'abîmer dans le cœur béant de la Lune. Sur le sol même que nous foulions, l'océan sans marée avait jadis atteint près d'un kilomètre de profondeur. Aujourd'hui, la seule trace d'humidité était le givre, comme on en trouve parfois au fond des caves où ne pénètre jamais le soleil.

L'aube se levait lentement lorsque nous nous étions mis en route, pourtant il nous restait presque une semaine de temps terrestre avant la tombée de la nuit.

Une demi-douzaine de fois par jour, nous abandonnions le véhicule et sortions, vêtus de nos combinaisons, dans l'espoir de découvrir des minéraux intéressants ou pour placer des repères qui guideraient les futurs voyageurs. C'était une routine assommante. L'exploration lunaire ne présente aucun caractère périlleux ou même excitant. Pendant un mois, nous pouvions vivre confortablement dans nos tracteurs pressurisés, et s'il nous arrivait une tuile, nous pouvions toujours lancer un S.O.S. par radio et tenir bon jusqu'à l'arrivée d'un vaisseau.

J'ai dit plus haut que l'exploration lunaire ne comportait rien d'excitant. Naturellement, ce n'est pas tout à fait exact. Nul ne peut se lasser de ces terrifiantes montagnes, bien plus acérées que les douces collines de la Terre. Nous ne savions jamais, au moment de contourner les caps et les promontoires de cette mer disparue, quelles nouvelles splendeurs allaient surgir devant nos yeux. La courbe septentrionale de la Mare Crisium est un vaste delta où des milliers de rivières avaient convergé vers l'océan, alimentées peut-être par les pluies torrentielles qui avaient fouetté les montagnes pendant la brève période de l'Age Volcanique, lorsque la Lune était encore jeune. Chacune de ces anciennes vallées nous sollicitait, nous défiant de grimper vers les cimes inconnues qui s'elevaient au-delà. Mais il nous restait un peu moins de deux cents kilomètres à couvrir, et nous en étions réduits à considérer avec envie ces hauteurs que d'autres escaladeraient.

A bord, nous vivions selon l'heure terrestre. A 22 heures précises, nous enverrions à la Base un dernier message. Alors s'achèverait notre journée de travail. Dehors, les rochers grilleraient encore sous un soleil presque vertical, mais pour nous, ce serait la nuit, jusqu'à notre réveil, huit heures plus tard. Alors l'un de nous préparerait le petit déjeuner, il y aurait un grand bourdonnement de rasoirs électriques et quelqu'un allumerait la radio pour capter les ondes courtes venues de la Terre. Croyez-moi, lorsque l'arôme des saucisses grillées se répand dans la cabine, il est difficile de croire que l'on n'est pas de retour sur notre planète. Tout est si banal, si familier, à l'exception de la sensation de légèreté et de la lenteur insolite avec laquelle tombent les objets.

C'était mon tour de préparer le petit déjeuner dans le coin de notre cabine principale aménagée en cuisine. Des années plus tard, j'ai gardé de ce moment un souvenir précis, car la radio venait de diffuser un de mes airs favoris, la vieille mélodie galloise *David of the White Rocks*. Vêtu de sa combinaison, notre conducteur était déjà sorti pour inspecter les chenilles. Louis Garnett, mon assistant, se trouvait à l'avant, dans le poste de contrôle où il ajoutait quelques renseignements de dernière minute à notre journal de bord.

Debout près de la poêle, attendant, comme l'eût fait toute ménagère de la Terre, que les saucisses prennent une teinte dorée, je promenais mon regard sur les murailles montagneuses qui, au sud, bouchaient complètement l'horizon et se profilaient à perte de vue d'est en ouest sous la courbure de la Lune. Elles semblaient n'être distantes que de deux ou trois kilomètres du tracteur mais la plus proche, je le savais, se trouvait à plus de trente kilomètres. Sur la Lune, bien sûr, la distance n'estompe aucun détail et nulle brume, si imperceptible soit-elle, ne vient atténuer ou brouiller les lointains, comme cela se produit sur Terre.

Ces montagnes s'élevaient à trois mille mètres et leurs parois abruptes se dressaient au-dessus de la plaine comme si jadis quelque éruption souterraine les avait fait saillir hors de la croûte en fusion. La courbure de la plaine était si accusée que même la montagne la plus proche dissimulait sa base à nos yeux. La Lune est un monde exigu, et de l'endroit où je me trouvais, l'horizon n'était distant que de trois kilomètres.

Je levai les yeux sur les cimes qu'aucun homme n'avait jamais escaladées et qui, avant même l'apparition de la vie sur Terre, avaient assisté au morne reflux des océans, emportant dans leur retraite l'espoir et les premières promesses d'un monde. Le soleil martelait ces remparts avec une intensité aveuglante, mais juste au-dessus, les étoiles brillaient d'un éclat fixe dans un ciel plus noir que, sur Terre, la nuit d'hiver la plus noire.

Comme je me détournais, mon regard accrocha une lueur métallique sur la crête d'un grand promontoire qui s'avançait dans la mer, à cinquante kilomètres à l'ouest. C'était un point de lumière sans dimension, telle une étoile arrachée au firmament par l'un de ces pics cruels, et j'imaginai que la surface lisse d'un rocher interceptait les rayons du soleil et les réfléchissait directement dans mon œil. Ces phénomènes se produisaient souvent. Lorsque la Lune entre dans son second quartier, il arrive que des observateurs de la Terre voient les hautes chaînes des Oceanus Procellarum flamboyer d'une incandescence blanc-bleutée, comme la lumière du soleil jaillit de leurs flancs pour rebondir d'un monde à l'autre. Mais j'étais curieux de savoir quelle sorte de rocher pouvait briller là-haut avec un tel éclat. Aussi, grimpant dans la tourelle d'observation, j'orientai vers l'ouest le télescope de huit centimètres.

J'en vis juste assez pour me donner envie d'en savoir plus. Clairs et nets dans mon champ de vision, les pics montagneux semblaient n'être distants que de quelques centaines de mètres, mais quel qu'il fût, l'objet qui captait les rayons du soleil était trop petit pour être reconnu. Pourtant, il semblait doté d'une indéfinissable symétrie, et le sommet sur lequel il se trouvait était curieusement plat. Longtemps, je contemplai cette énigme scintillante, usant mes yeux à scruter l'espace, lorsqu'une odeur de brûlé émanant de la cuisine m'avertit que les saucisses avaient fait en vain un voyage de près de cinq cent mille kilomètres.

Ce matin-là, tandis que nous traversions la Mare Crisium et qu'à l'ouest les montagnes grandissaient dans le ciel, nous ne cessâmes de débattre du problème. Et même lorsque nous étions dehors, vêtus de nos combinaisons, occupés à prospecter, la discussion se poursuivait par radio. Il était absolument certain, affirmaient mes compagnons, qu'il n'y avait jamais eu sur la Lune aucune forme de vie intelligente. Les seules créatures qui eussent jamais existé ici étaient quelques plantes primaires et leurs ancêtres, à peine moins dégénérés. Cela, je le savais aussi bien qu'eux, mais confronté à certaines situations, un homme de science ne doit pas redouter de passer pour un idiot.

– Écoutez, dis-je finalement, je vais grimper là-haut, ne serait-ce que pour ma tranquillité d'esprit. Cette montagne a moins de quatre mille mètres d'altitude, soit environ mille selon la gravité terrestre, et je peux faire le voyage en vingt heures, tout au plus. D'ailleurs j'ai toujours eu envie de grimper sur ces collines et cela me fournit un excellent prétexte.

– Si tu ne te romps pas le cou, déclara Garnett, tu seras la risée de l'expédition à notre retour à la Base. Je partie que dorénavant, cette montagne portera le nom *Acrobatie de Wilson.*

– Je ne me romprai pas le cou, ripostai-je avec dignité. Qui, le premier, a fait l'ascension de Pico et Helicon?

– Mais, à l'époque, est-ce que tu n'avais pas quelques années de moins? demanda doucement Louis.

– Quand je n'aurais que cette raison-là d'y aller, fis-je, très digne, elle me suffirait.

Cette nuit-là, nous nous couchâmes très tôt, après avoir conduit le tracteur à cinq cents mètres du promontoire. Garnett était décidé à m'accompagner le lendemain matin. C'était un bon alpiniste, et ce ne serait pas la première fois que nous accomplirions ensemble un exploit de ce genre. Notre conducteur était enchanté de devoir rester pour garder le véhicule.

A première vue, ces falaises décourageaient toute velléité d'ascension, mais pour quelqu'un que l'altitude n'effraie pas, l'escalade est facile sur un monde où tous les poids sont réduits au sixième. Le véritable danger de l'alpinisme lunaire est en fait l'excès de confiance; sur la Lune, faire une chute de deux cents mètres est aussi mortel que de tomber de trente mètres sur Terre.

Nous fîmes une première halte sur une large corniche à douze cents mètres environ au-dessus de la plaine. L'escalade n'avait pas présenté de difficulté, mais j'avais les membres raidis par cet effort inhabituel et j'étais heureux de pouvoir me reposer. Le tracteur, fragile insecte de métal, était encore visible, au pied de l'escarpement, et nous signalâmes notre position au conducteur avant de nous remettre en route.

Il régnait à l'intérieur de nos combinaisons une agréable fraîcheur, car les unités réfrigérantes nous protégeaient contre un soleil brûlant et éliminaient la transpiration. Nous parlions peu, limitant nos échanges au minimum nécessaire pour transmettre des instructions ou discuter du meilleur chemin à suivre. J'ignorais ce qui se passait dans la tête de Garnett; sans doute pensait-il que c'était la plus folle chasse au Dahu dans laquelle il se fût jamais lancé. Je n'étais pas loin d'être du même avis, mais l'ardeur de l'escalade, la certitude que nul homme ne nous avait jamais précédé et la beauté exaltante du paysage me récompensaient amplement.

Je ne pense pas avoir ressenti d'émotion particulière lorsque je me trouvai en face de la paroi rocheuse que j'avais examinée au télescope, à une distance de cinquante kilomètres. Elle se dressait à vingt mètres audessus de nous et là-haut, sur le plateau, se trouvait l'objet qui m'avait attiré sur ces cimes désolées. Ce n'était sans doute qu'un bloc de pierre qu'un météore avait percuté et fait voler en éclats, des milliers d'années auparavant. Ses plans de clivage devaient être encore nets et brillants dans cet incorruptible et immuable silence.

La paroi n'offrait aucune prise et nous dûmes utiliser un grappin. Mes bras douloureux semblèrent retrouver une vigueur nouvelle lorsque je fis tournoyer au-dessus de ma tête l'ancre de métal à trois dents et la lançai vers les étoiles. A la première tentative, elle se détacha et glissa lentement lorsque nous tirâmes sur la corde. La troisième fois, les dents mordirent fermement et nos efforts combinés ne purent l'ébranler. .

Garnett me jeta un coup d'œil anxieux. Il voulait passer le premier, je le savais, mais je lui adressai un sourire à travers la lucarne de mon casque et secouai la tête. Lentement, en prenant tout mon temps, j'entrepris l'ascension finale.

Malgré ma combinaison, je ne pesais ici que vingt kilos, aussi me hissai-je à la force des poignets, sans m'embarrasser de mes pieds. Parvenu au sommet, je repris mon souffle, fis signe à mon compagnon; puis, je grimpai sur le bord, me levai et contemplai ce qui se trouvait devant moi.

Comprenez bien que jusqu'à cet instant précis, j'avais été presque certain de ne rien trouver d'étrange ou d'insolite. Presque, mais pas tout à fait. Et ce doute obsédant avait suffi à me conduire ici. Eh bien, le doute s'était dissipé, mais l'obsession n'avait pas fini de hanter mon esprit.

Le plateau sur lequel je me tenais avait environ trente mètres de large. Naguère, il avait été lisse – trop lisse pour être naturel – mais à travers les âges, les météores avaient grêlé et labouré sa surface. Il avait été nivelé pour soutenir une structure étincelante de forme grossièrement pyramidale, deux fois la hauteur d'un homme, sertie dans le rocher tel un gigantesque joyau à facettes.

L'espace de quelques secondes, je ne ressentis aucune émotion. Puis mon cœur se souleva et une étrange euphorie m'envahit. Car j'aimais la Lune et je savais à présent que les mousses rampantes d'Aristarchus et Eratosthenes n'étaient pas la seule forme de vie qu'elle avait engendrée dans sa jeunesse. Ainsi, le vieux rêve discrédité des premiers explorateurs était vrai. Il avait bel et bien existé une civilisation lunaire... et j'étais le premier à le découvrir. J'arrivais peut-être cent millions d'années trop tard, mais je n'en ressentis aucune déception; j'étais là, cela seul importait.

Mon esprit recommençait à fonctionner normalement, à analyser et à poser des questions. L'édifice que j'avais sous les yeux était-il une maison, un sanctuaire ou quelque chose pour lequel mon langage n'avait pas de nom? Si c'était une maison, alors pourquoi l'avoir érigée en un lieu si inaccessible? Peut-être s'agissait-il d'un temple? Séduit, j'imaginais les fidèles de quelque étrange religion suppliant en vain leurs dieux de les épargner tandis que les forces vitales de la Lune refluaient avec les océans agonisants.

J'avançai de quelques pas afin de pouvoir examiner l'objet plus en détail, mais mon instinct m'empêcha de m'en approcher davantage. J'avais quelques notions d'archéologie et essayai de deviner le niveau culturel de la civilisation qui avait dû aplanir cette montagne et édifier les surfaces rutilantes qui m'éblouissaient encore.

Les Égyptiens auraient pu le faire, pensai-je, si leurs artisans avaient possédé des outils identiques à ceux qu'avaient utilisés ces architectes bien plus anciens. En raison de la petitesse de la chose, l'idée ne me vint pas que je contemplais peut-être l'ouvrage d'une race plus avancée que la mienne. Que la Lune eût possédé l'intelligence, voilà qui était encore presque trop prodigieux, et mon orgueil m'interdisait de faire l'humiliant plongeon final.

Je remarquai alors un détail qui me hérissa les cheveux sur la nuque – un détail si banal, si innocent que beaucoup n'y auraient jamais prêté attention. J'ai dit que le plateau était déchiqueté par les météores; il était également recouvert d'un épais tapis de poussière cosmique qui se dépose à la surface des mondes où nul vent ne souffle pour la disperser. Pourtant, la poussière et les entailles des météores s'interrompaient brusquement, dessinant un large cercle autour de la petite pyramide, comme si un mur invisible la protégeait des ravages du temps et de la pluie lente, mais continuelle, venue de l'espace.

Quelqu'un vociférait dans les écouteurs. Garnett, je m'en rendis compte, m'appelait depuis un certain temps. D'un pas mal assuré, je m'approchai du bord de la falaise et lui fis signe de me rejoindre, craignant de ne pouvoir articuler un seul mot. Puis je retournai vers ce cercle tracé dans la poussière. Ramassant un éclat de rocher, je le lançai en direction de l'énigme scintillante. Si le caillou avait disparu, avalé par cette invisible barrière, je n'eus ressenti aucune surprise, mais comme s'il avait heurté la surface lisse d'un hémisphère, il glissa lentement sur le sol.

Je sus alors que je contemplais quelque chose qui n'avait pas d'équivalent dans l'antiquité de ma propre race. Ce n'était pas un édifice, mais une machine, à l'abri derrière un rempart de forces qui avaient défié l'éternité. Quelles qu'elles fussent, ces forces avaient conservé intact leur pouvoir et peut-être m'étais-je déjà trop approché. Je songeai à toutes ces radiations, capturées et maîtrisées par l'homme au cours du siècle dernier. Pour autant que je le savais, j'étais peut-être aussi irrévocablement condamné que si j'avais pénétré dans l'aura silencieuse et mortelle d'une pile atomique non isolée.

Je me souviens de m'être retourné vers Garnett, immobile à mes côtés. Il semblait m'avoir totalement oublié, aussi évitai-je de le déranger et m'approchai-je du bord de la falaise, m'efforçant de mettre de l'ordre dans mes pensées. En bas s'étendait la Mare Crisium – la Mer des Crises, la bien-nommée – étrange et inquiétante pour la plupart des hommes, mais pour moi d'une familiarité rassurante. Je levai les yeux vers le croissant de la Terre, blotti dans son berceau d'étoiles, et me demandai ce qu'avaient dissimulé ses nuages lorsque les bâtisseurs inconnus avaient ici achevé leur œuvre. Était-ce la jungle étouffante du Carbonifère, le morne rivage sur lequel avaient rampé les premiers amphibiens pour conquérir les continents... ou même la longue solitude d'avant l'apparition de la vie ?

Ne me demandez pas pourquoi je n'ai pas deviné plus tôt la vérité – cette vérité si évidente aujourd'hui. Dans l'excitation qui avait suivi ma découverte, j'avais supposé sans l'ombre d'une hésitation que cette apparition cristalline était l'œuvre d'une race appartenant au lointain passé de la Lune. Soudain, avec une force irrésistible, la certitude s'imposa à moi qu'elle était aussi étrangère à ce monde que je pouvais l'être moi-même.

En vingt ans, nous n'avions trouvé aucune trace de vie, à l'exception de quelques plantes dégénérées. Aucune civilisation lunaire, quel qu'ait été son destin, n'aurait pu disparaître en ne laissant qu'un seul et unique témoignage de son existence.

A nouveau, je regardai la pyramide étincelante et elle me sembla encore plus détachée de son environnement lunaire. Soudain, un irrésistible fou rire me secoua, dû à l'excitation et à l'épuisement. J'imaginais que la petite pyramide m'adressait la parole : « Désolée, disait-elle, moi non plus, je ne suis pas d'ici. »

Il nous a fallu vingt ans pour briser ce bouclier

invisible et atteindre la machine dissimulée à l'intérieur de ces murs de cristal. Ce que nous ne pouvions comprendre, nous l'avons détruit avec la puissance sauvage de l'arme atomique, et j'ai vu les fragments du bel objet brillant que j'avais découvert, là-haut, sur la montagne.

Ils n'ont aucun sens. Les mécanismes – si mécanismes il y a – de la pyramide appartiennent à une technologie hors de notre portée. Peut-être s'agit-il d'une technologie des forces paraphysiques. Le mystère nous obsède d'autant plus que les autres planètes ont maintenant été atteintes. Dans notre Univers, seule la Terre a été le foyer de l'intelligence. Nous savons aussi qu'aucune civilisation perdue de notre monde n'a pu édifier cette machine car l'épaisseur de la poussière de météorites accumulée sur le plateau nous a permis de déterminer son âge. Elle a été érigée à cet endroit avant même que la vie n'émerge des océans terrestres.

Lorsque notre monde atteignit la moitié de son âge actuel, survenant des étoiles, quelque chose traversa le Système Solaire, laissa ce vestige de son passage et poursuivit sa route. Jusqu'à ce que nous l'eussions détruite, cette machine répondait toujours à l'objectif de ses bâtisseurs, et j'ai ma petite idée sur la nature de cet objectif.

Près de cent mille millions d'étoiles gravitent dans le cercle de la Voie Lactée, et longtemps auparavant, d'autres races, sur les mondes d'autres soleils, ont dû gravir et dépasser les sommets que nous avons atteints. Songez à ces civilisations, se profilant loin dans le temps contre les dernières lueurs déclinantes de la Création, maîtresses d'un Univers si jeune que la vie n'avait encore effleuré qu'une poignée de mondes. Leur solitude devait être inimaginable, la solitude des dieux scrutant l'infini sans y trouver personne qui pût partager leurs pensées.

Ils ont dû explorer les amas d'étoiles comme nous les planètes. Partout, il y avait des mondes, mais tous étaient vides ou peuplés de créatures rampantes dépourvues d'intelligence. Ainsi était la Terre, son ciel encore souillé de la fumée des grands volcans, lorsque le premier vaisseau des peuples de l'aurore surgit lentement de l'abîme au-delà de Pluton. Il dépassa les mondes extérieurs gelés, sachant que la vie ne pourrait jouer aucun rôle dans leur destinée, et vint s'échouer au milieu des planètes baignant dans la chaleur du soleil en attendant que commence leur histoire.

Ces voyageurs ont dû regarder la Terre, gravitant dans l'étroite zone de sécurité comprise entre le feu et la glace. De tous les enfants du soleil, ils devinèrent qu'elle était la favorite. Là, dans un lointain futur, surgirait l'intelligence; mais d'innombrables étoiles les attendaient, et sans doute ne reviendraient-ils jamais de ce côté.

Alors, ils laissèrent une sentinelle, une parmi les millions qu'ils ont dispersées à travers l'Univers, veillant sur tous les mondes où existait une promesse de vie. Et patiemment, au fil des âges, ce fanal a signalé le fait que nul encore ne l'avait découvert.

Peut-être conprenez-vous à présent pourquoi cette pyramide de cristal fut érigée sur la Lune et non sur la Terre. Ses bâtisseurs ne s'adressaient pas aux espèces qui peinaient pour s'arracher à la barbarie. Notre civilisation ne les intéressait que si nous prouvions notre capacité à survivre – en franchissant l'espace, échappant ainsi à notre berceau, la Terre. Tôt ou tard, toutes les races intelligentes seraient confrontées à ce défi. Double défi, car il dépend à son tour de la conquête de l'énergie atomique et du choix ultime entre la vie et la mort.

Lorsque nous eûmes triomphé de ce dilemme, ce ne fut plus qu'une question de temps pour trouver la pyramide et la violer. A présent, son signal s'est éteint, et ceux qui sont investis de cette fonction vont se tourner vers la Terre. Peut-être désirent-ils aider notre civilisation naissante, mais ils doivent être très, très vieux, et souvent les vieux éprouvent à l'égard de leurs cadets une jalousie insensée.

Je ne peux plus contempler la Voie Lactée sans me demander duquel de ces nuages d'étoiles surgiront les émissaires. Si vous voulez bien me pardonner un tel cliché, je dirais que nous avons tiré la sonnette d'alarme et qu'il ne nous reste plus qu'à attendre.

Et cette attente sera de courte durée, j'en suis certain.

Londres
Décembre 1948

TABLE DES MATIÈRES

Science-fiction

extrait du catalogue

Depuis 1970, cette collection est leader du genre en France. Tous les grands de la S-F sont présents : Asimov, Van Vogt, Clarke, Dick, Vance, Simak mais également de jeunes auteurs qui seront les écrivains de premier plan de demain : Tim Powers, David Brin...
Elle publie aujourd'hui des titres Fantasy, genre en plein redéploiement aux Etats-Unis.

ANDERSON Poul	**La patrouille du temps** 1409/**3**
ASIMOV Isaac	**Les cavernes d'acier** 404/**4**
	Les robots 453/**3**
	Face aux feux du soleil 468/**3**
	Un défilé de robots 542/**3**
	Les robots de l'aube 1602/**3** & 1603/**3** Inédit
	Le voyage fantastique 1635/**3**
	Les robots et l'empire 1996/**4** & 1997/**4** Inédit
	Espace vital 2055/**3**
	Asimov parallèle 2277/**4** Inédit
	Le robot qui rêvait 2388/**6** Inédit
	La cité des robots 2573/**6** Inédit
	Cyborg (La cité des robots 2) 2875/**6**
	Refuge (La cité des robots 3) 2975/**6**
	Le renégat (Robots et extra-terrestres) 3094/**6** Inédit
	L'intrus (Robots et extra-terrestres) 3185/**6** Inédit
	Humanité (Robots et extra-terrestres) 3290/**6** Inédit (Sept. 92)
BALLARD J.G.	**La forêt de cristal** 2652/**3**
	Le monde englouti 2667/**3**
	La plage ultime 2859/**3**
	La région du désastre 2953/**3** Inédit
BLAYLOCK James	**Homunculus** 3052/**4** Inédit
BRIN David	**Marée stellaire** 1981/**5** Inédit
	Le facteur 2261/**5** Inédit
BROOKS Terry	**Le glaive de Shannara** 3331/**8** Inédit (Novembre 92)
CANAL Richard	**Swap-Swap** 2836/**3** Inédit
CARD Orson Scott	**Abyss** 2657/**4** Inédit
CARROLL Jonathan	**Le pays du fou rire** 2450/**4** Inédit
CHERRYH C.J.	**Chasseurs de monde** 1280/**4**
	Les adieux du soleil 1354/**3**
	Les Seigneurs de l'hydre 1420/**4**
	Chanur 1475/**4**
	L'Opéra de l'espace 1563/**3**
	L'épopée de Chanur 2104/**3**
	La vengeance de Chanur 2289/**4** Inédit
	Le retour de Chanur 2609/**7** Inédit
	Les légions de l'enfer 2814/**5** Inédit
	Cyteen 2935/**6** & 2936/**6** Inédit
	Volte-face 3144/**5**
	Forteresse des étoiles 3330/**7** (Novembre 92)
CLARKE Arthur C.	**2001 : l'odyssée de l'espace** 349/**2**
	2010 : odyssée deux 1721/**3**
	2061 : odyssée trois 3075/**3**

	Les enfants d'Icare 799/**3**
	Avant l'Eden 830/**3**
	L'étoile 966/**3**
	Rendez vous avec Rama 1047/**7**
	Rama II 3204/**7** Inédit
	Les fontaines du Paradis 1304/**3**
	Les chants de la terre lointaine 2262/**4**
	Base Vénus :
	- Point de rupture 2668/**4** Inédit
	- Maelström 2679/**4** Inédit
	- Cache-cache 3006/**4** Inédit
	- Méduse 3224/**4** Inédit
	- La lune de diamant 3350/**4** Inédit (Décembre 92)
CURVAL Philippe	**Le ressac de l'espace** 595/**3**
	La face cachée du désir 3024/**3**
DANIELS Les	**Le vampire de la Sainte Inquisition** 3352/**4** Inédit (Déc. 92)
DE HAVEN Tom	**D'un monde l'autre** 3186/**5** Inédit
	Le Mage de l'Apocalypse 3308/**5** Inédit (Octobre 92)
DICK Philip K.	**Dr Bloodmoney** 563/**4**
	Les clans de la lune alphane 879/**3**
	L'homme doré 1291/**3**
	Le dieu venu du Centaure 1379/**3**
	Blade Runner 1768/**3**
DICKSON Gordon R.	**Le dragon et le georges** 3208/**4** Inédit
FARMER Philip José	**Les amants étrangers** 537/**3**
	L'univers à l'envers 581/**2**
	Des rapports étranges 712/**3**
	La nuit de la lumière 885/**3**
	Le soleil obscur 1257/**4**
FERGUSSON Bruce	**L'ombre de ses ailes** 3226/**5** Inédit
FOSTER Alan Dean	**AlienS** 2105/**4**
	Futur immédiat - Los Angeles, 1991 2505/**3** Inédit
	Alien 3 3294/**4** (Août 92)
FRÉMION Yves	**Rêves de sable, châteaux de sang** 2054/**3** Inédit
GIBSON William	**Neuromancien** 2325/**4**
	Mona Lisa s'éclate 2735/**4** Inédit
GODWIN Parke	**En attendant le bus galactique** 2938/**4** Inédit
HABER Karen	**Le super-mutant** 3187/**4** Inédit
HALDEMAN Joe	**La guerre éternelle** 1769/**3**
	Immortalité à vendre 3097/**5** Inédit
HAMILTON Edmond	**Les rois des étoiles** 432/**4**
HARRISON Harry	**Le rat en acier inox** 3242/**3**
HEINLEIN Robert A.	**Une porte sur l'été** 510/**3**
	Etoiles, garde à vous 562/**4**
	Vendredi 1782/**5**
	Le chat passe-muraille 2248/**6** Inédit
	Au-delà du crépuscule 2591/**7** Inédit
HOWARD Robert E.	**Conan le barbare** 1449/**3** (avec Sprague de Camp)
	Conan le destructeur 1689/**2** (avec R. Jordan)
	Conan 1754/**3**
	Conan le Cimmérien 1825/**3**

SILVERBERG Robert
L'homme dans le labyrinthe 495/4
Les ailes de la nuit 585/2
Les chants de l'été 1392/3
Pavane au fil du temps 2631/4 Inédit
Le château de Lord Valentin 2656/8
La saison des mutants 3021/5 Inédit
Opération Pendule 3059/3 Inédit
Tom O'Bedlam 3111/5
Lettres de l'Atlantide 3167/2 Inédit
Thèbes aux cent portes 3227/4

SIMAK Clifford D.
Demain les chiens 373/3
Dans le torrent des siècles 500/4
Le pêcheur 609/4
Chaîne autour du soleil 814/3
Au carrefour des étoiles 847/3
Une chasse dangereuse 903/4
Les visiteurs 1194/3
Projet Vatican XVII 1367/4
Le chemin de l'éternité 2432/4 Inédit
La Confrérie du Talisman 2760/4 Inédit

SIMPSON Pamela
Du sang sur la piste temporelle 3145/5 Inédit

SPIELBERG Steven
E.T. l'extra-terrestre 1378/3
Gremlins 1741/3

STEINER Kurt
Le disque rayé 657/2

STURGEON Theodore
Les plus qu'humains 355/3
Cristal qui songe 369/3
Les talents de Xanadu 829/3
Le cœur désintégré 3074/3

TEPPER Sheri S.
Un monde de femmes 2907/5 Inédit
Rituel de chasse 3244/7 Inédit

VANCE Jack
Cugel l'astucieux 707/3
Cugel saga 1665/4
Cycle de Tschaï :
- Le Chasch 721/3
- Le Wankh 722/3
- Le Dirdir 723/3
- Le Pnume 724/3
Marune : Alastor 933 1435/2
Trullion : Alastor 2262 1476/3
Wyst : Alastor 1716 1516/3
Rhialto le Merveilleux 1890/3 Inédit

VAN VOGT A.E.
Le monde des A 362/3
Les joueurs du A 397/3
La fin du A 1601/3 Inédit
A la poursuite des Slans 381/2
La faune de l'espace 392/3
L'empire de l'atome 418/3
Le sorcier de Linn 419/3
Les armureries d'Isher 439/3
Les fabricants d'armes 440/3
La guerre contre le Rull 475/4

830

Achevé d'imprimer en Europe (France)
par Brodard et Taupin à la Flèche (Sarthe)
le 21 juillet 1992. 6950F-5
Dépôt légal juillet 1992. ISBN 2-277-11830-3
1er dépôt légal dans la collection : avril 1978
Éditions J'ai lu
27, rue Cassette, 75006 Paris
Diffusion France et étranger : Flammarion